Zwarte Beertjes 1288

De man
op
het balkon

sirenes te horen. Hij stond op en volgde de ambulance met zijn blik, terwijl het geluid aanzwol en weer afnam. Na een paar minuten was er alleen nog maar een klein, wit vierkant te zien, dat aan het noordelijke einde van de straat links afsloeg en uit het gezichtsveld verdween. Hij ging weer op zijn klapstoel zitten en roerde doelloos in zijn koffie die al koud begon te worden. Hij bleef stil zitten en hoorde om zich heen de stad ontwaken, in het begin aarzelend en met tegenzin.

De man op het balkon was van normale lengte en lichaamsbouw. Zijn gezicht was alledaags en hij was gekleed in een wit overhemd zonder das, een niet geperste bruine gabardine broek, grijze sokken en zwarte lage schoenen. Hij had dun, achterovergekamd haar, een krachtige neus en grijsblauwe ogen.

De tijd was halfzes in de ochtend op de 2de juni van het jaar 1967. De stad was Stockholm.

De man op het balkon voelde niet dat hij gadegeslagen werd. Hij voelde eigenlijk helemaal niets bijzonders. Hij zat te denken dat hij straks havermoutpap zou koken.

De straat begon tot leven te komen. De stroom voertuigen werd dichter en iedere keer dat het verkeerslicht op het kruispunt op rood sprong groeide de file wachtende auto's. Een bakkersauto toeterde woedend naar een fietser die zonder op te kijken de straat in reed. Twee achteropkomende auto's remden krachtig af.

De man stond op, leunde met zijn armen op de balustrade en keek naar beneden de straat in. De fietser week verlegen uit naar de stoeprand en deed alsof hij de scheldwoorden die de broodbezorger naar zijn hoofd slingerde niet hoorde.

Op de trottoirs haastten zich eenzame voetgangers voorbij. Een paar vrouwen in lichte zomerjurken stonden onder het balkon bij de benzinepomp met elkaar te praten en bij een boom iets verderop was een man te zien die zijn hond uitliet. Hij trok ongeduldig aan de halsband, terwijl de takshond rustig om de boom heen snuffelde.

De man op het balkon rekte zich uit, streek over het dunne haar op zijn schedel en stak zijn handen in zijn broekzakken. Het was nu tien over half acht en de zon stond al hoog aan de hemel. Hij keek naar de lucht waar een straaljager een wollige, witte streep in een boog boven de daken tekende. Daarna liet hij zijn blik weer naar de straat afdwalen en keek naar een oudere, witharige dame in een lichtblauwe mantel die voor de bakkerswinkel stond in het huis tegenover hem. Ze stond lang in haar tasje te grabbelen, haalde er eindelijk een sleutel uit en deed de deur open. Hij zag dat ze de sleutel uit de deur nam en hem aan de binnenzijde in het slot stak. Daarna ging ze naar binnen en trok de deur achter zich dicht. Achter de glazen ruit van de deur was een wit rolgordijn neergelaten waarop stond GESLOTEN.

Op hetzelfde moment dat de deur dicht gedaan werd, werd de deur naast de bakkerswinkel geopend en een klein meisje stapte het zonlicht in. De man op het balkon deed een stap achteruit, nam zijn handen uit zijn zakken en bleef doodstil staan. Zijn blik was gericht op het meisje beneden op straat.

Ze was een jaar of acht, negen en ze droeg een roodgeruite schooltas. Ze was gekleed in een kort blauw rokje, een gestreept truitje en een rood vestje met korte mouwtjes. Ze had zwarte, houten sandalen aan haar voeten, die haar lange, dunne benen nog langer en nog dunner deden lijken. Op het trottoir sloeg ze links-af en begon langzaam met gebogen hoofd de straat in te lopen. De man op het balkon volgde haar met zijn blik. Toen ze zo'n meter of twintig had gelopen, stond ze stil, legde haar hand tegen haar borst en bleef zo even staan. Toen deed ze haar tas open en begon erin te rommelen, terwijl ze zich omdraaide en terugging. Daarna begon ze hard te lopen en rende de deur in zonder haar tas dicht te doen.

De man op het balkon stond onbeweeglijk en zag de deur achter haar dicht vallen. Het duurde een paar minuten voor deze weer openging en het meisje naar buiten kwam. Nu had ze haar tas dichtgedaan en ze liep harder dan de eerste keer. Het blonde haar was opgebonden in een paardestaart en zwaaide op haar rug. Toen ze bij de eerste zijstraat kwam, sloeg ze de hoek om en verdween.

Het was drie minuten voor acht. De man draaide zich om, ging de flat binnen en liep naar de keuken. Daar dronk hij een glas water, spoelde het glas af, zette het op het aanrecht en ging terug naar het balkon.

Hij ging op de klapstoel zitten en legde zijn linkerarm op het hek van het balkon. Hij stak een sigaret op en keek neer in de straat terwijl hij rookte.

2

De elektrische klok aan de muur stond op vijf minuten voor elf en volgens de kalender op het schrijfbureau van Gunvald Larsson was het vrijdag, de tweede juni 1967.

Martin Beck was toevallig in de kamer. Hij was net binnengekomen, had zijn tas op de grond gezet naast de deur, had gegroet en zijn hoed naast de karaf op de archiefkast gelegd, een glas van het blad genomen en dat vol geschonken met water. Hij leunde met zijn elleboog op de kast en stond op het punt te gaan drinken.

De man áchter het bureau keek wrevelig naar hem en zei:

'Hebben ze jou ook al hier naartoe gestuurd? Wat hebben we nu weer fout gedaan?'

Martin Beck nam een slok uit zijn glas. Hij zei:

'Niets voor zover ik weet. En maak je niet ongerust. Ik liep hier alleen maar even binnen om met Melander te praten. Ik heb gevraagd of hij iets voor me wou doen. Waar is hij?'

'Op de plee, zoals altijd.'

Die opmerking over het eigenaardige talent van Melander om zich constant op het toilet op te houden was een oud, versleten grapje, maar ondanks dat en ondanks het feit dat er misschien meer dan een greintje waarheid in school, voelde Martin Beck zich toch op de een of andere manier geïrriteerd.

Zoals meestal liet hij zijn geprikkeldheid echter niet blijken. Hij keek de man achter het bureau kalm en onderzoekend aan en zei:

'Wat zit jou dwars?'

'Wat dacht je? Wat anders dan die berovingen. Gisteravond weer één in het Vanadispark.'

'Ik heb het gehoord.'

'Een gepensioneerde die zijn hond uitliet. Gewoon van achter neergeslagen. Honderdveertig kronen in zijn portefeuille. Een hersenschudding. Ligt nog in het Sabbatsbergziekenhuis. Niks gehoord en niks gezien.'

Martin Beck zei niets.

'Dat is de achtste keer binnen veertien dagen. Die kerel slaat er nog eens een dood.'

Martin Beck dronk zijn glas leeg en zette het weg.

'Als iemand hem niet gauw pakt tenminste,' zei Gunvald Larsson.

'Wie bedoel je met iemand?'

'De politie verdomme. Wij. Wie dan ook. Een patrouille in burger van de afdeling ordehandhaving van het negende district was daar een kwartier voordat het gebeurde.'

'En toen het gebeurde? Waar waren ze toen?'

'Toen zaten ze op het bureau koffie te drinken. Zo gaat het altijd. Als er een agent in ieder bosje in het Vanadispark zit, dan gebeurt het in het Vasapark en als er een agent in ieder bosje in het Vanadispark én het Vasapark zit, duikt hij op bij de Uggleviksfontein.'

'En als daar ook een agent zit in ieder bosje?'

'Dan gooien demonstranten het US Trade Center in of steken de Amerikaanse ambassade in brand. Het is niet iets om grapjes over te maken,' zei Gunvald Larsson stijfjes.

Martin Beck keek hem onafgebroken aan en zei:

'Dat doe ik ook niet. Ik vroeg het me alleen maar af.'

'Die man weet wat hij doet. Je zou bijna denken dat hij radar heeft. Er is nooit een agent in de buurt als hij zijn slag slaat.'

Martin Beck wreef met duim en wijsvinger langs zijn neuswortel.

'Stuur er een . . .' zei hij, maar de ander viel hem in de rede.

'Wie sturen? Wat sturen? De hondewagen? Zodat die beesten onze mensen in burger dood kunnen bijten? Trouwens die man van gisteren had ook een hond. En wat had hij eraan?'

'Wat voor soort hond?'

'Hoe moet ik dat weten? Moet ik misschien die hond verhoren? Moet ik de hond hier laten komen en hem naar de plee sturen om hem door Melander te laten verhoren?'

Gunvald Larsson zei het in alle ernst. Hij sloeg met zijn vlakke

hand op tafel en zei met grote nadruk:
'Een idioot sluipt in de parken rond en slaat mensen neer en jij begint over honden te leuteren.'
'Eigenlijk was ik het niet die . . .'
Maar Gunvald Larsson viel hem onmiddellijk in de rede.
'Bovendien heb ik je gezegd dat die man weet wat hij doet. Hij valt alleen weerloze oude mannen, vrouwen en kleine kereltjes aan. En altijd van achteren. Wat zei iemand ook weer vorige week? O ja, hij sluipt als een panter uit de bosjes.'
'Er is maar één manier,' zei Martin Beck zachtjes.
'Hoe dan?'
'Er zelf op uitgaan. Verkleed als een weerloze.'
De man achter het bureau draaide zijn hoofd om en staarde hem aan.
Gunvald Larsson was 1,92 meter en woog 98 kilo. Hij had de schouders van een beroepszwaargewicht en enorme handen, dicht begroeid met een stugge, blonde vacht. Hij had ook blond achterovergekamd haar en ontevreden helderblauwe ogen.
Kollberg placht het signalement af te ronden door te zeggen dat hij de gelaatsuitdrukking had van een bromfietser.
Op dit moment was die helderblauwe blik gericht op Martin Beck en misprijzender dan ooit.
Martin Beck haalde zijn schouders op en zei:
'Om eerlijk te zijn . . .'
Maar Gunvald Larsson viel hem onmiddellijk in de rede.
'Om eerlijk te zijn kan ik er niets komisch in zien. Ik zit tot aan mijn nek in een van de ergste series berovingen die ik ooit heb meegemaakt en dan kom jij met allerlei geestige opmerkingen over honden en zo.'
Martin Beck merkte dat het de ander op dat moment, en vermoedelijk nog onopzettelijk ook, bijna gelukt was iets te doen waar maar weinigen in geslaagd waren. Namelijk hem zo te ergeren dat hij op het punt stond zijn zelfbeheersing te verliezen. En ondanks het feit dat hij de situatie volkomen door had, kon hij niet nalaten zijn arm van de archiefkast te nemen en te zeggen:
'Zo is het genoeg!'
God zij dank kwam op dat moment juist Melander door een

tussendeur uit de kamer ernaast. Hij was in hemdsmouwen, had een pijp in zijn mond en een opengeslagen telefoongids in zijn handen.

'Dag,' zei hij.

'Dag,' zei Martin Beck.

'Die naam schoot me te binnen op hetzelfde moment dat je de hoorn op de haak legde,' zei Melander. 'Arvid Larsson. Heb hem ook in de telefoongids gevonden. Maar bellen heeft geen zin. Hij is in april overleden. Een hersenbloeding. Maar tot op het laatst zat hij in dezelfde branche. Had een uitdragerswinkel in zuid. Die is nou gesloten.'

Martin Beck nam de gids aan, keek erin en knikte. Melander haalde een luciferdoosje uit zijn broekzak en begon omstandig zijn pijp aan te steken. Martin Beck deed twee passen de kamer in en legde de gids op de balie. Daarna liep hij terug naar de archiefkast.

'Waar ben je aan bezig?' vroeg Gunvald Larsson achterdochtig.

'Niks bijzonders,' zei Melander. 'Martin was de naam vergeten van een heler waar we twaalf jaar geleden achteraan gezeten hebben.'

'Heb je hem toen te pakken gekregen?'

'Nee,' zei Melander.

'Maar je herinnert je het nog wel?'

'Ja.'

Gunvald Larsson trok de telefoongids naar zich toe, bladerde erin en zei:

'Nou vraag ik me toch af hoe het in godsnaam mogelijk is, dat je je de naam kunt herinneren van iemand die Larsson heette, twaalf jaar geleden.'

'Dat is niets bijzonders,' zei Melander op ernstige toon.

De telefoon ging.

'Eerste districtsbureau, met de dienstdoende wachtcommandant.'

'Pardon, wat zegt u?'

'Wat?'

'Of ik een detective ben? U spreekt met de dienstdoende wachtcommandant van het eerste districtsbureau, met adjudant Larsson.'

'Pardon, hoe was uw naam?'

Gunvald Larsson nam zijn ballpoint uit zijn borstzakje en krabbelde een woord neer. Bleef met opgeheven pen zitten.

'En waar gaat het over?'

'Pardon, ik heb het niet goed verstaan.'

'Wat? Een wat?'

'Een kat?'

'Wat? Een man?'

'Staat er een man op uw balkon?'

Gunvald Larsson schoof de telefoongids opzij en trok een blocnote naar zich toe. Bracht de pen naar het papier. Schreef iets neer.

'Ja, ik begrijp het. Hoe ziet hij eruit zei u?'

'Ja, ik hoor u wel. Dun, achterovergekamd haar. Krachtige neus. Juist. Wit overhemd. Middelgroot postuur, ja. Bruine broek. Open. Wat? O, het overhemd. Blauwgrijze ogen.'

'Een ogenblikje alstublieft, mevrouw.'

'Laten we elkaar goed begrijpen. Hij staat dus op zijn eigen balkon?'

Gunvald Larsson keek van Melander naar Martin Beck en haalde zijn schouders op. Hij luisterde verder en peuterde ondertussen met de pen in zijn oor.

'Neemt u mij niet kwalijk, mevrouw. Die man staat dus op zijn eigen balkon? Heeft hij u lastig gevallen?'

'O, dat niet. Wat? Aan de overkant van de straat? Op zijn eigen balkon?'

'Hoe kunt u dan zien dat hij blauwgrijze ogen heeft. Dat moet dan wel een heel smalle straat zijn.'

'Wat? Wat doet u?'

'Wacht nu eens even, mevrouw. Het enige wat die man gedaan heeft is op zijn eigen balkon staan. Wat doet hij nog meer?'

'Op straat kijken? Wat gebeurt er dan op straat?'

'Niks. Wat zei u? Auto's? Spelende kinderen?'

''s Nachts ook. Zijn er 's nachts ook spelende kinderen?'

'O, toch niet? Maar hij staat daar maar te staan 's nachts. Wat wilt u dat we doen? De hondenwagen erop af sturen?'

'Er is geen wet die de mensen verbiedt op hun eigen balkon te staan, mevrouw.'

'Een waarneming rapporteren, zegt u? Mijn God, als iedereen

13

dat soort waarnemingen zou rapporteren zouden we drie
agenten nodig hebben voor elke inwoner.'
'Bedanken? Moeten we u bedanken?'
'Onbeschaamd? Gedraag ik me onbeschaamd? Nee maar,
luistert u eens dame . . .' Gunvald Larsson zweeg en zat met
de hoorn een decimeter van zijn oor.
'Ze heeft opgehangen,' zei hij verbouwereerd.
Drie seconden later gooide hij de hoorn op de haak en zei:
'Lazer toch op, rotwijf.'
Hij scheurde het papier met de aantekeningen van zijn blocnote
en veegde er zorgvuldig het oorvuil van zijn ballpoint aan af.
'De mensen zijn gek,' zei hij. 'Vragen ze zich nog af wat je
uitvoert. Waarom geeft de centrale zulke gesprekken door?
Er zou een directe lijn moeten zijn met het gekkenhuis.'
'Je moet eraan leren wennen,' zei Melander.
Onbewogen pakte hij de telefoongids, sloeg hem dicht en
ging naar de andere kamer terug.
Gunvald Larsson was klaar met het schoonmaken van zijn
pen, hij frommelde het papiertje in elkaar en gooide het in de
prullenmand. Keek met een zuur gezicht naar de tas naast de
deur en zei:
'Ga je op reis?'
'Alleen voor een paar dagen naar Motala,' zei Martin Beck.
'Iets nakijken.'
'O.'
'Ik ben hooguit met een week terug. En Kollberg komt van-
daag weer thuis. Vanaf morgen werkt-ie hier. Je hoeft je dus
niet ongerust te maken.'
'Ik maak me niet ongerust.'
'Apropos, die roofovervaller . . .'
'Ja?'
'Ach nee, niks.'
'Als-ie het nog twee keer levert hebben we hem,' zei Melander
vanuit de andere kamer.
'Zo is het,' zei Martin Beck. 'Dag.'
'Dag,' zei Gunvald Larsson.

3

Negentien minuten voor de trein vertrok was Martin Beck op het Centraal-station en hij gebruikte de overblijvende tijd voor twee telefoongesprekken.

Eerst zijn huis.

'Ben je nog niet weg?' vroeg zijn vrouw.

Hij negeerde die retorische vraag en zei alleen maar:

'Ik logeer in hotel Palace. Vond dat je dat moest weten.'

'Hoe lang blijf je weg?'

'Een week.'

'Hoe weet je dat zo precies?'

Dat was een goeie vraag. Dom was ze in elk geval niet, dacht Martin Beck en zei:

'Zeg de kinderen gedag van me.'

Hij dacht even na en voegde eraan toe:

'En pas op jezelf.'

'Dank je,' zei ze koeltjes.

Hij legde de hoorn neer en diepte nog een dubbeltje op uit zijn broekzak. Er stond een rij voor de telefooncellen en degenen die het dichtste bij stonden keken hem een beetje zuur en wantrouwig aan toen hij het geldstukje in de gleuf wierp en het nummer van het politiebureau-zuid draaide. Het duurde even voor hij Kollberg aan de lijn kreeg.

'Dag. Ik wou alleen even checken of je al terug was.'

'Wat ontroerend,' zei Kollberg. 'Ben je nog niet weg?'

'Hoe gaat het met Gun?'

'Goed. Ze lijkt wel een telefooncel.'

Gun was Kollbergs vrouw; ze verwachtte eind augustus begin september een kind.

'Ik ben over een week terug.'

'Dat is me bekend. En dan ben ik overgeplaatst.'

Het bleef even stil aan de lijn. Toen zei Kollberg:

'Wat moet jij in Motala doen?'

'Je weet wel, die ouwe man die...'

'Welke ouwe man?'

'Die lompenhandelaar die gisternacht in zijn huis verbrand is.

Heb je dat niet . . .'
'Ik heb het in de krant gelezen. Nou en?'
'Ik moet erheen om een kijkje te nemen.'
'Kunnen ze daar op hun eigen houtje geen gewone brand
ophelderen?'
'In ieder geval hebben ze gevraagd . . .'
'Wacht eens even,' zei Kollberg. 'Het is best mogelijk dat je
dat je vrouw wijs kunt maken, maar ik loop er niet in. Ik weet
bovendien heel goed wat ze gevraagd hebben en wíe het ge-
vraagd heeft. Wie is momenteel chef van de recherche in
Motala?'
'Ahlberg, maar . . .'
'Precies, en bovendien weet ik dat je vijf vakantiedagen hebt
opgenomen, die je van het overwerken te goed had. Je gaat
dus naar Motala om met Ahlberg in het Stadshotel lekker te
gaan zitten hijsen. Of niet soms?'
'Tja, maar . . .'
'Veel plezier,' zei Kollberg joviaal. 'Pas goed op jezelf.'
'Dank je.'
Martin Beck hing op en degene die achter hem stond elle-
boogde hem hardhandig opzij. Hij haalde zijn schouders op en
liep de stationshal in.
Kollberg had ergens wel gelijk en hoewel dat op zichzelf niet
erg was, was het toch vervelend dat iemand hem zo gemakkelijk door had. Hij en Kollberg hadden Ahlberg drie zomers
geleden ontmoet in verband met een moord. Het was een
lang en moeilijk onderzoek geweest en ze waren in die tijd
goede vrienden geworden. Anders had Ahlberg hoogstwaarschijnlijk ook geen assistentie gevraagd van de rijkspolitie en
zelf zou hij nog geen halve werkdag aan het geval opgeofferd
hebben.
De stationsklok gaf aan dat de beide telefoongesprekken
precies vier minuten geduurd hadden en dus had hij nog een
kwartier over voor de trein vertrok. Het Centraal-station
wemelde van de mensen, de meest uiteenlopende mensen.
Hij stond met zijn tas in de hand, een lange man met een
mager gezicht, een hoog voorhoofd en krachtige kaken. Hij
was in een niet al te best humeur. De meesten die hem zagen
zouden hem waarschijnlijk voor een beduusde man uit de

provincie houden, die terechtgekomen was in het gewoel van de grote stad.

'Hé, psst,' zei iemand op een fluisterende, hese toon.

Hij draaide zich om en nam degene die hem aangesproken had aandachtig op. Een meisje van veertien met lichtblond, piekerig haar en een kort batikjurkje. Ze was blootsvoets, een beetje viezig en even oud als zijn eigen dochter en lichamelijk net zo volwassen. In haar holle rechterhand had ze een strook met vier foto's waarvan ze hem een glimp liet zien.

Het was niet moeilijk om achter de herkomst van deze foto's te komen. Het meisje was een van de pasfoto-automaten binnen-gegaan op het metrostation, was op haar knieën op het bankje gaan staan, had haar jurk tot aan haar oksels opgetrokken en een aantal munten van een kroon in de gleuf geworpen.

Men had de deuren van deze foto-automaten tot op kniehoogte weg laten halen, maar het had niet noemenswaard geholpen. Hij keek naar de foto's en dacht bij zichzelf dat kinderen tegen-woordig sneller volwassen werden dan vroeger. En bovendien verdomden ze het om ondergoed te dragen. Maar toch was het resultaat uit fototechnisch oogpunt niet bepaald geslaagd.

'Vijfentwintig piek,' zei het kind hoopvol.

Martin Beck keek geërgerd om zich heen en zag aan de andere kant van de stationshal twee agenten in uniform staan. Hij liep naar hen toe. De ene herkende hem en sloeg aan zijn pet.

'Kunnen jullie niet beter op die kinderen letten?' zei Martin Beck driftig.

'We doen wat we kunnen, inspecteur.'

De agent die dit antwoord gaf was dezelfde die gegroet had, een nog heel jonge man met blauwe ogen en een keurig ver-zorgde, blonde baard.

Martin Beck zei niets maar draaide zich om en liep naar de glazen deuren die toegang gaven tot de perrons. Het meisje in het batikjurkje stond verderop in de hal en keek tersluiks naar de foto's alsof ze bang was dat er iets aan haar uiterlijk man-keerde.

Straks zou de een of andere idioot naar alle waarschijnlijkheid haar foto's kopen.

Dan zou ze naar Humlegården gaan of naar Mariatorget en preludine of marihuana kopen voor het geld. Of misschien LSD.

De agent die hem herkend had, had een baard. Vierentwintig jaar geleden, toen hijzelf bij het corps in dienst trad, droegen agenten geen baard.

En waarom had die andere agent, degene die geen baard had, hem niet gegroet? Omdat hij hem niet herkend had?

Vierentwintig jaar geleden hadden politieagenten de mensen die hen aanspraken gegroet ook als de betrokkenen geen inspecteur waren. Of niet?

Toen kwam het niet voor dat veertienjarige meisjes zich naakt in fotokiosken lieten fotograferen en de foto's aan inspecteurs van politie probeerden te verkopen om aan geld te komen voor verdovende middelen.

Verder was hij ontevreden over zijn nieuwe rang, die hij aan het begin van het jaar gekregen had. Hij was ontevreden over zijn nieuwe werkkamer in het politiebureau-zuid, gelegen in het lawaaierige industriegebied aan de Västberga-allee. Hij was ook ontevreden over zijn wantrouwige echtgenote en over het feit dat een man als Gunvald Larsson het tot adjudant had kunnen brengen.

Martin Beck zat over dit alles na te denken aan het raam van zijn eersteklascoupé.

De trein gleed langs het stadhuis en hij kon nog net een glimp opvangen van de stoomboot Mariefred, een van de laatste in haar soort, en van het gebouw van uitgeverij Norstedt vóór de trein de tunnel inreed in zuidelijke richting. Toen de trein weer in het daglicht opdook zag hij het prachtige groen van het Tantopark, dat hem spoedig nachtmerries zou bezorgen en hoorde hij de wielen over de spoorwegbrug daveren.

Toen ze in Södertälje stopten was hij in een beter humeur en kocht hij een flesje mineraalwater en een oudbakken broodje met kaas van het rollende plateau dat sinds enige tijd in de meeste sneltreinen de restauratiewagen verving.

4

'Nou,' zei Ahlberg, 'en zo is het dus gegaan. Het was frisjes die nacht en hij had zo'n ouwerwets elektrisch element naast zijn bed gezet. Toen heeft hij de deken van zich afgetrapt en die is over het kacheltje gevallen en in brand gevlogen.'
Martin Beck knikte.
'Het is volkomen plausibel,' zei Ahlberg. 'Het technische onderzoek is vandaag afgesloten. Ik heb nog geprobeerd je te bellen, maar je was al weg.'
Ze stonden op de plek van de brand en tussen de bomen schemerde het meer en de trap naar de sluis waar ze drie jaar geleden een dode vrouw gevonden hadden. Van het afgebrande huis was eigenlijk alleen nog de fundering en de schoorsteen over. Maar de brandweer had wel een bijgebouwtje kunnen redden.
'Daar lagen wat gestolen goederen,' zei Ahlberg. 'Hij was een heler, die ouwe Larsson. Maar een grote verrassing was dat niet, omdat-ie vroeger al eens veroordeeld was geweest. We zullen een lijst van de spullen laten rondzenden.'
Martin Beck knikte weer. Even later zei hij:
'Zijn broer in Stockholm heb ik gecheckt. Die is in het voorjaar gestorven. Een beroerte. Hij was ook een heler.'
'Het zat waarschijnlijk in de familie,' zei Ahlberg.
'De broer hebben we nooit kunnen pakken, maar Melander herinnerde zich hem wel.'
'Melander, ja,' zei Ahlberg. 'Het geheugen van een olifant! Jullie werken niet meer samen, hè?'
'Alleen als het toevallig zo uitkomt. Hij zit nu in de Kungsholmsgatan. Kollberg ook, vanaf vandaag. Dat waanzinnige overgeplaats.'
Ze keerden de plek de rug toe en liepen zwijgend naar de auto. Een kwartier later remde Ahlberg af voor het politiebureau, een laag geel stenen gebouw op de hoek van de Prästgatan en de Kungsgatan, vlak bij Stora Torget en het standbeeld van Baltzar von Platen.
'Nou je toch hier bent en nog vakantie hebt ook kun je zeker

wel een paar dagen blijven?'

Martin Beck knikte.

'We kunnen er met de motorboot op uit gaan,' zei Ahlberg.

's Avonds aten ze in het Stadshotel een uitgelezen zalmforel, gevangen in de Vättern. Bovendien dronken ze het een en ander.

's Zaterdags gingen ze eropuit met de motorboot. Op zondag ook. Op maandag leende Martin Beck de motorboot. Op dinsdag ook. Op woensdag ging hij naar Vadstena om het kasteel te bekijken.

Het hotel in Motala waar hij logeerde was modern en geriefelijk. Hij kon goed opschieten met Ahlberg. Hij las een roman van Kurt Salomonson die 'De buitenstaander' heette. Hij had het naar zijn zin.

Hij had het verdiend. Het was een drukke winter geweest met veel werk en een afschuwelijk voorjaar. De hoop dat het een rustige zomer zou worden had hij nog niet opgegeven.

5

De roofovervaller had niets tegen het weer.

Voor in de middag was het gaan regenen. Eerst hevig, daarna een zacht motregentje en tegen zevenen was het weer droog. Maar er hing nog steeds een lage lucht, de hemel was egaal grijs en het was duidelijk dat het spoedig opnieuw zou gaan regenen. Het was nu negen uur en de schemering breidde zich langzaam uit onder het bladerdak van de bomen. Het zou nog een uur duren voor de lantarens aangingen.

De roofovervaller had zijn dunne plastic regenjas uitgetrokken en hem naast zich op de bank in het park gelegd. Hij was gekleed in een kakibroek, tennisschoenen, en een mooie grijze dralontrui met een monogram op het borstzakje. Losjes om zijn nek geknoopt droeg hij een grote rode zakdoek. Hij had zich al meer dan twee uur in het plantsoen of de onmiddellijke omgeving daarvan opgehouden. In die tijd had hij een tiental mensen in het park gezien, die hij aandachtig en met taxerende blik had opgenomen. In twee gevallen had hij de wandelaars met meer dan bijzondere belangstelling bekeken. Beide keren ging het niet om één maar om twee mensen. Het eerste paar had bestaan uit een man en een vrouw, beiden jonger dan hijzelf. Het meisje droeg sandalen en een korte zwart-witte zomerjurk, de jongen een elegante blauwe clubblazer en een lichtgrijze broek. Ze hadden de donkerste paden opgezocht in het meest afgelegen deel van het park. Daar waren ze blijven staan en hadden elkaar omhelsd, het meisje met haar rug tegen een boomstam geleund en al na enkele ogenblikken had de jongeman zijn rechterhand onder haar rok en tussen de band van haar broekje gebracht en zijn vingers tussen haar benen begraven. Ze had meteen haar voeten gespreid en gezegd: 'Stel je voor dat iemand ons ziet.' Kennelijk volkomen automatisch, want onmiddellijk daarna had ze haar ogen gesloten en begon ze haar onderlichaam ritmisch en golvend heen en weer te bewegen en met de vingers van haar linkerhand in de keurig geknipte nek van de jongen te krabben. Wat ze met haar rechterhand gedaan had, had hij niet kunnen zien, hoewel hij zo dicht in de buurt was geweest dat hij een glimp van het witte netbroekje had kunnen opvangen.

Hij was op het gras gaan lopen en hen met geluidloze stappen gevolgd en had minder dan tien meter van hen vandaan gehurkt achter de bosjes gezeten. Hij had het voor en tegen zorgvuldig afgewogen. Een overval had wel gepast bij zijn gevoel voor humor, maar aan de andere kant had het meisje geen handtas bij zich en bovendien zou hij weleens moeilijk kunnen verhinderen dat ze zou gaan gillen, wat dan weer het uitoefenen van zijn beroep zou bemoeilijken. Bovendien bleek de jongen iets groter en breder in de schouders dan hij eerst gedacht had en daarbij was het niet eens zeker dat hij geld in zijn portefeuille had. De tegenargumenten waren doorslaggevend geweest en daarom was hij weer even stil vertrokken als hij gekomen was. Een gluurder was hij niet, hij had belangrijker dingen te doen en hoogstwaarschijnlijk viel er niet veel meer te zien. Even later had hij de beide jongelui het park zien verlaten, nu op een keurige afstand van elkaar. Ze waren de straat overgestoken en een huurhuis binnengegaan, een stabiel, burgerlijk en respectabel huis. In de deur had het meisje haar broekje en b.h. rechtgetrokken en was met het natgemaakte topje van haar wijsvinger over haar wenkbrauwen gegaan. De jongeman had zijn haar gekamd.

Om halfnegen had het volgende tweetal zijn aandacht getrokken. Een rode Volvo was voor de ijzerwinkel op de hoek van de straat gestopt. Voorin zaten twee mannen. De ene was uitgestapt en het park ingegaan. Hij was blootshoofds en had een beige regenjas aan. Een paar minuten later was de tweede ook uit de auto geklommen en had een andere weg ingeslagen het park in. De laatste had een pet op en een tweedjasje aan, geen overjas. Ongeveer een kwartier later waren ze weer bij de auto teruggekeerd, elk van een andere kant en met enige minuten tussenruimte. Hij had met zijn rug naar hen toe naar de etalage van de ijzerwinkel staan kijken en hij had hun replieken duidelijk kunnen volgen.
'En?'
'Niks.'
'Waar gaan we nu heen?'
'Lill-Jansbos?'
'Met dit weer?'
'Tja.'
'Oké. Maar daarna gaan we een kop koffie drinken.'
'Oké.'
Ze hadden de portieren dichtgeslagen en waren weggereden.
En nu was het bijna negen uur en zat hij op een bankje te wachten.

Hij had haar onmiddellijk in de gaten toen ze het park in kwam en wist meteen welke weg ze zou nemen. Een dikke tante van middelbare leeftijd met jas, paraplu en een grote handtas. Dat zag er veelbelovend uit. Misschien een kioskjuffrouw. Hij stond op, trok zijn plastic jas aan, stak schuin het grasveld over en hurkte achter de bosjes. Ze kwam gestadig dichterbij over het pad, was nu bijna op één lijn met hem gekomen — en over vijf seconden, tien misschien! Met zijn linkerhand trok hij de grote zakdoek tot op zijn neuswortel, terwijl de vingers van zijn rechterhand in de boksbeugel glipten. De afstand was nog geen vier meter. Hij bewoog zich snel en zijn voetstappen in het natte gras waren zo goed als geruisloos.

Maar alleen zo goed als. Hij was haar van achter tot op een meter genaderd, toen de vrouw zich omdraaide, hem zag en haar mond opende om te schreeuwen. Zonder zich te bedenken sloeg hij haar zo hard hij kon op de mond. Er kraakte iets, ze liet haar paraplu vallen, zakte door haar knieën en hield met beide handen de tas vast alsof het een zuigeling was die ze moest beschermen.

Hij sloeg nog een keer, op haar neus en weer kraakte het. Ze viel achterover, haar benen onder haar. Gaf geen geluid. Ze bloedde hevig en scheen nauwelijks bij bewustzijn, maar toch raapte hij een handvol zand van de grond en strooide die in haar ogen. Op hetzelfde moment dat hij haar handtas openmaakte, gleed haar hoofd opzij, haar onderkaak viel open en ze begon over te geven.

Portefeuille, portemonnee, een armbandhorloge. Niet gek.

Hij was al op weg naar de uitgang. Alsof het een zuigeling was, dacht hij. Het had allemaal zo keurig en netjes kunnen verlopen. Propertjes. Rotwijf.

Een kwartier later was hij thuis. Het was halftien op de avond van de negende juni 1967, een vrijdag. Twintig minuten later begon het te regenen.

6

Het had de hele nacht geregend, maar op zaterdagmorgen scheen de zon weer, die slechts nu en dan even schuilging achter de witte wolkenslierten die langs de helderblauwe hemel dreven. Het was tien juni, de zomervakantie was begonnen en die vrijdagavond hadden lange rijen auto's zich de stad uit gewrongen op weg naar zomerhuisjes, aanlegsteigers en campings. Toch was de stad nog vol mensen die in het weekend, dat nog mooi beloofde te worden ook, genoegen moesten nemen met een surrogaatbuitenleven in de vorm van parken en openluchtbaden.

Het was kwart over negen en er stond al een rij voor de kassa van het Vanadis-zwembad. Achter de Sveavägen stroomden de naar zon dorstende en zwemlustige Stockholmers de heuvels op.

Twee slordige figuren, de ene in jeans en pullover, de andere in een zwarte broek en een bruin jasje, dat op een verdachte wijze over de linkerhelft van zijn borst spande, staken de Frejgatan over, door het rode licht heen. Ze liepen langzaam en knipperden met roodomrande ogen tegen de zon. De man met het ruimte innemende voorwerp in zijn binnenzak deed een stap opzij en kwam bijna in botsing met een fietser. De fietser, een lenig heer van een jaar of zestig in een lichtgrijs zomerkostuum en een nat badbroekje op zijn bagagedrager, verloor zijn evenwicht en moest zijn voet op de grond zetten. 'Lummels,' schreeuwde hij, voor hij plechtstatig verder fietste. 'Zo'n rotzak,' zei de man in het jasje. 'Hij had me wel overhoop kunnen rijden, die vuile stinkerd. En als ik gevallen was, dan was mooi die fles aan diggelen geweest.'

Van zijn stuk gebracht bleef hij op het trottoir staan en alleen het idee al dat een catastrofe zo dicht bij was geweest deed hem plotseling huiveren en hij bracht zijn hand naar zijn binnenzak. 'En dacht je dat hij dan de fles vergoed zou hebben?' vervolgde hij. 'Vergeet het maar! Die woont vast in zo'n enorm huis aan het Norr Mälarstrand met een kast vol champagne, maar een fles vergoeden aan een arme stakker, daar zou die rotzak nooit opkomen.'

'Nou, hij hééft hem toch niet gebroken,' merkte zijn metgezel rustig op.

De laatste was een stuk jonger; hij pakte zijn verontwaardigde kameraad bij de arm en loodste hem het park in. Ze liepen de heuvel op, maar gingen niet zoals de anderen naar het zwembad; ze vervolgden hun weg voorbij het hek. Daarna sloegen ze het smalle pad in dat loopt van de Stefanskerk naar de top van de heuvel. Moeizaam en hijgend klommen ze naar boven en toen ze halverwege waren zei de jongste van de twee: 'Soms ligt er geld in het gras achter de toren. Als daar de avond tevoren gepokerd is. Misschien vinden we wel zoveel dat we genoeg hebben om nog een fles te kopen voor de winkels sluiten.'

Het was zaterdag en de staatsdrankwinkels sloten al om één uur.

'Geen schijn van kans. Het heeft gisteren geregend.'

'Ja, dat is waar,' zei de jongste en slaakte een zucht.

Het pad liep langs de afrastering van het zwembad; aan de andere kant krioelde het van de badende mensen, een deel bruin als negers, een deel echte negers, maar de meesten zagen er bleek uit na een lange winter zonder zelfs een weekje op de Canarische Eilanden.

'Hé, wacht es,' zei de jongste. 'We gaan even naar de grietjes kijken.'

De oudste liep door en zei over zijn schouder:

'Nee, verdomme. Kom, ik heb een dorst als een kameel.'

Ze vervolgden hun weg naar de watertoren die hoog boven in het park stond en toen ze om het donkere gebouw heengelopen waren zagen ze tot hun opluchting dat ze het terrein achter de toren voor zichzelf hadden. De oudste was in het gras gaan zitten, had de fles te voorschijn gehaald en was bezig de dop eraf te schroeven. De jongste was iets verder doorgelopen, de heuvel af naar een roodachtige schutting en riep:

'Hé, Jocke, laten we hier gaan zitten. Stel je voor dat er iemand komt.'

Jocke stond puffend en blazend op en met de fles in de hand volgde hij de ander die begonnen was de helling af te klauteren.

'Dit is een goeie plek,' zei de jongste, 'hier bij dit bos . . .'

Hij zweeg en boog zich voorover.

'O God,' fluisterde hij hees. 'O God, o God, o God!'

Jocke, die hem had ingehaald, zag het meisje op de grond, draaide zich een kwartslag om en gaf over.

Ze lag met het bovenlichaam half verscholen onder een struik en met gespreide, uitgestrekte benen op het vochtige zand. Haar gezicht was blauwig en lag schuin zijwaarts en haar mond stond open. Haar rechterarm was om haar hoofd gebogen en de linkerhand lag naast haar heup met de handpalm naar boven.

Het blonde, halflange haar viel over haar wang. Ze was blootsvoets en gekleed in een rokje en een katoenen truitje met verticale strepen, dat opgeschoven was, zodat haar middel bloot was.

Ze was een jaar of negen.

Ze was zonder enige twijfel dood.

Het was vijf voor tien toen Jocke en zijn kameraad arriveerden bij het negende districtsbureau in de Surbrunnsgatan. Onsamenhangend en nerveus vertelden ze aan iemand, die Granlund heette en die als wachtcommandant optrad, wat ze in het Vanadispark gezien hadden. Tien minuten later waren Granlund en vier agenten ter plaatse.

Er waren slechts twaalf uur verlopen sinds twee van de vier agenten naar een nabijgelegen deel van het park geroepen waren, waar weer één uit de lange rij overvallen had plaatsgevonden. Daar er bijna een uur tussen het moment van de overval en het tijdstip van aangifte had gelegen, waren ze het er over eens geweest dat de overvaller zich al lang uit de voeten had gemaakt. Daarom hadden ze de omgeving niet afgezocht en konden dus niet zeggen of het lichaam van het meisje er op dat tijdstip al gelegen had of niet.

De vijf politiemannen constateerden dat het meisje dood was, dat ze waarschijnlijk — voor zover zij als leken dat konden beoordelen — gestorven was door wurging en dus met de grootst mogelijke waarschijnlijkheid was vermoord. Meer konden ze op dat moment niet doen.

Terwijl ze wachtten op de recherche en de mannen van de technische dienst, was hun belangrijkste taak ervoor te zorgen dat er geen nieuwsgierigen in de buurt kwamen.

Granlund liet zijn blik over de plaats van het misdrijf dwalen en dacht bij zichzelf dat de mannen van de recherche niet bepaald een makkelijke job zouden hebben. Het had blijkbaar langdurig en zwaar geregend nadat het lichaam hier beland was. Hij meende echter te weten wie het meisje was en dat was bepaald geen wetenschap die hem vreugde verschafte.

De vorige avond om elf uur was een angstige moeder op het politiebureau geweest om te vragen of ze naar haar dochtertje wilden zoeken. Het meisje was achteneenhalf jaar. Ze was om zeven uur buiten gaan spelen en sindsdien had ze haar niet meer gezien. Het negende districtsbureau had de desbetreffende afdeling van de recherche gealarmeerd en alle surveillerende eenheden hadden het signalement van het meisje doorgekregen. Ze hadden navraag gedaan bij de ongevallenafdelingen van de diverse ziekenhuizen.

Het signalement scheen helaas te kloppen.

Voor zover Granlund bekend hadden ze het verdwenen meisje niet gevonden. Bovendien woonde ze aan de Sveavägen bij het Vanadispark. Een al te sterke twijfel was dus niet wel mogelijk.

Hij dacht aan de ouders van het meisje die nu angstig thuis zaten te wachten en smeekte uit het diepst van zijn hart dat hij het niet hoefde te zijn die hun de waarheid zou moeten vertellen.

Toen de mannen van de recherche eindelijk arriveerden, had Granlund het gevoel of hij een eeuwigheid in de zon had gestaan, een eindje bij het kleine dode kinderlichaam vandaan. Zodra de experts met hun arbeid begonnen waren ging hij weg. Hij wandelde terug naar het negende districtsbureau, het beeld van het dode meisje op zijn netvlies geëtst.

7

Toen Kollberg en Rönn op de plaats van het misdrijf in het Vanadispark arriveerden, was de omgeving achter de watertoren volgens de regels afgezet. De fotograaf had zijn werk reeds gedaan en de arts was met het voorlopige routine-onderzoek van het lijkje bezig.

De grond was nog steeds vochtig en de enige voetsporen in de nabijheid van het lichaam leken vers en waren naar alle waarschijnlijkheid gemaakt door de mannen die het lichaampje gevonden hadden. De houten sandalen van het meisje lagen een eindje lager tegen de rode schutting.

Toen de arts klaar was liep Kollberg op hem toe en vroeg: 'En?'

'Gewurgd,' zei de dokter. 'En een vorm van verkrachting. Denk ik.'

Hij haalde zijn schouders op.

'Wanneer?'

'In de loop van gisteravond. Laat nagaan wanneer ze gegeten heeft en wat . . .'

'Ja, dat weet ik. Denk je dat het hier gebeurd is?'

'Ik kan niets vinden dat op het tegendeel wijst,' zei de dokter.

'Nee,' zei Kollberg. 'Verdomd jammer dat het zo geregend heeft.'

'Ja,' zei de dokter en liep naar zijn auto.

Kollberg bleef nog een halfuur in het park, daarna reed hij met een wagen van het negende district naar het bureau aan de Surbrunnsgatan.

De inspecteur zat aan zijn schrijftafel een rapport te lezen toen Kollberg zijn kamer binnenkwam. Hij groette en legde het rapport neer. Wees op een stoel. Kollberg ging zitten en zei: 'Een afschuwelijke zaak.'

'Ja,' zei de inspecteur. 'Hebben jullie iets kunnen vinden?'

'Voor zover ik weet niet. De regen heeft het meeste uitgewist.'

'Wanneer denk je dat het gebeurd is? Er is daar gisteravond ook een overval gepleegd. Ik zat juist het rapport te bestuderen.'

'Ja,' zei Kollberg. 'Ik zou het niet weten. Kijken wanneer we haar kunnen overbrengen.'

'Denk je dat het dezelfde kerel is geweest? Dat ze toevallig iets gezien heeft of zo?'

'Als ze verkracht is zal het wel niet dezelfde zijn. Iemand die roofovervallen pleegt en ook nog zedenmisdrijven, tja, dat is wel een beetje te veel van het goede,' zei Kollberg vaag.

'Verkracht? Heeft de dokter dat gezegd?'

'Hij sloot de mogelijkheid niet uit.'

Kollberg zuchtte en wreef zich over zijn kin.

'De jongens die me hierheen gereden hebben, zeiden dat jullie weten wie ze is,' zei hij.

'Ja,' zei de inspecteur. 'Waarschijnlijk wel. Granlund was net hier en die heeft haar geïdentificeerd van een foto die haar moeder gisteravond hier gelaten heeft.'

De inspecteur opende een map, haalde een amateurkiekje te voorschijn en gaf het aan Kollberg. Op de foto stond het meisje dat nu dood in het Vanadispark lag, tegen een boom geleund en lachte in de zon. Kollberg knikte en gaf de foto terug.

'Weten haar ouders al dat . . .'

'Nee,' zei de inspecteur.

Hij scheurde een blad van een blocnote af die voor hem lag en gaf het aan Kollberg.

'Mevrouw Karin Carlsson, Sveavägen 83,' las Kollberg hardop.

'Het meisje heette Eva,' zei de inspecteur. 'Het zou het beste zijn als iemand . . . als jij erheen gaat. Nu. Voordat ze het op een onaangenamer manier te horen krijgt.'

'Het is zo al onaangenaam genoeg,' zei Kollberg en zuchtte.

De inspecteur keek hem ernstig aan maar zei niets.

'Overigens dacht ik dat dit jouw district was,' zei Kollberg, maar hij stond toch op en vervolgde:

'Oké, oké, ik zal wel gaan. Iémand moet het doen.'

In de deur draaide hij zich om en zei:

'Het is geen wonder dat we een tekort aan mensen hebben. Je moet wel getikt zijn om smeris te worden.'

Omdat hij zijn auto bij de Stefanskerk had laten staan, besloot hij naar de Sveavägen te lopen. Bovendien wilde hij de ontmoeting met de ouders van het meisje nog even uitstellen.

De zon scheen en er was geen spoor meer te zien van de nachtelijke regen. Kollberg voelde zich een tikje misselijk bij de gedachte aan de op zijn zachtst uitgedrukt onplezierige opgave die voor hem lag. Hij was al vaker gedwongen geweest dergelijke opdrachten op zich te nemen, maar nu het om een kind ging trok hij het zich nog meer aan dan anders. Was Martin er maar geweest, dacht hij, die is veel beter in dit soort dingen dan ik. Maar toen herinnerde hij zich hoe gedeprimeerd Martin Beck altijd was onder zulke omstandigheden en vervolgens dacht hij: onzin, het is voor iedereen even moeilijk.

Het huis waar het dode meisje had gewoond lag schuin tegenover het Vanadispark, in de rij huizen tussen de Surbrunnsgatan en de Frejgatan. De lift was kapot en hij moest vijf trappen beklimmen. Voor hij aanbelde, stond hij even stil en haalde diep adem.

De vrouw deed bijna onmiddellijk de deur open. Ze was gekleed in een bruine katoenen jurk en droeg sandalen. Het blonde haar was ongekamd en zat slordig alsof ze er keer op keer haar vingers doorheen gehaald had. Terwijl ze naar Kollberg keek wisselden teleurstelling, hoop en angst zich op haar gezicht af.

Kollberg liet zijn legitimatiebewijs zien en ze keek hem aan met een vertwijfelde, vragende blik.

'Mag ik even binnenkomen?'

De vrouw hield de deur open en liet hem passeren.

'Hebt u haar niet gevonden?' vroeg ze.

Kollberg antwoordde niet maar liep verder de flat in, die uit twee kamers bleek te bestaan. In de eerste stond een bed, een boekenkast, een schrijfbureau, een televisietoestel, een kast en twee fauteuils elk aan een kant van het lage teakhouten tafeltje. Het bed was opgemaakt; waarschijnlijk had niemand daar die nacht geslapen. Op de blauwe sprei stond een koffer met opengeslagen deksel en daarnaast lagen stapeltjes keurig opgevouwen kleren. Over het deksel van de koffer hingen een paar pasgestreken katoenen jurken. De deur naar de andere kamer stond open en daarin kon Kollberg een blauwgeschilderde boekenkast zien met boeken en speelgoed en een witte teddybeer erbovenop.

'Zullen we niet gaan zitten,' zei Kollberg en nam plaats in een van de fauteuils.

De vrouw bleef staan en vroeg:

'Wat is er gebeurd? Hebt u haar gevonden?'

Kollberg las de angst en de paniek in haar ogen en probeerde zelf heel kalm te blijven.

'Ja,' zei hij. 'Zou u zo goed willen zijn te gaan zitten, mevrouw Carlsson. Waar is uw man?'

'Ik heb geen man. Ik ben gescheiden. Waar is Eva? Wat is er gebeurd?'

'Mevrouw Carlsson,' zei Kollberg, 'ik vind het heel erg dat ik u dit moet zeggen. Uw dochtertje is dood.'

De vrouw staarde hem aan.

'Nee,' zei ze. 'Nee.'

Kollberg stond op en ging naar haar toe.

'Is er misschien iemand die we kunnen laten halen om u gezelschap te houden? Uw ouders misschien?'

De vrouw schudde van nee.

'Het is niet waar,' zei ze.

Kollberg legde zijn hand op haar schouder.

'Het spijt me heel erg, mevrouw Carlsson,' zei hij onhandig.

'Maar hoe,' zei ze. 'We zouden met vakantie gaan . . .'

'We weten het nog niet precies,' zei Kollberg. 'We denken dat . . . . ze in handen van iemand gevallen is.'

'Gedood? Vermoord?'

Kollberg knikte.

De vrouw sloot haar ogen en zat volkomen roerloos. Toen deed ze haar ogen weer open en schudde haar hoofd.

'Eva niet,' zei ze. 'Het is Eva niet. U hebt . . . u vergist.'

'Nee,' zei Kollberg. 'Het spijt me, mevrouw Carlsson. Is er iemand die ik kan bellen? Iemand die ik kan vragen hier te komen? Uw ouders bij voorbeeld of iemand anders?'

'Nee nee, die niet. Ik wil niemand hier hebben.'

'Uw gewezen man?'

'Die woont geloof ik in Malmö.'

Haar gezicht was lijkbleek en haar blik wezenloos. Kollberg begreep dat het nog niet tot haar doorgedrongen was wat er was gebeurd, dat ze van binnen een afweermechanisme in werking had gesteld dat niet toeliet dat de waarheid haar bereikte. Hij had die reactie vaker gezien en wist dat als de waarheid tot haar doordrong ze ineen zou storten.

'Welke dokter hebt u, mevrouw Carlsson?' vroeg Kollberg.

'Dokter Ström. Daar zijn we woensdag nog geweest. Eva had al een paar dagen buikpijn en omdat we met vakantie zouden gaan, vond ik het beter . . .'

Hier zweeg ze en keek naar de deur die naar de andere kamer leidde.

'Eva is nooit ziek,' zei ze. 'En die buikpijn ging weer over. De dokter dacht dat het een infectie was die gauw weer over zou zijn. Buikgriep of zo.'

Ze was even stil. Toen zei ze zo zachtjes dat Kollberg nauwelijks de woorden kon opvangen.

'Nu is ze weer beter.'

Kollberg keek naar haar, hij wist zich geen raad en voelde zich een idioot. Hij wist niet wat hij moest zeggen of doen. Ze zat nog steeds met haar gezicht gekeerd naar de open deur van de kamer van haar dochtertje. Hij zocht wanhopig naar woorden, toen ze plotseling opstond en de naam van haar dochtertje riep met een hoge, schrille stem. Daarna rende ze de andere kamer in. Kollberg volgde haar.

De kamer was licht en aardig gemeubileerd. In een hoek stond een roodgeschilderde kist vol speelgoed en aan het voeteneinde van het kleine bed een ouderwetse poppenkast. Op de schrijftafel een stapeltje schoolboeken.

De vrouw zat op de rand van het bed met de ellebogen op haar knieën en de handen voor haar gezicht. Ze zwaaide heen en weer met haar bovenlichaam en Kollberg kon niet horen of ze huilde.

Hij nam haar een ogenblikje op en liep toen terug naar de hal waar hij een telefoon had gezien. Naast het toestel lag een boekje met namen en daarin vond hij inderdaad het telefoonnummer van dokter Ström.

De dokter luisterde terwijl Kollberg de situatie uitlegde en beloofde binnen vijf minuten te komen.

Kollberg ging terug naar de vrouw die nog op dezelfde plaats zat als daarstraks. Ze gaf nog steeds geen geluid. Kollberg ging naast haar zitten en wachtte. Eerst wist hij niet of hij het zou wagen haar aan te raken maar even later legde hij voorzichtig zijn arm om haar heen. Ze scheen zich niet bewust van zijn aanwezigheid.

Zo zaten ze tot de stilte verbroken werd door het belletje van de dokter.

8

Kollberg transpireerde hevig toen hij terugliep naar het Vanadispark. Dit kwam door de steilheid van de helling, de vochtige zonnewarmte of door zijn naar corpulentie neigende lichaamsomvang. En misschien door alle drie.

Zoals de meesten die zich met deze zaak zouden bezighouden was hij al overwerkt toen het onderzoek begon. Hij dacht aan het weerzinwekkende van dit misdrijf en aan de mensen die door deze blinde zinloosheid getroffen waren. Hij had dergelijke dingen al vaker meegemaakt, hóe vaak zou hij niet eens een-twee-drie kunnen zeggen, en hij wist precies hoe afschuwelijk het nog zou worden. En hoe moeilijk.

Hij dacht aan de snel voortschrijdende vergangstering van de samenleving, die in laatste instantie en ondanks alles een produkt was van hemzelf en de andere mensen die erin leefden en die medeverantwoordelijk waren voor het tot stand komen ervan. Hij dacht aan de snelle ontwikkeling die de politie het laatste jaar had doorgemaakt, zowel in technisch opzicht als met betrekking tot het personeel, terwijl de criminaliteit ondanks dat toch altijd een stap voor scheen te liggen. Hij dacht aan de computers en de nieuwe opsporingsmethoden, die er misschien toe zouden leiden dat juist deze misdadiger binnen een paar uur gegrepen kon worden en hij dacht ook hoe weinig troost deze buitengewone technische uitvindingen konden bieden aan de vrouw bij voorbeeld die hij zojuist verlaten had. Of aan hemzelf. Of aan de ernstige mannen die zich rond het kleine lichaam in het bosje hadden verzameld tussen de heuvel en de rode houten afrastering.

Hij had het lijkje maar enkele ogenblikken en van een afstand gezien en hij wilde het niet nog eens zien als hij het kon voorkomen. Maar dit, wist hij, was onmogelijk. Het beeld van het kind in het rode rokje en het dwarsgestreepte truitje was in zijn bewustzijn gegrift en zou daar altijd blijven, te zamen met alle andere beelden waarvan hij nooit meer los kon komen. Hij dacht aan de houten sandalen die op de helling lagen en aan zijn eigen kind dat nog niet geboren was. Hoe dat kind er over negen jaar uit zou zien. Aan de angst en de afschuw die zich onder de mensen zou verspreiden. En aan de koppen op de voorpagina van de avondbladen.

Het gehele terrein rond de sombere, op een vesting gelijkende watertoren was nu afgezet, evenals de steile helling erachter, helemaal tot onder aan de trappen van de Ingemarsgatan. Hij liep voorbij de auto's, bleef staan bij de afzetting en keek uit over de lege speelplaats met zijn zandbakken, schommels en klimstellages.

De wetenschap dat dit al eerder gebeurd was en de zekerheid dat het opnieuw zou gebeuren drukte als een bijna ondraaglijke last op hem. Sinds de laatste maal was het politieapparaat uit-

gerust met computers en meer mensen en meer auto's. Sinds
de laatste maal was de verlichting in de parken verbeterd en
waren de meeste bosjes weggehaald. De volgende maal zouden
er nog meer auto's en computers zijn en nog minder struikgewas. Aan dit alles moest Kollberg denken, terwijl hij zijn
voorhoofd afveegde met een zakdoek die reeds kletsnat was.
De journalisten en fotografen waren al ter plaatse, maar gelukkig waren er nog niet veel nieuwsgierigen. De journalisten
en fotografen waren eigenaardig genoeg in de loop der jaren
beter geworden, wat ten minste voor een deel aan de politie
toegeschreven kon worden. De nieuwsgierigen zouden nooit
in hun voordeel veranderen.
Hoewel zich verhoudingsgewijs vrij veel mensen op het terrein
bevonden was het wonderlijk stil rond de watertoren. Van ver
weg, misschien van het gemeentelijk zwembad of de speelplaats aan de Sveavägen drong opgewekt geschreeuw en
kindergelach door.
Kollberg stond nog steeds bij de afzetting. Hij zei niets en er
was niemand die iets tegen hem zei.
Hij wist dat de moordbrigade van de rijkspolitie gealarmeerd
was, dat het gehele onderzoek zo te zeggen bezig was zich te
stabiliseren, dat de mensen van de technische dienst die ter
plaatse een onderzoek instellen aan het werk waren gegaan,
dat de zedenpolitie ingeschakeld was, dat men bezig was een
tipcentrale te organiseren en voorbereidingen te treffen voor
een huis-aan-huis-navraagactie, dat de gerechtelijke lijk-
schouwer gereedstond, dat elke surveillance-auto gewaarschuwd was en dat men niets en niemand zou sparen, ook hem
niet. Toch gunde hij zichzelf dit moment van bezinning. Het
was zomer. Mensen zwommen. Toeristen dwaalden met kaarten in hun hand door de stad rond. En in de struiken tussen de
heuvelrug en de roodgeschilderde afrastering lag een dood
kind. Het was afschuwelijk, maar wat nog het ergste was: het
zou nog weleens veel erger kunnen worden.
Nog een auto, de negende of tiende misschien, raasde de heuvel
op, uit de richting van de Stefanskerk en stopte. Zonder zijn
hoofd daadwerkelijk om te draaien zag hij Gunvald Larsson
de auto uitstappen en op hem toekomen.
'Dag. Hoe staat het ermee?'

'Ik zou het niet weten.'

'Het is de regen. Het heeft de hele nacht gegoten. Vermoedelijk . . .' zei Gunvald Larsson en voor één keer onderbrak hij zichzelf.

Een ogenblikje later zei hij:

'Als ze voetafdrukken vinden zijn dat vermoedelijk de mijne. Ik ben hier gisteravond geweest. Even na tienen.'

'O.'

'De overvaller heeft een vrouw neergeslagen. Nog geen vijftig meter hiervandaan.'

'Ik heb het gehoord.'

'Ze had haar fruitwinkel gesloten en was op weg naar huis. Had de hele kassa bij zich.'

'O.'

'De hele kassa. De mensen zijn niet goed wijs,' zei Gunvald Larsson. Opnieuw zweeg hij even. Knikte in de richting van de helling en de bosjes en de rode afrastering en zei:

'Ze moet er toen al gelegen hebben.'

'Waarschijnlijk wel.'

'Het was al gaan regenen toen we hier kwamen. Een surveillanceteam in burger van het negende district was drie kwartier voor de overval nog hier geweest. Die hebben evenmin iets gezien. Toen moet ze er ook al gelegen hebben.'

'Zochten ze de overvaller?' vroeg Kollberg.

'Ja. En toen hij híer was, waren zíj bij de Uggleviksfontein. Het was de negende keer.'

'Hoe is het met die vrouw?'

'Het was een geval voor de ambulancewagen. Gelijk naar het ziekenhuis. Een shock, een gebroken kaakbeen, vier uitgeslagen tanden en een gebroken neusbeentje. Ze heeft alleen kunnen zien dat het een man was en dat hij een rode zakdoek voor zijn gezicht had. Een fantastisch goed signalement.'

Gunvald Larsson zweeg weer even en zei toen:

'Had ik de hondewagen maar gehad.'

'Wat?'

'Die voortreffelijke maat van jou, Beck, zei toen hij de vorige week op het bureau was dat ik de hondewagen eropaf moest sturen. Misschien had één van de honden dan . . .'

Hij knikte opnieuw in de richting van de glooiing alsof hij

liever niet onder woorden wilde brengen wat hij bedoelde.
Kollberg was niet bepaald dol op Gunvald Larsson, maar deze keer begreep hij wat er in de man omging.
'Ja, dat had gekund,' zei Kollberg.
Gunvald Larsson stelde, zeer aarzelend, een vraag:
'Is er sex in het spel?'
'Vermoedelijk wel.'
'In dat geval is er waarschijnlijk geen verband tussen beide.'
'Nee, vermoedelijk niet.'
Rönn kwam vanuit het afgezette terrein op hen toe en Gunvald Larsson vroeg dadelijk:
'Is er sex in het spel?'
'Ja,' zei Rönn. 'Het ziet er naar uit. Geen twijfel mogelijk.'
'Dan is er geen verband.'
'Verband met wat?'
'Met de roofovervaller.'
'Hoe staat het er voor?' vroeg Kollberg.
'Slecht,' zei Rönn. 'De regen heeft alles uitgewist. Ze is doornat, als een verdronken kat.'
'Brr,' zei Gunvald Larsson. 'Brr, wat afschuwelijk. Twee gekken lopen los rond op dezelfde tijd en op dezelfde plek, de een nog erger dan de ander.'
Hij draaide zich om en liep terug naar de auto. Het laatste dat ze hem hoorden zeggen was:
'Wat een rot beroep.'
Rönn wierp hem een blik achterna. Toen vroeg hij op gedempte toon:
'Zou je zo goed willen zijn even mee te gaan?'
Kollberg slaakte een zucht en klom over de touwafzetting.

Martin Beck keerde niet eerder naar Stockholm terug dan zaterdagmiddag, de dag voor hij weer dienst had. Ahlberg bracht hem naar het station.
Hij stapte over in Hallsberg en kocht aan de stationskiosk de avondbladen. Stopte ze dubbelgevouwen in de zak van zijn regenjas en sloeg ze niet open voordat hij zich geïnstalleerd had in de sneltrein uit Gotenborg.
Hij wierp een blik op de voorpagina's en kreeg een schok. De nachtmerrie was begonnen.

Voor hem een paar uur later dan voor de anderen. Maar dat was dan ook alles.

9

Er zijn ogenblikken en situaties die men tot elke prijs zou willen vermijden, maar waaraan niet te ontkomen valt. Het is waarschijnlijk juist dat de politie vaker voor dergelijke situaties komt te staan dan andere mensen en het is absoluut zeker dat het bepaalde politiemannen vaker overkomt dan andere.
Zo'n situatie is het verhoren van een vrouw, Karin Carlsson genaamd, minder dan een etmaal nadat ze heeft vernomen dat haar achtjarig dochtertje als gevolg van een zedenmisdrijf gewurgd is. Een eenzame vrouw die ondanks spuitjes en tabletjes in geen enkel opzicht over de schok heen is en wier apathische houding duidelijk wordt uit het feit, dat ze nog steeds gekleed is in dezelfde bruine katoenen jurk en dezelfde sandalen die ze aan had toen een dikke agent, die ze nog nooit gezien had en die ze ook nooit meer zou ontmoeten aan haar deur belde, vierentwintig uur geleden. Het moment onmiddellijk voorafgaand aan het begin van een dergelijk gesprek.
Je bent inspecteur van politie, van moordzaken, en je weet dat dit gesprek niet uitgesteld kan worden, laat staan vermeden, omdat je afgezien van deze ene getuige over geen enkel bruikbaar spoor noch over enig aanknopingspunt beschikt. Omdat het rapport van de lijkschouwing nog niet klaar is en omdat je in grote lijnen toch wel weet wat daarin zal staan.
Vierentwintig uur daarvoor had Martin Beck op de achtersteven van een roeiboot gezeten en visnetten opgehaald die hij en Ahlberg diezelfde ochtend vroeg hadden uitgezet. Nu stond hij in een kamer in het hoofdkwartier van de recherche in de Kungsholmsgatan met zijn rechter elleboog op een archiefkast geleund, omdat hij zich te slecht op zijn gemak voelde om te gaan zitten.
Ze hadden het beter gevonden dat dit verhoor afgenomen zou

worden door een vrouw, een inspectrice bij de zedenpolitie. Ze was vijfenveertig jaar en heette Sylvia Granberg en in zekere zin was het een geslaagde keuze geweest. Zoals ze daar aan de tafel zat tegenover de vrouw in de bruine jurk scheen ze even onbewogen als de bandrecorder die ze zojuist had aangezet.

Toen ze het apparaat veertig minuten later afzette was er geen enkele verandering aan haar te bespeuren geweest en ze was niet één keer van het onderwerp afgeweken. Dat viel Martin Beck opnieuw op toen hij de band een tijdje later afdraaide in tegenwoordigheid van Kollberg en nog een paar mensen.

Granberg: Ik weet dat het moeilijk voor u zal zijn, mevrouw Carlsson, maar helaas zijn er bepaalde vragen die we nu eenmaal moeten stellen.

Carlsson: Ja.

GR: U heet dus Karin Elisabet Carlsson.

C: Ja.

GR: Wanneer bent u geboren?

C: Zeven ... negentien ...

GR: Wilt u proberen uw hoofd naar de microfoon gekeerd te houden als u antwoord geeft?

C: Zeven april negentien zevenendertig.

GR: Burgerlijke staat?

C: Wat ... ik ...

GR: Ik bedoel of u ongetrouwd bent, getrouwd of gescheiden.

C: Gescheiden.

GR: Hoe lang?

C: Zes jaar ... bijna zeven.

GR: En hoe heet uw voormalige echtgenoot?

C: Sigvard Erik Bertil Carlsson.

GR: Waar woont hij?

C: In Malmö ... ik bedoel, daar staat hij ingeschreven ... dat dacht ik tenminste.

GR: Dacht u dat? U weet het niet zeker?

Martin Beck: Hij is zeeman. We zijn er niet achter kunnen komen waar hij momenteel verblijft.

GR: Had uw man dan geen onderhoudsplicht tegenover uw dochtertje?

MB: Ja, natuurlijk, maar hij schijnt al verscheidene jaren niet betaald te hebben.

G: Hij heeft nooit veel om Eva gegeven.

CR: En uw dochtertje heette Eva Carlsson? Nog meer voornamen?

C: Nee.

GR: En ze was geboren op vijf februari negentien negenenvijftig?

C: Ja.

GR: Zoudt u zo vriendelijk willen zijn ons zo nauwkeurig mogelijk te vertellen wat er vrijdagavond gebeurd is?

C: Gebeurd... er is niets gebeurd. Eva... ging buiten spelen.

GR: Hoe laat was dat?

C: Even na zevenen. Ze had naar de tv zitten kijken en we hadden gegeten...

GR: Hoe laat had u gegeten?

C: Om zes uur. We aten altijd om zes uur, als ik thuiskwam. Ik werk op een fabriek van lampekappen... en op de terugweg haalde ik Eva op uit het kinderverblijf waar ze 's middags na schooltijd zelf heen gaat... en dan doen we samen boodschappen onderweg...

GR: Wat had ze die avond gegeten?

C: Gehakt... mag ik een beetje water?

GR: Natuurlijk. Alstublieft.

C: Dank u wel. Gehakt en aardappelpuree. En we hadden ijs na.

GR: En wat had ze gedronken?

C: Melk.

GR: Wat hebben Eva en u daarna gedaan?

C: Naar de tv gekeken... er was een kinderprogramma.

GR: En om zeven uur of even daarna ging ze dus naar buiten?

C: Ja, het had opgehouden met regenen. En toen begon het journaal op de tv. Ze is niet zo geïnteresseerd in het nieuws.

GR: Ging ze alleen?

C: Ja. Kijk, het was nog volkomen licht op straat en de zomervakantie was begonnen. Ze mocht tot acht uur buiten spelen. Vindt u dat... onverantwoordelijk van mij?

GR: Zeker niet. Helemaal niet. Daarna hebt u haar niet meer gezien?

C: Nee... niet voor... nee, ik kan niet...

GR: De identificatie. Daar hoeven we het niet over te hebben. Hoe laat werd u ongerust?

c: Ik weet het niet. Ik was de hele tijd ongerust. Ik ben altijd ongerust als ze niet thuis is. Zij is het enige wat ik ...

GR: Maar hoe laat begon u haar te zoeken?

c: Niet voor ná half negen. Ze is niet altijd even precies. Ze blijft soms bij een vriendinnetje hangen zonder op de klok te kijken. U weet hoe het gaat als kinderen aan het spelen zijn.

GR: Zeker. Ik begrijp het. Hoe laat begon u met zoeken?

c: Om kwart voor negen ongeveer. Ik kende twee speel-kameraadjes van haar leeftijd waar ze weleens naar toe ging. Ik heb de ouders van het ene meisje opgebeld, maar kreeg geen gehoor.

MB: Die familie is de stad uit. Ze zijn naar hun zomerhuisje gegaan voor het weekend.

c: Dat wist ik niet. Eva ook niet, geloof ik.

GR: En wat hebt u toen gedaan?

c: De ouders van het andere meisje hebben geen telefoon. Ik ben naar ze toe gegaan.

GR: Hoe laat was dat?

c: Ik kan daar niet voor negenen geweest zijn, want de buiten-deur zat op slot en het duurde even voor ik erin kon. Ik heb moeten wachten tot er iemand kwam. Eva was er inderdaad geweest, na zeven uur, maar het andere meisje mocht niet mee. Haar vader zei dat hij het te laat vond voor kleine meisjes om buiten te spelen.

(Stilte).

c: Mijn god, had ik dat ook maar ... Maar het was nog hele-maal licht en er waren overal mensen. Als ik maar niet ...

GR: Is uw dochtertje onmiddellijk weer weggegaan?

c: Ja, ze zou naar de speelplaats gaan, had ze gezegd.

GR: Welke speelplaats zou ze volgens u bedoeld kunnen hebben?

c: Die in het Vanadispark bij de Sveavägen. Daar gaat ze altijd naar toe.

GR: Zou ze niet de andere speelplaats bedoeld kunnen hebben, die bij de watertoren ligt?

c: Dat geloof ik niet. Daar ging ze nooit naar toe. En zeker niet alleen.

GR: Is het mogelijk dat ze andere speelkameraadjes ontmoet heeft?

C: Ik zou niet weten wie. Ze speelde altijd met die twee.

GR: Toen u haar daar dus niet vond, wat hebt u toen gedaan?

C: Ik ... ik ben naar de speelplaats aan de Sveavägen gegaan om daar te kijken. Die was leeg.

GR: En toen?

C: Ja, ik wist niet wat ik toen nog kon doen. Ik ben naar huis gegaan en heb zitten wachten. Ik heb voor het raam naar haar uit staan kijken.

GR: Wanneer hebt u de politie gebeld?

C: Later pas. Om vijf minuten over tien zag ik een politieauto stoppen bij het park en daarna een ambulancewagen. Het was weer gaan regenen. Ik trok mijn jas aan en rende ernaar toe. Ik ... ik heb met de agent gesproken die daar was, maar die zei dat het een oudere dame was die zich bezeerd had.

GR: En toen bent u weer naar huis gegaan?

C: Ja ... en toen zag ik dat het licht brandde. Ik was zo blij, ik dacht dat ze thuis gekomen was. Maar ik had zelf vergeten het licht uit te doen.

GR: Hoe laat hebt u de politie gebeld?

C: Toen het over halfelf was geworden hield ik het niet langer uit. Ik heb een vriendin opgebeld, een collega. Ze woont in Hökarängen. Ze zei dat ik onmiddellijk de politie moest bellen.

GR: Volgens de gegevens hebt u om tien voor elf gebeld.

C: Ja. En daarna ben ik naar het politiebureau gegaan. In de Surbrunnsgatan. Daar waren ze heel aardig. Ik moest vertellen hoe Eva eruitziet ... zag en wat ze aan had. Ik had een foto meegenomen zodat ze konden zien hoe ze eruitzag. Ze waren ontzettend vriendelijk. De agent die alles opschreef, zei dat er zoveel kinderen zoekraken of verdwalen of bij een vriendinnetje thuis blijven spelen, maar dat ze allemaal na een paar uur weer terechtkomen. En ...

GR: Ja?

C: En hij zei ook dat als er wat gebeurd was, een ongeluk of zo, ze het al gehoord zouden hebben.

C: Hoe laat was u weer thuis?

C: Toen was het over twaalven. Ik heb de hele nacht opge-

zeten . . . de hele nacht. Ik zat te wachten of er iemand zou
bellen. De politie. Ze hadden mijn telefoonnummer, maar er
belde niemand. Toen heb ik ze nog maar een keer gebeld.
Maar de agent zei dat hij mijn nummer had genoteerd en dat
hij onmiddellijk zou bellen als . . .

(Stilte.)

c: Maar er belde niemand. Helemaal niemand. 's Ochtends
ook niet. En toen kwam er een agent in burger en die zei . . .
zei dat . . .

g r: Ik geloof niet dat we daar verder op in hoeven te gaan.

c: O. Nee.

m b: Uw dochtertje is een paar maal in aanraking geweest met
— eh — vieze mannetjes, is het niet?

c: Ja, vorig jaar herfst. Tweemaal. Ze dacht dat ze wist wie
het was. Iemand die in hetzelfde huis woonde als Eivor, dat
speelkameraadje dat geen telefoon heeft.

m b: Die in de Hagagatan?

c: Ja. Ik heb het aangegeven bij de politie. We zijn toen hier
geweest, hier in dit gebouw en Eva moest alles vertellen tegen
een dame. En ze moest ook foto's bekijken in een hoop albums.

g r: Daar is proces-verbaal van opgemaakt. Die stukken hebben we al te voorschijn gehaald.

m b: Dat weet ik. Maar wat ik wou vragen is of Eva later nog
wel eens lastig is gevallen door die man. Nadat u hem bij de
politie had aangegeven?

c: Nee . . . niet dat ik weet . . . Daar heeft ze niets van gezegd
en ze vertelt me altijd alles . . .

g r: Wel, mevrouw Carlsson, dat was het dan.

c: O. Juist.

m b: Neemt u mij niet kwalijk dat ik dat zo vraag, maar waar
was u van plan nu heen te gaan?

c: Dat weet ik niet. Niet naar huis . . .

g r: Ik ga met u mee, dan kunnen we er onderweg over praten.
We zullen wel een oplossing vinden.

c: Dank u. Dat is erg aardig van u.

Kollberg zette de bandrecorder af, keek somber naar Martin
Beck en zei:

'Die ouwe vent in wiens handen ze toen gevallen is vorig jaar herfst . . .'

'Ja?'

'Dat is dezelfde waar Rönn zich mee bezighoudt. We hebben hem gistermiddag meteen gehaald.'

'En?'

'Voorlopig blijft het uitsluitend en alleen een succes voor onze computer. Hij zit maar te snotteren en beweert dat hij het niet gedaan heeft.'

'En dat bewijst?'

'Niks, natuurlijk. Hij heeft evenmin een alibi. Beweert dat hij thuis in zijn éénkamerwoning in de Hagagatan heeft liggen slapen. Hij weet het niet precies meer, zegt hij.'

'Weet hij het niet meer?'

'Het is een ongeneeslijke alcoholicus,' zei Kollberg. 'In ieder geval weten we dat hij, tot hij er om zes uur uitgegooid werd, in de Röda Berget heeft zitten hijsen. Het ziet er niet al te best voor hem uit.'

'Wat heeft hij de vorige malen uitgehaald?'

'Gewoon exhibitionisme voor zover mij bekend. Ik heb de band met het verhoor van het meisje hier. Ook al een triomf van de techniek.'

De deur ging open en Rönn kwam binnen.

'En?' vroeg Kollberg.

'Geen stap verder. Hij moet nu weer wat op verhaal komen. Schijnt volkomen uitgeput.'

'Jij ook,' zei Kollberg.

Dat was waar, want Rönns gezicht zag onnatuurlijk bleek, terwijl zijn ogen gezwollen en roodomrand waren.

'Wat denk je ervan?' vroeg Martin Beck.

'Ik denk niks,' zei Rönn. 'Ik weet het niet. Ik geloof dat ik ziek ga worden.'

'Later,' zei Kollberg. 'Niet nu. Zullen we nu de band afluisteren?'

Martin Beck knikte. De spoel van de bandrecorder begon weer rond te draaien. Een prettige vrouwenstem zei:

'Verhoor van Eva Carlsson, schoolmeisje, geboren vijf februari negentienhonderd negenenvijftig. Verhoor afgenomen door Sonja Hansson . . .'

Zowel Martin Beck als Kollberg trok zijn wenkbrauwen op en

miste het begin van de vragen en antwoorden. Ze herkenden de naam en de stem maar al te goed. Sonja Hansson was een meisje dat ze tweeënhalf jaar geleden bijna van het leven hadden beroofd toen ze als lokaas diende in een door de politie opgezette val.

'Gewoon een wonder dat ze bij het corps is gebleven,' zei Kollberg.

'Ja,' zei Martin Beck.

'Stil nu, anders kunnen we niks horen,' zei Rönn.

Hij was er die keer niet bij geweest.

' . . . en toen kwam die meneer dus op jullie af?'

'Ja, Eivor en ik stonden bij de bushalte.'

'Wat deed hij?'

'Hij rook vies en hij liep zo raar en toen zei hij . . . dat was toch zo gek.'

'Weet je nog wat hij zei?'

'Ja, hij zei: Dag meisjes, willen jullie een röntgenfoto van mij nemen, dan krijgen jullie vijf kronen.'

'Luister es Eva, wist je wat hij daarmee bedoelde?'

'Nee, het was zo raar. We wisten wel wat een röntgenfoto was. Zoals in het ziekenhuis. Maar dat kunnen wij toch niet. Wij hebben toch niet zo'n ding, zo'n toestel.'

'En wat hebben jullie toen gedaan? Nadat hij dat gezegd had?'

'Nou, hij zei het een paar keer. En toen ging hij weg en toen zijn we hem achterna geslopen.'

'Achterna geslopen?'

'Ja, geschaduwd. Net als in de bioscoop of op de tv.'

'Durfden jullie dat dan?'

'Poeh, dat was toch niet gevaarlijk.'

'Jawel, jullie moeten oppassen voor dat soort meneren.'

'Hebben jullie toen gezien waar hij naar toe ging?'

'Ja, hij ging het huis in waar Eivor woont en twee verdiepingen hoger dan waar haar huis is pakte hij een sleutel uit zijn zak en ging naar binnen.'

'En zijn jullie toen naar huis gegaan?'

'Nee. We zijn de trap opgeslopen en hebben op de deur gekeken. Want daar stond hoe hij heette.'

'O ja. En wat stond er dan op de deur?'

'Ik geloof Eriksson. We hebben ook nog aan de brievenbus

geluisterd. We hoorden hem in zichzelf praten.'
'Heb je het aan je moeder verteld?'
'Poeh, dat was toch niks bijzonders. Maar het was wel heel gek.'
'Maar wat er gisteren gebeurd is heb je wel aan je moeder verteld, hè?'
'Ja, dat van die koeien, ja.'
'Was het dezelfde meneer?'
'Ja.'
'Weet je het heel zeker?'
'Bijna.'
'Hoe oud denk je dat die meneer is?'
'Tja, wel minstens twintig of zo.'
'Hoe oud denk je dat ik ben?'
'Tja, een jaar of veertig. Vijftig.'
'Is die meneer ouder of jonger dan ik volgens jou?'
'O, veel ouder. Veel, veel ouder. Hoe oud bent u?'
'Achtentwintig. En zou je me nou willen vertellen wat er gisteren gebeurd is?'
'Jawel. Eivor en ik waren aan het hinkelen in de hal en toen kwam hij eraan en hij ging daar staan en vroeg: meisjes, willen jullie niet met me mee naar boven gaan, dan kun je zien hoe ik mijn koeien melk.'
'O ja. En wat deed hij verder?'
'Poeh, hij kan toch geen koeien in de kamer hebben. Niet echt.'
'Wat zeiden jullie toen, Eivor en jij?'
'Tja, we zeiden niks, maar daarna zei Eivor dat haar strik niet mooi zat en dat ze daarom met niemand mee naar huis wou.'
'Ging die meneer toen weg?'
'Nee, hij zei dat hij zijn koeien dan hier maar moest melken. En toen knoopte hij zijn broek los en . . .'
'Ja?'
'Zeg, denkt u als Eivors strik niet losgegaan was, dat we dan vermoord hadden kunnen worden? Wat spannend.'
'Nee, dat geloof ik niet. Die meneer deed dus zijn broek los, zei je?'
'Ja, en toen haalde hij datte . . . datte ding te voorschijn waarmee meneren plassen . . .'
De heldere kinderstem werd midden in de zin afgebroken toen

Kollberg zijn hand uitstrekte en de bandrecorder afzette. Martin Beck keek hem aan. Stond met zijn hoofd in zijn linkerhand geleund en wreef met zijn knokkels over zijn neuswortel.

'Het mooie van het geval is . . .' begon Rönn.

'Jezus, wat zeg je me nou,' zei Kollberg heftig.

'Jawel, hij heeft nu bekend. De vorige keer heeft hij halsstarrig ontkend en de meisjes werden hoe langer hoe onzekerder toen ze hem moesten identificeren en dus is het niets geworden. Maar nu heeft hij bekend. Beweert dat hij beide keren dronken geweest moet zijn, want anders zou hij het nooit hebben gedaan.'

'Zo, hij bekent het dus,' zei Kollberg.

'Ja.'

Martin Beck wierp een vragende blik op Kollberg. Toen wendde hij zich tot Rönn en vroeg:

'Je hebt vannacht niet geslapen, wel?'

'Nee.'

'Dan dacht ik zo dat je maar naar huis moest gaan om uit te rusten.'

'Laten we die vent los?'

'Nee,' zei Kollberg. 'We laten hem niet los.'

10

De man heette inderdaad Eriksson, was magazijnbediende en je hoefde niet in de Maria-polikliniek gewerkt te hebben om te zien dat hij aan de drank verslaafd was. Hij was zestig, bijna geheel kaal, lang en uitgemergeld. Hij beefde over zijn hele lichaam.

Kollberg en Martin Beck verhoorden hem twee uur aan één stuk, uren die voor alle betrokkenen even moeilijk waren.

De man bekende keer op keer dezelfde weerzinwekkende details. Daar tussendoor huilde hij en bezwoer dat hij vrijdagmiddag linea recta van de kroeg naar huis was gegaan. Iets anders kon hij zich tenminste niet herinneren.

Na twee uur bekende hij dat hij in juli 1964 tweehonderd kronen had gestolen en een fiets toen hij achttien was en vervolgens deed hij weer niets dan huilen. Het was een menselijk wrak, uitgestoten uit de twijfelachtige gemeenschap waar hij thuishoorde en erg eenzaam.

Kollberg en Martin Beck bekeken hem met een sombere blik en stuurden hem terug naar zijn cel.

Tegelijkertijd probeerden anderen van hun afdeling, met personeel van het vijfde district, iemand in het huis in de Hagagatan te vinden die zijn alibi zou kunnen bevestigen of weerleggen. Geen van beide lukte.

Het rapport van de lijkschouwing, dat om vier uur 's middags gereed was, was een voorlopig rapport. Het sprak van wurging, vingerafdrukken in de hals en een zedenmisdrijf. Een regelrechte verkrachting was niet geconstateerd.

Voor het overige bevatte het rapport wel het een en ander aan negatieve informatie. Niets wees erop dat het meisje in staat was geweest tegenstand te bieden. Er zaten geen schilfertjes huid onder haar nagels en geen blauwe plekken op haar armen en handen. Wel daarentegen op haar onderlijf, als van een vuistslag.

De technische dienst had haar kleren onderzocht en behalve het te doen gebruikelijke hadden ze daar niets over te zeggen. Wel ontbrak het broekje van het meisje. Dat hadden ze nergens kunnen vinden. Het was een wit tricotbroekje geweest, maat 36 en van een zeer bekend merk.

Die avond hadden de agenten huis aan huis vijfhonderd gestencilde formulieren uitgedeeld en slechts één positieve reactie gekregen. Van een achttienjarig meisje dat Majken Jansson heette en in een huis woonde aan de Sveavägen nummer 103; ze was de dochter van een bedrijfsleider en ze zei dat zij en een even oude vriend zich in het Vanadispark hadden opgehouden tussen acht en negen uur. Ze kon het tijdstip niet nader preciseren. Ze hadden niets gehoord en gezien. Op de vraag wat ze in het Vanadispark te zoeken hadden, had ze geantwoord dat ze even van een familiefeestje waren weggeglipt om een luchtje te scheppen.

'Om een luchtje te scheppen,' zei Martin Beck wantrouwend.

'Vermoedelijk tussen de benen,' zei Gunvald Larsson.
Gunvald Larsson had bij de marine gediend en was daar nog
steeds reserve-officier. Zo nu en dan moest hij zijn mariniers-
humor luchten.
Uur na uur sleepte zich voort. Het onderzoekapparaat draaide
door. Maar er kwam niets uit. Het was al over enen in de nacht
van zondag op maandag toen Martin Beck zijn huis binnenging in Bagarmossen. Iedereen sliep. Hij haalde een flesje bier
uit de ijskast en maakte een boterham met leverpastei klaar.
Vervolgens dronk hij zijn biertje op en gooide de boterham in
de vuilnisbak.
Toen hij in bed lag dacht hij nog even aan de bevende magazijnbediende die Eriksson heette en die drie jaar geleden tweehonderd kronen uit de zak van een collega had gestolen.

Kollberg deed geen oog dicht. Hij lag in het donker naar het
plafond te staren. Ook hij dacht aan de man die Eriksson heette
en die in het register van de zedenpolitie voorkwam. Hij bedacht eveneens dat als degene die de moord in het Vanadispark begaan had niet in het register voorkwam ze ongeveer
een even groot nut zouden hebben van hun computers als de
Amerikaanse politie tijdens hun jacht op de wurger van Boston. Namelijk geen enkel. De wurger van Boston had dertien
personen, allemaal eenzame vrouwen, in twee jaar tijds om het
leven gebracht zonder één enkel spoor na te laten.
Zo nu en dan keek hij naar zijn vrouw. Ze sliep, maar iedere
keer als het kind in haar lichaam bewoog, schokte ze even heen
en weer.

I I

Het was maandagmiddag, tweeëneenkwart etmaal nadat het
dode meisje in het Vanadispark was gevonden.
De politie had via pers, radio en televisie een beroep gedaan

op de bevolking en er waren al meer dan driehonderd tips binnengekomen. Elke tip werd geregistreerd en nagegaan door een speciale eenheid, waarna de resultaten zeer nauwkeurig bestudeerd werden.

De zedenpolitie liep haar archieven door, het gerechtelijk laboratorium bewerkte het materiaal, afkomstig van de plaats van het misdrijf, de afdeling computers werkte onder hoogspanning, het personeel van de moordbrigade belde in samenwerking met de sectie ordehandhaving van het negende district huis aan huis aan in de betrokken buurt; men verhoorde verdachten en eventuele getuigen en al die activiteiten hadden niet geleid tot iets dat men succes zou kunnen noemen. De moordenaar was onbekend en nog steeds op vrije voeten.

Op het bureau van Martin Beck stapelden de paperassen zich op. Sinds 's ochtends vroeg had hij gewerkt aan een nimmer aflatende stroom rapporten, documenten en verhoren. De telefoon had praktisch zonder ophouden gerinkeld en om tenminste wat adempauze te krijgen had hij aan Kollberg gevraagd het komende uur zijn telefoongesprekken voor hem te willen aannemen. Gunvald Larsson en Melander waren gevrijwaard voor elk telefoongesprek en zaten achter gesloten deuren het materiaal nauwkeurig door te nemen.

Martin Beck had die nacht maar een paar uur slaap gehad en had zijn lunch overgeslagen om tijd te hebben voor het houden van een persconferentie, waarop de journalisten echter weinig te weten waren gekomen.

Hij geeuwde en keek op zijn horloge, verwonderde zich er over dat het alweer kwart over drie was. Daarna zocht hij een stapeltje papieren bij elkaar die bestemd waren voor Melanders afdeling en liep, na op de deur geklopt te hebben, de kamer in waar Melander en Gunvald Larsson zaten.

Melander keek niet op toen hij binnenkwam. Ze hadden al zo lang samen gewerkt dat hij al aan het kloppen van Martin Beck kon horen dat hij het was. Gunvald Larsson keek misnoegd naar het stapeltje papieren dat Martin Beck in zijn hand had en zei:

'Jezus, heb je nog meer. We verdrinken al in het werk.'

Martin Beck haalde zijn schouders op en legde de papieren naast Melanders elleboog.

'Ik heb koffie besteld,' zei hij. 'Willen jullie ook?'

Melander schudde nee zonder op te kijken.

'Ja, dat is goed,' zei Gunvald Larsson.

Martin Beck ging de kamer uit, deed de deur achter zich dicht en botste tegen Kollberg op die op hem af kwam rennen. Martin Beck zag de opgewonden uitdrukking op het ronde gezicht van Kollberg en vroeg:

'Wat is er aan de hand?'

Kollberg pakte hem bij de arm en zei zo snel dat de woorden bijna over elkaar struikelden:

'Martin, er is een nieuw geval! Hij heeft weer toegeslagen! In het Tantopark!'

Met loeiende sirene raasden ze over de Västerbrug en hoorden ondertussen over de radio hoe alle beschikbare auto's naar het Tantopark gedirigeerd werden om de omgeving af te zetten. Het enige wat Martin Beck en Kollberg te weten waren gekomen voor ze wegreden was dat er een meisje dood was aangetroffen bij het openluchttheater, dat het deed denken aan de moord in het Vanadispark en dat het kind zo vlug na het misdrijf was gevonden dat de moordenaar zich mogelijkerwijze nog in de buurt bevond.

Toen ze langs Zinkensdamms sportveld reden zagen ze twee zwartwitte auto's de Wollmar Yxkullsgatan inzwenken. Op de Ringvägen en in het park stonden nog meer auto's geparkeerd. Ze remden af voor de lage rij oude houten huizen aan de Sköldgatan. De weg die door het park leidde was door een geparkeerde auto-met-radioantenne afgezet. Op het smallere wandelpad zagen ze een geüniformeerde agent een paar kinderen tegenhouden die de heuvel op wilden lopen.

Martin Beck liep met lange, snelle passen op de agent toe zonder zich er om te bekommeren of Kollberg mee kon komen. Hij groette de agent, die hem met zijn vinger wees welke kant hij uit moest en liep door zonder zijn pas in te houden. Het park was zeer heuvelachtig en pas toen hij voorbij het theater en op een hoger gedeelte was, zag hij een groepje mannen die in een halve cirkel met de ruggen naar hem toe stonden. Ze bevonden zich in een klein dal een meter of twintig van de weg af. Verderop, waar de weg zich splitste, stond een agent in uniform op wacht om de nieuwsgierigen op een afstand te houden.

Toen hij de heuvel afliep haalde Kollberg hem in. Ze hoorden hoe de agenten in de diepte met elkaar praatten, maar toen ze dichterbij kwamen stolte het gesprek. De mannen groetten en gingen opzij. Martin Beck hoorde Kollberg hijgen.

Het meisje lag op haar rug in het gras met de armen boven haar hoofd. Het gebogen linkerbeen was zo hoog opgetrokken dat het dijbeen een rechte hoek maakte met het lichaam. Het rechterbeen vormde een schuine lijn met het lichaam. Het gezichtje met de halfgesloten ogen en de open mond was naar boven gekeerd. Bloed was uit haar neusgaten gestroomd. Een springtouw van geel, transparant plastic zat verscheidene malen om haar nek gewonden. Ze was gekleed in een geel, katoenen jurkje zonder mouwen, dat van onder tot boven met een lange rij knopen gesloten werd. De onderste drie knopen waren eraf gerukt. Wat ontbrak was het broekje. Aan haar voeten zaten witte sokjes en rode sandalen. Ze moest een jaar of tien zijn. Ze was dood.

Martin Beck merkte dit alles op gedurende de paar seconden dat hij in staat was naar haar te kijken. Daarna draaide hij zich om en keek in de richting van de weg. Boven op de heuvel kwamen twee mannen van de technische dienst aanrennen. Ze waren gekleed in grijsblauwe overalls en de ene had een grote, grijze aluminiumdoos bij zich. De tweede droeg in de ene hand een rol touw, in de andere een zwarte tas. Toen ze dichterbij gekomen waren, zei de man met het touw:

'De idioot die zijn auto midden op de weg heeft geplaatst, zal hem ergens anders moeten zetten zodat we er met de wagen langs kunnen.'

Vervolgens wierp hij een blik op het dode kind, liep door naar de wegsplitsing en begon met behulp van het touw het terrein af te zetten.

Een agent in een leren jas stond aan de kant van de weg in een walkie talkie te praten terwijl een in burger geklede man naast hem stond toe te luisteren. Martin Beck herkende de man in burger. Hij heette Manning en was bij de sectie ordehandhaving in het tweede district.

Manning kreeg Martin Beck en Kollberg in het oog, zei iets

tegen de agent en kwam daarna op hen toe.

'Het schijnt dat het hele terrein nu is afgezet,' zei hij. 'Zo goed als het gaat tenminste.'

'Hoe lang is het geleden dat ze gevonden werd?' vroeg Martin Beck.

Manning keek op zijn horloge.

'De eerste auto arriveerde hier vijfentwintig minuten geleden,' zei hij.

'En u hebt geen enkel signalement?' zei Kollberg.

'Nee, jammer genoeg niet.'

'Wie heeft haar gevonden?' vroeg Martin Beck.

'Twee jongetjes. Ze hadden een surveillancewagen gewaarschuwd, die over de Ringvägen reed. Ze was nog warm toen ze hier kwamen. Het scheen nog maar kort geleden gebeurd te zijn.'

Martin Beck keek om zich heen. De auto van de technische dienst kwam de heuvel afgereden, onmiddellijk gevolgd door die van de politiearts.

Vanuit het kleine dal waarin het dode kinderlichaam lag kon men niets zien van het volkstuintjescomplex dat een vijftig meter verder naar het westen achter een heuvel begon. Boven de toppen van de bomen zag men de bovenste verdiepingen van een van de huurflats aan de Tantogatan, maar de spoorweg die de straat van het park scheidde was achter het groen verborgen.

'Hij had in de hele stad geen betere omgeving kunnen kiezen,' zei Martin Beck.

'Slechtere, bedoel je,' zei Kollberg.

Hij had gelijk. Ook als de man die schuldig was aan de dood van het kleine meisje zich nog op het terrein bevond, dan waren zijn vooruitzichten om weg te komen zeer gunstig. Het park is het grootste in de stad. In het Tantopark zelf ligt een complex volkstuintjes en beneden aan het water van de Årstabaai een rij kleine scheepswerven, magazijnen, werkplaatsen, schrootopslagplaatsen en diverse bouwvallige huizen. Tussen de Wollmar Yxkullsgatan, die het gebied doorsnijdt van de Ringvägen naar de waterkant, en de Hornsgatan ligt Huize Högalids, een tehuis voor alcoholisten dat bestaat uit verscheidene grote en onregelmatig neergezette gebouwen. Daaromheen weer een aantal magazijnen en houten loodsen. Tussen het tehuis en het Zinkensdamms sportveld nog een volkstuintjescomplex. Een viaduct over de spoorweg verbindt het zuidelijk deel van het park met de Tantogatan, waar vijf reusachtige flatgebouwen op een rotsachtig terrein vlakbij het water verspreid staan. Verder naar het noorden op de hoek van de Ringvägen ligt het vrijgezellenhotel 'Tanto', dat bestaat uit een aantal lange houten barakken.

Martin Beck overdacht de situatie en vond hem vrij hopeloos. Hij betwijfelde of ze de dader hier en nu te pakken zouden krijgen. In de eerste plaats hadden ze niet eens een signalement, in de tweede plaats had hij zich hoogstwaarschijnlijk reeds lang van de plek verwijderd en in de derde plaats konden het tehuis voor alcoholisten en het vrijgezellenhotel hen van zoveel manspersonen voorzien dat het dagen zou kosten alleen al om ze te verhoren.

Het volgende uur bevestigde deze twijfel. Toen de politiearts zijn eerste onderzoek beëindigd had kon hij alleen maar zeggen dat het meisje gewurgd was, vermoedelijk aangerand en dat de dood kort tevoren was ingetreden. De hondewagen was spoedig na Martin Beck en Kollberg gearriveerd, maar het enige spoor dat de honden schenen te vinden leidde regelrecht het park uit naar de Wollmar Yxkullsgatan. De in burger geklede agenten van de sectie ordehandhaving waren bezig eventuele getuigen te verhoren, maar nog zonder positief resultaat. In het park en op de volkstuintjes hadden zich een aantal mensen bevonden, maar niemand had iets gezien of gehoord dat verband kon houden met de moord.

Het was vijf minuten voor vijf en op de trottoirs van de Ringvägen stonden groepjes mensen nieuwsgierig naar het schijnbaar ongerichte werk van de politie te kijken. Journalisten en fotografen waren toegestroomd en een deel van hen was al weer naar hun redacties teruggekeerd om hun lezers te voorzien van sappige beschrijvingen van de tweede kindermoord in Stockholm in een tijdsbestek van drie etmalen, begaan door een dolleman die nog op vrije voeten was.

Martin Beck zag Kollbergs ronde achterste uit het geopende portier van een surveillancewagen steken, die geparkeerd stond op het stuk grind vlakbij de Ringvägen. Hij maakte zich los uit het groepje journalisten en liep op Kollberg toe, die in gebogen houding stond te praten in de microfoon van de auto. Hij wachtte tot Kollberg uitgesproken was en kneep hem zachtjes in zijn bil. Kollberg schoot de auto uit en richtte zich in zijn volle lengte op.

'O, ben jij het,' zei hij. 'Ik dacht dat het een van de honden was.'

'Weet je of er al iemand met de ouders van het meisje gesproken heeft?' vroeg Martin Beck.

Ja,' zei Kollberg, 'dat onaangename karwei hoeven wij niet op te knappen.'

'Ik wou eens met de jongens gaan praten die haar gevonden hebben. Die wonen in de Tantogatan en schijnen thuis te zijn.'

'Oké,' zei Kollberg. 'Ik blijf hier.'

'Goed. Tot straks,' zei Martin Beck.

De jongens woonden in een van de grote, halfcirkelvormige flatgebouwen aan de Tantogatan en Martin Beck trof beiden bij een van hen thuis aan. Ze waren erg geschokt door de afschuwelijke gebeurtenis, maar konden toch niet verbergen dat ze het een opwindende zaak vonden.

Ze vertelden Martin Beck hoe ze het meisje gevonden hadden toen ze in het park aan het spelen waren. Ze hadden haar dadelijk herkend omdat ze in hetzelfde huis woonde. Eerder op de dag hadden ze haar nog gezien op de speelplaats achter het flatgebouw. Ze had touwtje gesprongen met twee meisjes van haar leeftijd. Omdat een van die meisjes in dezelfde klas zat als de beide jongens, konden ze hem gelijk vertellen dat dat meisje Lena Oskarsson heette, tien jaar oud was en in het flatgebouw ernaast woonde.

Het gebouw ernaast zag er precies zo uit als dat waarin de jongens woonden. Hij nam de snelle automatische lift naar de zevende verdieping en belde aan. Even later werd de deur geopend en onmiddellijk erop weer gesloten. Hij had niemand in de deuropening gezien. Hij belde nogmaals aan. Onmiddellijk werd de deur weer opengedaan en nu begreep hij waarom hij de eerste keer niemand gezien had. Het jongetje dat daar stond was een jaar of drie en zijn vlaskleurige kopje bevond zich ongeveer een meter onder Martin Becks ooghoogte.

Het kind liet de deurknop los en zei met een hoog, zacht

stemmetje:
'Dag.'
Daarna rende hij de flat in en Martin Beck hoorde hem roepen:
'Mamma! mamma, is een meneel.'
Het duurde even voor zijn moeder verscheen. Ze keek Martin
Beck ernstig en vragend aan en hij haastte zich zijn legitimatie-
bewijs te tonen.
'Ik zou graag even met uw dochtertje willen praten als ze thuis
is,' zei hij. 'Weet ze wat er gebeurd is?'
'Met Annika? Ja, een van de buren heeft het ons zojuist ver-
teld. Het is afschuwelijk. Hoe kan zo iets midden op de dag
gebeuren. Maar komt u binnen. Ik zal Lena roepen.'
Martin Beck volgde mevrouw Oskarsson de huiskamer in.
Afgezien van de meubelen was deze identiek aan die welke hij
zoëven verlaten had. Het jongetje stond midden in de kamer
en keek hem nieuwsgierig en vol verwachting aan. Hij had een
speelgoedgitaar in de hand.
'Ga in je eigen kamertje spelen, Bosse,' zei zijn moeder.
Bosse gehoorzaamde niet, maar dat scheen ze ook niet ver-
wacht te hebben. Ze liep naar de divan die voor het balkon-
raam stond en nam er wat speelgoed af.
'Het is hier een beetje rommelig,' zei ze. 'Gaat u zitten dan zal
ik Lena halen.'
Ze verdween en Martin Beck glimlachte tegen het jongetje.
Zijn eigen kinderen waren twaalf en vijftien en hij had ver-
geten hoe je een gesprek voert met een driejarige.
'Kun je daarop spelen?' vroeg hij.
'Kan niet pele,' zei het jongetje. 'Jij pele.'
'Nee, ik kan niet pele,' zei Martin Beck.
'Jij pele,' drong het jongetje aan. 'Peel vannacht ik droomde
nooit eerder in droom van mij overal oorlog voorbij.'
Mevrouw Oskarsson kwam binnen, tilde het jongetje plus
gitaar op en droeg hem resoluut de kamer uit. Hij schreeuwde
en sloeg en zijn moeder zei over haar schouder tegen Martin
Beck:
'Ik kom zo. Praat u ondertussen met Lena.'
De jongens hadden gezegd dat Lena tien jaar was. Ze was lang
voor haar leeftijd en zag er heel lief uit ondanks het sombere
gezichtje. Ze was gekleed in jeans en een katoenen bloesje en

ze neeg verlegen.

'Ga zitten,' zei Martin Beck. 'Dan kunnen we gemakkelijker praten.'

Ze nam plaats in een van de fauteuils, op het randje en met de knieën stijf tegen elkaar gedrukt.

'Je heet Lena,' zei hij.

'Ja.'

'En ik heet Martin. Je weet wat er gebeurd is?'

'Ja,' zei het meisje en staarde naar de grond. 'Ik hoorde... mamma heeft het me verteld.'

'Ik begrijp dat je geschrokken bent, maar ik moet je een paar vragen stellen.'

'Ja.'

'Ik heb gehoord dat jij Annika vandaag nog gezien hebt?'

'Ja, we hebben samen gespeeld. Ulla en Annika en ik.'

'Waar hebben jullie gespeeld?'

Ze knikte in de richting van het raam.

'Eerst hier beneden in de tuin. Toen moest Ulla naar huis om te eten en toen zijn Annika en ik naar mijn huis gegaan. En toen kwam Ulla ons halen en toen gingen we weer naar buiten.'

'Waar zijn jullie toen heengegaan?'

'Naar het Tantopark. Ik moest Bosse meenemen; er zijn daar schommels waarop hij kan schommelen.'

'Weet je hoe laat dat was?'

'Halftwee, twee uur. Misschien dat mamma het weet.'

'Goed, en toen gingen jullie dus naar het Tantopark. Heb je soms gezien of Annika daar iemand ontmoet heeft? Of ze daar soms met een meneer gepraat heeft?'

'Nee, ik heb haar niet met iemand zien praten.'

'Wat deden jullie in het park?'

Het meisje keek even het raam uit. Ze scheen na te denken.

'Ja,' zei ze, 'we hebben gespeeld. Eerst hebben we een poosje geschommeld omdat Bosse dat wou. Toen hebben we touwtje gesprongen. Daarna zijn we een ijsje gaan kopen bij de kiosk.'

'Waren er nog meer kinderen in het park?'

'Niet waar wij speelden. Er waren wel een paar kleine kinderen in de zandbak. Bosse maakte ruzie met ze. Maar even later gingen ze weg met hun moeder.'

'Wat hebben jullie gedaan nadat je dat ijsje gekocht had?'

vroeg Martin Beck.

Uit een kamer vlakbij hoorden ze de stem van mevrouw Oskarsson en het driftige geschreeuw van de kleine jongen.

'We liepen wat rond. Toen werd Annika kwaad.'

'Kwaad? Waarom werd ze kwaad?'

'Nou, ze werd gewoon kwaad. Ulla en ik wilden dat we zouden gaan hinkelen, maar dat wou ze niet. Ze wou verstoppertje spelen, maar dat gaat niet als Bosse erbij is. Die rent maar heen en weer en vertelt aan iedereen waar je je verstopt hebt. Toen werd ze boos en liep weg.'

'Waar ging ze naar toe? Zei ze waar ze naar toe ging?'

'Nee, ze zei niets. Ze ging gewoon weg en Ulla en ik waren bezig een hinkelveld te tekenen en toen hebben we niet gezien wanneer ze wegging.'

'Hebben jullie ook niet gezien welke kant ze op ging?'

'Nee. Daar hebben we niet op gelet. We hebben gehinkeld en even later merkte ik dat Bosse verdwenen was en toen zagen we dat Annika ook weg was.'

'Ben je Bosse toen gaan zoeken?'

Het meisje keek naar haar handen op haar schoot en het duurde even voor ze antwoord gaf.

'Nee. Ik. dacht dat hij met Annika mee gegaan was. Hij draait altijd om Annika heen. Zij heeft . . . ze had zelf geen kleine broertjes of zusjes en ze kon enorm goed met Bosse overweg.'

'Wat is er toen verder gebeurd? Kwam Bosse weer terug?'

'Ja, na een poosje kwam hij weer terug. Hij zal wel ergens in de buurt geweest zijn hoewel we hem niet gezien hadden.'

Martin Beck knikte. Hij had trek in een sigaret, maar omdat hij geen asbak in de kamer ontdekte zag hij er maar vanaf.

'Waar dachten jullie dat Annika uithing? Zei Bosse waar hij geweest was?'

'Nee, we dachten dat Annika naar huis was gegaan. We hebben het niet aan Bosse gevraagd en hij zei niets. En toen werd hij zo lastig dat we maar naar mijn huis zijn gegaan.'

'Weet je hoe laat het was dat Annika van de speelplaats verdween?'

'Nee, ik had geen horloge om. Maar het was tegen drieën toen we thuis waren. En we hebben maar heel kort gehinkeld. Een halfuurtje ongeveer.'

'Hebben jullie nog andere mensen in het park gezien?'
Lena streek haar pony weg en rimpelde haar voorhoofd.
'Daar hebben we niet op gelet. Ik tenminste niet. Maar er was wel een mevrouw met een hond, eventjes. Bosse wou hem aaien en toen moest ik hem daar weghalen.'
Ze keek Martin Beck ernstig aan.
'Hij mag geen honden aaien,' zei ze. 'Dat kan gevaarlijk zijn.'
'En je hebt geen andere mensen in het park gezien? Denk eens goed na, misschien schiet je iemand te binnen?'
Ze schudde van nee.
'Nee,' zei ze. 'We waren aan het spelen en ik moest op Bosse passen, dus heb ik er niet op gelet wie er in het park waren. Er zullen wel wat mensen langsgekomen zijn, maar ik weet het niet.'
Het geluid in de kamer ernaast was verstomd en mevrouw Oskarsson kwam terug. Martin Beck stond op.
'Nu moet je me de naam en het adres van Ulla nog even geven,' zei hij tegen het meisje. En dan ga ik weg, maar misschien dat ik nog een keertje met je wil praten. Als je nog iets te binnen schiet van wat er in het park gebeurd is of wat je gezien hebt, dan moet je aan je moeder vragen mij te bellen.'
Hij wendde zich tot haar moeder.
'Het kan een kleinigheid zijn, iets dat volkomen onbelangrijk lijkt,' zei hij. 'Maar als ze zich nog iets herinnert, zoudt u mij dan in ieder geval willen bellen?'
Hij liet zijn visitekaartje achter bij mevrouw Oskarsson en kreeg daarvoor een stukje papier in de plaats, waarop naam, adres en telefoonnummer stonden van het derde meisje dat erbij was geweest.
Daarna keerde hij naar het Tantopark terug.
De mannen van de technische dienst waren nog steeds bezig in het kleine dal bij het openluchttheater. De zon stond laag en wierp lange schaduwen over het grasveld. Martin Beck bleef tot het dode meisje weggehaald was. Toen ging hij terug naar Kungsholmen.
'Ook deze keer heeft hij haar broekje meegenomen,' zei Gunvald Larsson.
'Ja,' zei Martin Beck, 'een wit broekje. Maat 36.'
'Zo'n ellendeling,' zei Gunvald Larsson.

Hij peuterde met zijn pen in zijn oor en vroeg:
'En wat vinden je viervoetige vrienden van dit geval?'
Martin Beck keek hem misprijzend aan.
'Wat doen we met die Eriksson?' vroeg Rönn.
'Laat hem maar los,' zei Martin Beck.
En een paar seconden later voegde hij eraan toe:
'Maar verlies hem niet uit het oog.'

12

De bespreking op de ochtend van dinsdag de 13de juni was kort en weinig hoopvol geweest. Hetzelfde kon gezegd worden van het communiqué dat aan de pers overhandigd werd. De politie had vanuit een helikopter luchtopnamen laten maken van de omgeving van de beide plaatsen waar de misdrijven hadden plaatsgevonden; ze had circa duizend tips binnengekregen van de bevolking, tips die men bezig was na te gaan; de politie was doende alle haar bekende exhibitionisten, gluurders en andere personen met een afwijkend seksueel gedragspatroon na te gaan; een man was opgepakt en verhoord inzake zijn doen en laten op het tijdstip van het eerste misdrijf; deze man was naderhand weer op vrije voeten gesteld. Iedereen maakte reeds de indruk overwerkt te zijn en doodop door gebrek aan slaap, zelfs de journalisten en de fotografen. Na de bespreking zei Kollberg tegen Martin Beck:
'Er zijn twee getuigen.'
Martin Beck knikte. Samen gingen ze naar Gunvald Larsson en Melander.
'Er zijn twee getuigen,' zei Martin Beck.
Melander keek niet eens op van zijn werk, maar Gunvald Larsson zei:
'O jezus, en wie zijn dat dan?'
'In de eerste plaats het jongetje in het Tantopark.'
'Dat jongetje van drie?'

'Precies.'

'Je weet net zo goed als ik dat de meisjes van de zedenpolitie geprobeerd hebben met hem te praten. Hij kan nog niet eens praten. Dat is net zo'n slimme opmerking als toen je tegen me zei dat ik die hond moest verhoren.'

Martin Beck negeerde én het antwoord én de verbaasde blik die Kollberg hem toewierp.

'Wie is nummer twee?' vroeg Melander nog steeds zonder op te kijken.

'De roofovervaller.'

'De roofovervaller is mijn afdeling,' zei Gunvald Larsson.

'Inderdaad. Arresteer hem.'

Gunvald Larsson leunde zo zwaar achterover dat zijn draai-stoel kraakte. Hij keek van Martin Beck naar Kollberg en zei: 'Een moment. Wat denken jullie dat ik de afgelopen drie weken heb uitgevoerd? Ik en de afdeling ordehandhaving van het vijfde en negende district? Dat we hebben zitten kaarten? Wil je soms insinueren dat we op onze krent gezeten hebben?'

'Nee, dat hebben jullie zeker niet gedaan. Maar de situatie is nu heel anders. Jullie moeten hem nu te pakken zien te krijgen.'

'En hoe dan wel? Nou?'

'De man is een professioneel misdadiger,' zei Martin Beck. 'Dat zijn je eigen woorden. Heeft hij ooit iemand overvallen die geen geld had?'

'Nee.'

'Heeft hij ooit iemand aangevallen die zichzelf kon verdedigen?' vroeg Kollberg.

'Nee.'

'Waren de jongens van de sectie ordehandhaving ooit in de buurt?' vroeg Martin Beck.

'Nee.'

'En waar zou dat op kunnen berusten,' zei Kollberg.

Gunvald Larsson antwoordde niet onmiddellijk. Hij peuterde lang met zijn pen in zijn oor voor hij zei:

'Het is een vakman.'

'Precies,' zei Martin Beck.

Gunvald Larsson dacht even na. Toen vroeg hij:

'Toen je een dag of tien geleden hier was, wou je iets zeggen, maar je bedacht je. Waarom?'

'Omdat je me onderbrak.'

'Wat wou je zeggen?'

'Dat we een tijdtabel voor de overvallen moeten opstellen,' zei Melander nog steeds zonder op te kijken. 'Systematisch te werk gaan. Dat hebben we inmiddels gedaan.'

'En dan nog iets,' zei Martin Beck. 'Aansluitend op waar Lennart het net over had. De overvaller is een beroepsmisdadiger, dat heb je zelf geconstateerd. Hij is zó'n goed vakman dat hij het personeel van de diverse secties ordehandhaving kent. Misschien ook een groot aantal mensen van de afdeling geweldplegingen. Misschien zelfs hun auto's.'

'Nou en,' zei Gunvald Larsson. 'Wou je soms beweren dat we iedereen binnen dit verrekte politiecorps moeten overplaatsen ter wille van die smeerlap.'

'Je had mensen van buitenaf kunnen aantrekken,' zei Kollberg. 'Verschillende soorten personeel. Ook vrouwelijk bij voorbeeld. En andere auto's.'

'Daar is het nu te laat voor,' zei Gunvald Larsson.

'Ja,' zei Martin Beck. 'Daar is het nu te laat voor. Maar aan de andere kant is het nu dubbel zo belangrijk dat we hem grijpen.'

'Die kerel zal zo lang de moordenaar vrij rondloopt zelfs niet naar een park *kijken*,' zei Gunvald Larsson.

'Inderdaad. Hoe laat werd de laatste overval gepleegd?'

'Tussen negen en kwart over negen.'

'En de moord?'

'Tussen zeven en acht. Zeg, luister eens, waarom vraag je naar dingen die we allemaal allang weten?'

'Neem me niet kwalijk. Ik wou mezelf denk ik overtuigen.'

'Overtuigen van wat,' zei Gunvald Larsson.

'Dat de overvaller het meisje gezien heeft,' zei Kollberg. 'En degene die haar van het leven heeft beroofd. De overvaller is nu niet bepaald een man die op goed geluk handelt. Waarschijnlijk moet hij zich iedere keer noodgedwongen een paar uur in de buurt van het park ophouden voor hij zijn kans schoon ziet. Anders zou hij een onwaarschijnlijk geluk gehad hebben.'

'Zo'n geluk bestaat niet,' zei Melander. 'Niet negen keer achter elkaar. Vijf keer misschien. Of zes keer.'

'Grijp hem,' zei Martin Beck.

'Moet ik soms een beroep doen op zijn rechtsgevoel. Zodat hij

uit eigen beweging komt?'
'Zelfs dat zou een mogelijkheid kunnen zijn.'
'Ja,' zei Melander en nam de telefoon aan.
Luisterde een ogenblik en zei toen:
'Stuur er een surveillancewagen heen.'
'Iets aan de hand?' vroeg Kollberg.
'Nee,' zei Melander.
'Rechtsgevoel,' zei Gunvald Larsson en schudde zijn hoofd.
'Jullie goedgelovigheid ten aanzien van de onderwereld is
werkelijk . . . ja, ik kan er geen woorden voor vinden.'
'Momenteel zal het me een zorg zijn wat je wel of niet vindt,'
zei Martin Beck enigszins fel. 'Vind die kerel . . .'
'Maak gebruik van verklikkers,' zei Kollberg.
'Dacht je soms dat ik niet . . .' begon Gunvald Larsson en
werd voor één keer eens zelf in de rede gevallen.
'Waar hij ook uithangt,' zei Martin Beck. 'Of dat nu is op de
Canarische Eilanden of dat hij zich gedrukt houdt in een tent
waar ze drugs verkopen in zuid. Maak gebruik van verklikkers
en op nog grotere schaal dan tot nu toe. Maak gebruik van elk
contact dat we in de onderwereld hebben, schakel de kranten,
de radio en de televisie in. Dreig, koop om, overreed, doe be-
loften, doe wat dan ook, maar vind die kerel.'
'Denken jullie niet dat ik intelligent genoeg ben om dat zelf
ook te bedenken?'
'Je weet hoe ik over je intelligentie denk,' zei Kollberg ernstig.
'Ja, dat is me bekend,' zei Gunvald Larsson goedmoedig. 'Wel,
daar gaan we dan, klaar voor de aanval.'
Hij pakte de telefoon. Martin Beck en Kollberg verlieten het
vertrek.
'Misschien lukt het,' zei Martin Beck.
'Misschien,' zei Kollberg.
'Gunvald is niet zo dom als hij eruitziet.'
'Nee?'
'Zeg, Lennart?'
'Ja?'
'Wat is er met jou aan de hand?'
'Hetzelfde als met jou.'
'Wat dan?'
'Ik ben bang.'

Martin Beck reageerde niet. Voor een deel omdat Kollberg gelijk had en voor een ander deel omdat ze elkaar zo goed en al zo lang kenden dat het meeste niet uitgesproken hoefde te worden.

Door dezelfde gedachte gedreven liepen ze de trappen af en de straat op. De auto was een rode Saab met een X-nummerbord. Toch was hij van de rijkspolitie.

'Dat jongetje, je weet wel, hoe heet-ie nou ook weer,' zei Martin Beck nadenkend.

'Bo Oskarsson,' zei Kollberg. 'Ze noemen hem Bosse.'

'Ja, ik heb hem maar vluchtig gezien. Wie heeft eigenlijk met hem gesproken?'

'Sylvia, meen ik. Of anders Sonja.'

Het was leeg op straat en drukkend warm. Ze reden over de Västerbrug, sloegen bij het Pålsundskanaal af en vervolgden hun weg langs het Bergsundsstrand. En al die tijd luisterden ze naar het gesnater van de surveillancewagens over de 40-meterband.

'Iedere rottige radio-amateur binnen een afstand van tachtig kilometer kan zich in het gesprek mengen,' zei Kollberg geërgerd. 'Weet je wat het kost om een privé-radiozender af te schermen?'

Martin Beck knikte. Hij had gehoord dat de kosten in de buurt van de 150 000 kronen lagen. Geld dat er niet was.

Waar ze ondertussen aan dachten was aan heel andere dingen. De laatste keer dat ze met de grootst mogelijke inzet van mensen en materiaal achter een moordenaar hadden aangezeten had het veertig dagen geduurd voor ze hem hadden kunnen grijpen. De laatste keer dat ze een soortgelijk geval als dit hadden gehad, had het circa tien dagen geduurd. Nu had de moordenaar twee keer toegeslagen in nog geen vier dagen. Melander had gezegd dat de parkovervaller vijf of zes keer geluk had kunnen hebben, wat tussen twee haakjes op zichzelf niet zo absurd was. Toegepast op dit geval was het niet langer een rekensommetje, maar een angstvisioen.

Ze reden onder de Liljeholmsbrug door, vervolgens langs het Hornstullsstrand en onder de spoorwegbrug en zwenkten toen af naar het gedeelte met de hoge flatgebouwen, waar eens de suikerfabriek gestaan had. Er speelden wat kinderen in de plantsoenen tussen de flatgebouwen, maar niet veel.

Ze parkeerden de auto en namen de lift naar de zevende verdieping. Belden aan, niemand deed open. Na even gewacht te hebben drukte Martin Beck op de bel van de flat ernaast. Een vrouw opende de deur op een kier. Achter haar zagen ze een meisje van een jaar of vijf, zes staan.

'Politie,' zei Kollberg geruststellend en toonde zijn legitimatiebewijs.

'O,' zei de vrouw.

'Weet u of de familie Oskarsson thuis is?' vroeg Martin Beck.

'Nee, die zijn vanochtend weggegaan. Ik weet niet waarheen, naar familie. Dat wil zeggen mevrouw Oskarsson en de kinderen . . .'

'Neemt u mij niet kwalijk . . .'

'Niet iedereen kan dat,' zei de vrouw. 'Ik bedoel weggaan.'

'U weet niet waar ze naar toe gegaan zijn?' vroeg Kollberg.

'Nee. Maar ze komen vrijdagochtend terug. En dan vertrekken ze meteen weer.'

Ze keek hen aan en voegde er als verklaring aan toe:

'Dan begint hun vakantie.'

'Maar meneer Oskarsson is wel thuis?'

'Ja, vanavond. U kunt hem dan bellen.'

'Ja,' zei Martin Beck.

Het kleine meisje begon te zeuren en trok de vrouw aan haar rok

'De kinderen beginnen lastig te worden,' zei ze 'Maar je kunt ze niet alleen buiten laten. Of dacht u van wel?'

'Beter van niet.'

'Maar soms kan het niet anders,' zei de vrouw. 'En er zijn kinderen die niet luisteren willen.'

'Ja, jammer genoeg wel.'

Ze gingen weer met de automatische lift naar beneden, zwijgend. Zwijgend reden ze door de stad, van zuid naar noord, zich bewust van hun onvermogen en hun ambivalente instelling tegenover de samenleving die ze moesten beschermen.

Ze reden het Vanadispark in en werden gestopt door een agent in uniform die hen noch de auto herkende. Er was niets te zien in het park. Er speelden wat kinderen, ondanks alles. En er waren de onvermijdelijke nieuwsgierigen.

Toen ze weer op het kruispunt Odengatan-Sveavägen waren aangeland, zei Kollberg:

'Ik heb dorst.'

Martin Beck knikte. Ze zetten de auto neer en gingen restaurant Metropol binnen waar ze elk een glas vruchtensap dronken.

Er zaten nog twee mannen aan de bar. Ze hadden heel onconventioneel hun colbertjasje uitgedaan en over de barkrukken gelegd, hetgeen erop wees dat het inderdaad heel warm was. Ze zaten met elkaar te praten, ondertussen aan hun whiskysoda nippend.

'Het komt doordat er geen behoorlijke straf op staat,' zei de jongste. 'Ze moesten ze in het openbaar lynchen.'

'Ja,' zei de oudste.

'Het is erg dat je het zeggen moet, maar het is het enige dat er op zit.'

Kollberg opende zijn mond om er iets tegenin te brengen maar veranderde van gedachten en dronk in plaats daarvan in één teug zijn glas leeg.

Martin Beck zou iets dergelijks nog een keer horen die dag. In een sigarenwinkel waar hij een pakje Florida wilde kopen. De klant voor hem zei:

'... en weet u wat ze met hem moesten doen als ze de rotzak te pakken krijgen. In het openbaar terechtstellen en zó dat iedereen het op de tv kan zien. En niet in één keer. Nee, stukje voor beetje uitgesmeerd over verschillende dagen.'

Toen de man weg was, vroeg Martin Beck:

'Wie was dat?'

'Skog,' zei de winkelier. 'Hij heeft een radiowerkplaats hiernaast. Een aardige vent.'

Terug in het recherchehoofdkwartier moest Martin Beck denken aan het feit dat het nog niet eens zo lang geleden was dat men dieven de handen afhakte. En toch waren er toen mensen die stalen. Een hoop.

's Avonds belde hij de vader van Bosse Oskarsson.

'Ingrid en de kinderen? Ik heb ze naar mijn schoonouders gestuurd op Oland. Nee, ze hebben geen telefoon.'

'En wanneer zijn ze weer thuis?'

'Vrijdagochtend. Dan nemen we de auto en gaan naar het buitenland. Je durft niet eens hier te blijven, verdomme.'

'Nee,' zei Martin Beck vermoeid.

Dit alles vond plaats op dinsdag de 13de juni.

Op woensdag gebeurde er helemaal niets. Het werd warmer.

13

Op donderdag even over elf gebeurde er iets. Martin Beck stond in de houding die hem tot een gewoonte was geworden, met zijn rechter elleboog op de archiefkast en hoorde de telefoon overgaan, minstens voor de vijftigste keer die ochtend. Gunvald Larsson nam hem op:

'Ja, Larsson.'

'Wat?'

'Ja, ik kom meteen.'

Hij stond op en zei tegen Martin Beck:

'Dat was de portier. Er staat een griet beneden die beweert dat ze iets weet.'

'Waarover?'

Gunvald Larsson was al bij de deur.

'De overvaller,' zei hij.

Een minuut later zat het meisje aan het bureau. Ze was hooguit twintig, maar zag er ouder uit. Ze droeg opengewerkte paarse kousen, schoenen met hoge hakken en open tenen en dat wat dat jaar een minirokje genoemd werd. De lage hals van haar jurk, het geblondeerde kapsel, de valse wimpers en de dikke ogenschaduw waren bepaald opmerkelijk. Haar mond was klein en pruilend en haar borsten hoog opgetrokken in haar b.h.

'Wel, wat weet u,' zei Gunvald Larsson onmiddellijk.

'U wou iets te weten komen over die persoon in het Vasapark en het Vanadispark en zo,' zei ze op hoogdravende toon. 'Tenminste dat meen ik gehoord te hebben.'

'Waarom bent u anders hier gekomen?'

'U kunt me beter niet jennen,' zei ze.

'Wat weet u,' zei Gunvald Larsson ongeduldig.

'Ik vind u niet aardig,' zei ze. 'Wat eigenaardig dat alle smerissen zo verrekte stoer moeten doen.'

'Als het u om een beloning gaat,' zei Gunvald Larsson, 'die is er niet.'

'Ik heb schijt aan poen,' zei ze.

'Waarom bent u hier gekomen?' vroeg Martin Beck zo zachtmoedig mogelijk.

'Ik heb poen genoeg,' zei ze.

Ze was kennelijk, althans voor een deel, gekomen om zich gewichtig voor te doen en dacht er niet aan zich dat plezier te laten ontnemen. Martin Beck zag de aderen zwellen op het voorhoofd van Gunvald Larsson. Het meisje zei:

'Jezus nog aan toe, ik verdien meer dan jullie.'

'Ja, met . . .' zei Gunvald Larsson, maar onderbrak zich zelf en vervolgde:

'Ik geloof dat we maar beter kunnen zwijgen over de manier waarop u uw geld verdient.'

'Nog zo'n opmerking en ik ga weg,' zei ze.

'U gaat niet weg,' zei Gunvald Larsson.

'Is dit soms geen vrij land? Een democratie of hoe zo iets heten mag?'

'Waarom bent u hier gekomen?' vroeg Martin Beck, slechts een tikje minder zachtmoedig dan de eerste keer.

'Ja, dat zouden jullie verrekt graag willen weten, hè? Jullie oren klappen bijna naar voren van nieuwsgierigheid. Ik voel er veel voor om weg te gaan zonder een woord te zeggen.'

Het was Melander die hen uit de impasse redde. Hij richtte zijn hoofd op, nam zijn pijp uit zijn mond, keek haar voor het eerst sinds ze de kamer binnen was gekomen aan en zei rustig:

'Vertel het nou maar, mijn kind.'

'Over die persoon in het Vanadispark en het Vasapark en . . .'

'Ja, als u inderdaad iets weet,' zei Melander.

'En dan kan ik gaan?'

'Zeker.'

'Erewoord?'

'Erewoord,' zei Melander.

'En jullie zullen hem niet vertellen wie . . .'

Ze haalde haar schouders op, een gebaar dat kennelijk het meest voor haar zelf bedoeld was.

'Tja, hij heeft het toch wel door,' zei ze.

'Hoe heet hij?' vroeg Melander.

'Roffe.'

'En zijn achternaam?'

'Lundgren. Rolf Lundgren.'

'Waar woont hij?' vroeg Gunvald Larsson.

'Luntmakargatan 57.'

'En waar is hij nu?'

'Thuis.'

'Hoe weet u dat zo zeker?' vroeg Martin Beck.

Hij zag iets glinsteren in de ooghoeken van het meisje en stelde met een zekere mate van verwondering vast dat het tranen waren.

'Alsof ik dat niet zou weten,' mompelde ze.

'De dame houdt het dus met die vent,' zei Gunvald Larsson.

Ze keek hem aan zonder antwoord te geven.

'Wat staat er voor naam op de deur?' vroeg Melander.

'Simonsson.'

'Van wie is de flat?' vroeg Martin Beck.

'Van hem. Van Roffe. Dacht ik.'

'Hoe zit dat dan in elkaar,' zei Gunvald Larsson.

'Hij heeft hem waarschijnlijk in onderhuur. Denkt u dat hij zo gek is om zijn eigen naam op de deur te zetten.'

'Wordt hij door de politie gezocht?'

'Dat weet ik niet.'

'Is hij uitgebroken?'

'Dat weet ik niet.'

'Natuurlijk weet u of hij uit een inrichting ontsnapt is,' zei Martin Beck.

'Nee. Dat is hij niet. Roffe is nooit gepakt.'

'Dit keer dan wel,' zei Gunvald Larsson.

Met een blik die alleen maar haat verried en verder niets, keek ze hem aan. Gunvald Larsson vuurde snel een aantal vragen op haar af.

'Luntmakargatan 57?'

'Ja. Dat zei ik toch.'

'Aan de voor- of aan de achterkant?'

'Achterkant.'

'Welke verdieping?'

'Eerste.'

'Hoeveel kamers?'

'Een.'

'En een keuken?'

'Nee, geen keuken. Alleen een kamer.'

'Hoeveel ramen?'

'Twee.'

'Op de binnenplaats?'

'Nee, met uitzicht op het meer.'

Gunvald Larsson beet zich op zijn onderlip. Opnieuw zwollen de aderen op zijn voorhoofd.

'Toe nou,' zei Melander. 'Hij heeft dus op de eerste verdieping een kamer met twee ramen die uitzien op de binnenplaats. Weet u zeker dat hij thuis is?'

'Ja,' zei ze. 'Dat weet ik zeker.'

'Hebt u een sleutel?' vroeg Melander vriendelijk.

'Nee, er is maar één sleutel.'

'En hij heeft zichzelf opgesloten,' zei Martin Beck.

'Daar kun je donder op zeggen.'

'Gaat de deur naar binnen of naar buiten open?' vroeg Gunvald Larsson.

Ze dacht na. Tenslotte zei ze:

'Naar binnen.'

'Weet u dat zeker.'

'Ja.'

'Hoeveel verdiepingen telt de achterkant?' vroeg Martin Beck

'Mm, vier geloof ik.'

'En wat is er op de begane grond?'

'Een werkplaats.'

'Kun je vanuit het raam de ingang aan de straatzijde zien?' vroeg Gunvald Larsson.

'Nee, Riddarfjärden,' zei het meisje. 'En ook een stuk van het stadhuis. En het koninklijk paleis.'

'Dat is genoeg,' zei Gunvald Larsson. 'Breng haar weg.'

Het meisje maakte een heftige beweging.

'Een ogenblik,' zei Melander.

Het werd stil in de kamer. Gunvald Larsson keek afwachtend naar Melander.

'Mag ik niet weg,' zei de vrouw. 'Jullie hebben het beloofd.'

'Jawel,' zei Melander. 'Natuurlijk mag u weg. We moeten alleen even controleren of u gelijk hebt. En dan is er nog iets.'
'Wat dan?'
'Hij is niet alleen in de kamer, wel?'
'Nee,' zei het meisje heel zacht.
'Hoe heet u eigenlijk?' vroeg Gunvald Larsson.
'Ach, verrek.'
'Breng haar weg,' zei Gunvald Larsson.
Melander stond op, deed de deur naar de andere kamer open en vroeg:
'Rönn, we hebben hier een dame, mag die even bij jou in de kamer wachten?'
Rönn verscheen in de deuropening. Hij had rode ogen en een rode neus. Hij nam de situatie op.
'Zeker,' zei hij.
'Snuit je neus,' zei Gunvald Larsson.
'Zal ik haar een kop koffie geven?'
'Geen gek idee,' zei Melander.
Hij hield de deur open en zei beleefd:
'Gaat uw gang.'
De vrouw stond op en liep naar de andere kamer. In de deur bleef ze staan en wierp een ijskoude blik op Gunvald Larsson en daarna op Martin Beck. Ze hadden kennelijk haar sympathie niet kunnen winnen. Een fout in hun basisopleiding, dacht Martin Beck.
Toen keek ze naar Melander en vroeg aarzelend:
'Wie arresteert hem?'
'Wij,' zei Melander vriendelijk. 'Voor dat soort dingen is er politie.'
Ze bleef nog steeds naar Melander staan kijken. Eindelijk zei ze:
'Hij is gevaarlijk.'
'In welk opzicht?'
'Nou, hij is erg gevaarlijk. Hij schiet. Hij zal mij vermoedelijk ook wel neerschieten.'
'Voorlopig nog niet,' zei Gunvald Larsson.
Ze negeerde hem.
Hij heeft twee machinepistolen in zijn kamer. Geladen. En een gewoon pistool. Hij heeft gezegd dat . . .'

Martin Beck zei niets, maar wachtte op het antwoord van Melander, ondertussen hopend dat Gunvald Larsson zijn mond zou houden.

'Wat heeft hij gezegd?' vroeg Melander.

'Dat ze hem nooit levend in handen zouden krijgen. En ik weet dat hij het meent.'

Ze bleef nog een paar minuten staan dralen.

'Dat was het dan,' zei ze.

'Dank u,' zei Melander en begon de deur achter haar dicht te doen.

'Ach wat,' zei Gunvald Larsson.

'Schrijf een bevel tot inhechtenisneming uit,' zei Martin Beck, zodra de deur dicht was. 'Pak de plattegrond.'

De blauwdruk van het stadsplan lag al op het schrijfbureau vóór Melander het korte telefoongesprek had kunnen beëindigen, dat hun legaal het recht gaf te doen wat ze dadelijk zouden gaan doen.

'Het kon wel eens lastig worden,' zei Martin Beck.

'Ja,' zei Gunvald Larsson.

Hij trok de la van zijn schrijfbureau uit, haalde zijn dienstpistool te voorschijn en woog hem een ogenblikje in zijn hand. Zoals de meeste in burger geklede Zweedse politiemannen droeg Martin Beck zijn pistool in een schouderholster als hij gedwongen was gewapend op te treden. Gunvald Larsson daarentegen had zich een speciale clip aangeschaft waarmee hij de holster aan zijn broeksband kon bevestigen. Nu maakte hij het pistool op zijn rechterheup vast en zei:

'Oké, ik reken hem zelf in. Ga je mee?'

Martin Beck keek nadenkend naar Gunvald Larsson, die meer dan een halve kop boven hem uitstak en in zijn volle lengte iets van een reus had.

'Het is het enige dat erop zit,' zei Gunvald Larsson. 'Hoe moeten we het anders aanpakken. Stel je voor dat een troep kerels met machinepistolen en traangasbommen en kogelvrije vesten de poort doorrennen, dwars over de binnenplaats, terwijl hij als een gek door de ramen en in het trapportaal staat te schieten. Of wou jij soms, of misschien de hoofdcommissaris, of de chef van de rijkspolitie of de koning in een microfoon gaan staan schreeuwen: 'U bent omsingeld. Elke vorm van

tegenstand is zinloos.'
'Traangas door het sleutelgat,' zei Melander.
'Dat is een idee,' zei Gunvald Larsson. 'Maar het spreekt me niet aan. Waarschijnlijk zit de sleutel aan de binnenkant in het slot. Nee, op straat mensen in burger, en twee man die naar binnen gaan. Ga je mee?'
'Jazeker,' zei Martin Beck.
Hij zou liever Kollberg bij zich gehad hebben, maar de overvaller was zonder twijfel van Gunvald Larsson.
De Luntmakargatan ligt in de wijk Norrmalm in Stockholm. Een lange, smalle straat met hoofdzakelijk oudere gebouwen. Hij loopt van de Brunnsgatan in het zuiden naar de Odengatan in het noorden; er liggen een hoop aardige bedrijfjes aan de straatkant en verscheidene stevig gebouwde woonhuizen aan de achterzijde.
Ze waren er binnen tien minuten.

14

'Jammer dat je de computer niet bij je hebt,' zei Gunvald Larsson. 'Daar had je de deur mee in kunnen slaan.'
'Precies,' zei Martin Beck.
Ze parkeerden de auto in de Rådmansgatan, sloegen de hoek om en zagen een aantal collega's op de trottoirs in de onmiddellijke omgeving van de poort die naar het huis op nummer 57 leidde.
De komst van de politie scheen niet de aandacht getrokken te hebben.
'We gaan naar binnen . . .' begon Gunvald Larsson en zweeg. Misschien herinnerde hij zich dat zijn rang lager was, want hij keek op zijn polshorloge en zei:
'Ik zou willen voorstellen dat we met een tussenpauze van een halve minuut naar binnen gaan.'
Martin Beck knikte, stak de straat over, ging voor de etalage

staan van Gustaf Blomdins horlogewinkel en zag een buitengewoon mooi, oud boerenhorloge dertig seconden wegtikken. Toen draaide hij zich om, stak achteloos de rijbaan over en liep vervolgens de poort door naar nummer 57.

Hij stak de binnenplaats over zonder op te kijken naar het raam, bereikte het trappenhuis en liep vlug en onhoorbaar de trap op. Van de werkplaats op de benedenverdieping klonk gedempt machinelawaai.

Er stond inderdaad Simonsson op de afgebladderde deur. Geen enkel geluid, noch uit de flat, noch van Gunvald Larsson die kaarsrecht en doodstil rechts van de deur stond en licht met zijn vingers over het gebarsten houten paneel streek, bereikte hem.

Hij wierp een vragende blik op Martin Beck.

Martin Beck bekeek de deur enkele seconden aandachtig, knikte toen en stelde zich tot het uiterste gespannen op aan de linkerkant, met de rug tegen de muur.

Zijn lengte en lichaamsgewicht in aanmerking genomen bewoog Gunvald Larsson zich snel en heel stil op zijn sandalen met gummizolen. Hij leunde met zijn rechterschouder tegen de muur recht tegenover de deur en bleef zo enkele ogenblikken staan. Hij had zich er kennelijk van overtuigd dat de sleutel aan de binnenkant van de deur in het slot stak en het was duidelijk dat de privé-wereld van Rolf Lundgren niet erg lang meer privé zou blijven. Martin Beck had maar net gelegenheid gehad dit te denken toen Gunvald Larsson zijn achtennegentig kilo tegen de deur wierp, in een enigszins in elkaar gedrongen houding en met de linkerschouder naar voren gedraaid.

De deur, met geweld uit het slot en de bovenste scharnier gerukt, vloog open en Gunvald Larsson volgde hem te midden van een regen van droge houtspaanders de kamer in. Martin Beck volgde hem op nauwelijks een halve meter afstand met snelle glijdende passen en opgeheven dienstwapen.

De overvaller lag op zijn rug in bed met zijn rechterarm om de hals van de vrouw, maar toch had hij kans gezien zijn arm weg te trekken, zich om te draaien en zich op de grond te werpen en zijn hand onder het bed te steken. Toen Gunvald Larsson hem sloeg lag hij reeds op zijn knieën; het machinepistool rustte nog op de grond, maar zijn rechterhand had zich al om het metalen frame gesloten.

Gunvald Larsson sloeg maar één keer, met de vlakke hand en niet eens zo hard, maar dat was voldoende; de overvaller liet het wapen vallen en tuimelde achterover tegen de muur, waar hij bleef zitten met zijn gezicht verborgen achter zijn linkerarm. 'Niet slaan,' zei hij.

De overvaller was naakt. De vrouw, die vrijwel onmiddellijk na hem uit bed was gesprongen, droeg een polshorloge met een riempje van geruite, Schotse stof. Ze stond roerloos aan de andere kant van het bed met haar rug tegen de muur en keek van het machinepistool op de grond naar de reusachtige, blonde man in het tweedkostuum. Ze deed geen enkele poging zich te bedekken. Ze was een heel knap meisje met kortgeknipt haar en lange, slanke benen. Ze had jonge borsten met grote lichtbruine tepels en een duidelijk zichtbare donkere streep die van haar navel liep naar het vochtige donkerbruine haartoefje om haar geslachtsorgaan. Ze had eveneens rijkelijk veel donker haar in haar oksels en al kippevel op dijbenen, bovenarmen en borsten.

Een man uit de werkplaats op de begane grond keek verbluft door de vernielde deur naar binnen.

Martin Beck werd eensklaps getroffen door het absurde van de situatie en voelde voor het eerst sinds lange tijd een zwak trekken om zijn mondhoeken. Hij stond midden in een volkomen licht vertrek en hield een 7.65 mm Walther op twee naakte mensen gericht, terwijl een man in een blauwe timmermansvoorschoot met een duimstok in zijn rechterhand naar hem keek.

Hij stopte zijn pistool weg. Er verscheen een agent in de deuropening die de toeschouwer verdreef.

'Wat,' zei het meisje.

Gunvald Larsson wierp een afkeurende blik op haar en zei: 'Trek uw kleren aan.'

En even later voegde hij eraan toe:

'Als u die tenminste hebt.'

Hij hield nog steeds zijn rechtervoet op het machinepistool. Keek naar de overvaller en zei:

'Dat geldt ook voor u.'

De overvaller was een gespierde, goedgebouwde jongeman

met een door de zon gebruinde huid, op een smalle witte streep over zijn onderlijf na, en met lange blonde haren op armen en benen. Hij kwam langzaam overeind, hield zijn rechterhand voor zijn geslachtsorgaan en zei:

'Die smerige, vuile, godverdomde rotgriet.'

Opnieuw kwam er een agent de kamer binnen en staarde. Het meisje stond nog steeds roerloos met gespreide vingers en handpalmen tegen de muur, maar uit de blik in háár bruine ogen viel op te maken dat ze bezig was zich van de schok te herstellen.

Martin Beck keek de kamer rond en ontdekte een blauwe katoenen jurk die over de rugleuning van een houten armstoel gegooid was. Op de stoel lagen verder nog een broekje, een bh en een boodschappentas. Voor de stoel op de grond stonden een paar sandalen. Hij reikte haar de jurk aan en vroeg: 'Wie bent u?'

Het meisje stak haar rechterhand uit, nam de jurk in ontvangst, maar trok hem niet aan. Ze keek hem met heldere, bruine ogen aan en zei:

'Ik heet Lisbeth Hedvig Maria Karlström. Wie bent u?'

'Politie.'

'Ik studeer moderne talen aan de universiteit van Stockholm en ik heb twee diploma's Engels.'

'Zo, en dit leert u dus op de universiteit,' zei Gunvald Larsson zonder zijn hoofd om te draaien.

'Ik ben sinds een jaar meerderjarig en gebruik een pessarium.'

'Hoe lang kent u deze man?' vroeg Martin Beck.

Het meisje maakte nog steeds geen aanstalten zich aan te kleden. In plaats daarvan keek ze op haar horloge en zei:

'Om precies te zijn twee uur en vijfentwintig minuten. Ik heb hem in het Vanadis-zwembad ontmoet.'

In het andere deel van het vertrek trok de overvaller onhandig zijn onderbroek aan, schoot daarna in zijn kakibroek.

'Veel te verbergen heb je niet,' zei Gunvald Larsson tegen de overvaller.

'U bent een pummel,' zei het meisje.

'Vindt u?'

Gunvald Larsson zei dit zonder de overvaller met zijn blik los te laten. Hij had maar één keer naar het meisje gekeken. Nu zei hij op vaderlijke en aanmoedigende toon:

'Zo, en nu het overhemd. En de sokken. En de schoenen. Mooi. Breng hem weg, jongens.'

Twee radioagenten waren inmiddels de kamer binnengekomen; ze bewonderden het tafereeltje een ogenblik en voerden de overvaller toen weg.

'Kleed u nu aan,' zei Martin Beck tegen het meisje.

Eindelijk trok ze de jurk over haar hoofd, liep op de stoel toe, trok haar broekje aan en gleed in haar sandalen. Rolde de bh op en stopte die in haar tas.

'Wat heeft hij gedaan?' vroeg ze.

'Zedenmisdrijf,' zei Gunvald Larsson.

Martin Beck zag haar verbleken en iets wegslikken. Ze keek hem vragend aan. Hij schudde zijn hoofd. Opnieuw slikte ze en vroeg toen onzeker: 'Moet ik . . .'

'Dat is niet nodig. Geef uw naam en adres maar op aan de agent die buiten voor de deur staat. Goedemiddag.'

Het meisje ging weg.

'Laat je haar gaan,' zei Gunvald Larsson verbaasd.

'Ja,' zei Martin Beck.

Toen haalde hij zijn schouders op en zei:

'Zullen we dan nu zijn spullen maar doorzoeken?'

15

Vijf uur later was het halfzes en Rolf Evert Lundgren had niets anders meegedeeld dan dat hij Rolf Evert Lundgren heette.

Ze hadden in een kring om hem heen gestaan en vlak tegenover hem gezeten, hij had hun sigaretten opgerookt en de bandrecorder had rondgedraaid en rondgedraaid en hij heette nog steeds Rolf Evert Lundgren; dat stond trouwens ook al op zijn rijbewijs.

Ze hadden vragen gesteld en vragen gesteld en vragen gesteld: Martin Beck en Melander en Gunvald Larsson en Kollberg en

Rönn, ja zelfs Hammar, die thans commissaris was, was even binnen geweest, had naar hem gekeken en een paar welgekozen woorden gezegd. Hij heette Rolf Evert Lundgren; dat stond trouwens op zijn rijbewijs en het enige dat hem scheen te irriteren was dat Rönn niesde zonder zijn zakdoek voor zijn mond te houden.

Het absurde van de zaak was dat als het alleen om hemzelf te doen was geweest, hij met alle genoegen zijn mond had mogen houden tijdens alle politieverhoren, voor alle mogelijke gerechtelijke instanties en gedurende zijn hele straftijd, omdat ze éénhoog in de kamer boven de binnenplaats en de daarnaast liggende garderobekast niet alleen twee machinepistolen en een Smith and Wesson 38 Special hadden gevonden, maar tevens voorwerpen die definitief aantoonden dat hij de hand had gehad in vier overvallen, plus de grote zakdoek, de tennisschoenen, de dralontrui met het monogram op het borstzakje, tweeduizend preludinetabletten, de boksbeugel en een aantal camera's.

Om zes uur zat Rolf Evert Lundgren samen inspecteur Martin Beck van de rijkspolitie, van moordzaken, en adjudant Fredrik Melander van de Stockholmse politie, afdeling geweldpleging koffie te drinken. Ze namen alle drie twee klontjes suiker en ze dronken alle drie even somber gestemd en uitgeput uit hun papieren bekertjes.

'Het absurde van de zaak is, dat als het alleen maar om u zou gaan we er voor vandaag een punt achter hadden kunnen zetten en naar huis hadden kunnen gaan,' zei Martin Beck.

'U gebruikt woorden die ik niet begrijp.'

'Neemt u me niet kwalijk, ik wou zeggen dat het belachelijk is dat . . .'

'Zeur toch niet zo.'

Martin Beck antwoordde niet, maar bleef doodstil naar de verdachte zitten kijken. Melander zei evenmin iets.

Om kwart over zes dronk Martin Beck zijn koud geworden koffie op, frommelde de beker in elkaar en gooide hem in de prullenbak.

Ze hadden het geprobeerd met overreding, met vriendelijkheid, met strengheid, met logica, met overrompeling; ze hadden geprobeerd hem over te halen een advocaat te nemen en ze

77

hadden wel tien keer gevraagd of hij iets wilde eten. Ze hadden strikt genomen alles geprobeerd behalve slaan. Martin Beck had gemerkt dat Gunvald Larsson er verscheidene keren zeer na aan toe was geweest zijn toevlucht te nemen tot zelfs deze, absoluut ontoelaatbare methode, maar deze had ingezien dat het onjuist was verdachten te gaan slaan, speciaal wanneer commissarissen en inspecteurs voortdurend de kamer in en uit rennen. Tenslotte had het Gunvald Larsson zo geïrriteerd dat hij was weggegaan.

Om halfzeven ging Melander naar huis. Rönn kwam binnen, ging zitten en Rolf Evert Lundgren zei:

'Doe die vuile zakdoek weg. U steekt me aan.'

Rönn, die een middelmatig politieman was met een middelmatige fantasie en een middelmatig gevoel voor humor, overwoog één moment lang de mogelijkheid dat hij de eerste verhoorsleider in de geschiedenis van de criminaliteit zou kunnen worden die een bekentenis losniesde, maar wees de gedachte onmiddellijk weer van de hand.

Het beste zou misschien zijn, de verdachte een nachtje over de zaak te laten slapen, dacht Martin Beck. Maar hadden ze daar werkelijk de tijd voor?

De man in het groene hemd, dat hij over zijn kakibroek droeg, maakte niet de indruk erg slaperig te zijn en had dit onderwerp ook nog niet aangesneden. Maar vroeg of laat zouden ze in ieder geval gedwongen zijn hem rust te gunnen.

'Die dame, die vanochtend hier was,' zei Rönn bij wijze van inleiding en niesde.

'Die smerige, vuile, godverdomde rotgriet,' zei de verdachte en verzonk in een mismoedig stilzwijgen.

Na een poosje voegde hij eraan toe:

'Ze houdt van me,' zegt ze. 'Ze zegt dat ik haar niet kan missen.'

Martin Beck knikte. Er ging weer een minuut voorbij voor het vervolg kwam.

'Ik hou niet van haar. Ik kan haar missen als kiespijn.'

Zanik niet, dacht Martin Beck. Hou je stil.

'Ik wil nette grieten hebben,' zei de arrestant. 'Het liefst zou ik één nette griet willen hebben. En op die manier dat jaloerse mokkel te grazen nemen.'

Stilte.

'Mokkel,' zei Lundgren voor zich heen.

Stilte.

'Ze deugt maar voor één ding.'

Daar gaan we, dacht Martin Beck, maar deze keer vergiste hij zich. Want dertig seconden later zei de man in het groene hemd:

'Oké.'

'Er wordt dus gepraat,' zei Martin Beck.

'Oké. Maar één ding wil ik eerst vaststellen. Die griet kan me een alibi geven voor wat er maandag gebeurd is. Dat in het Tantopark. Toen was ik bij haar.'

'Dat wisten we al,' zei Rönn.

'Verrek. Dat heeft ze dan toch gezegd.'

'Ja,' zei Rönn.

Martin Beck keek naar Rönn. Deze had zich namelijk niet de moeite gegeven dit eenvoudige feit aan iemand anders van het team dat met het onderzoek was belast mee te delen. Martin Beck kon niet nalaten te zeggen:

'Het is prettig dat te horen. Dan rust die verdenking althans niet meer op Lundgren.'

'Nee. Dat klopt,' zei Rönn rustig.

'Er wordt dus gepraat,' zei Martin Beck.

Lundgren nam hem van top tot teen op.

'Wij niet,' zei hij.

'Wat bedoelt u?' vroeg Martin Beck.

'Niet met u, met u wil ik niet praten,' verduidelijkte de arrestant.

'Met wie wilt u dan wel praten?' vroeg Martin Beck op vriendelijke toon.

'Met die vent die me arresteerde. Die lange.'

'Gunvald,' zei Martin Beck.

'Hij is naar huis gegaan,' zei Rönn en zuchtte.

'Bel hem dan op.'

Rönn slaakte opnieuw een zucht. Martin Beck wist waarom. Gunvald Larsson woonde in Bollmora.

'Hij heeft zijn rust verdiend,' zei Rönn. 'Hij heeft een inspannende dag achter de rug. Met de arrestatie van zo'n belangrijke gangster.'

'Hou je bek,' zei Lundgren.

Rönn niesde en trok het telefoontoestel naar zich toe.

Martin Beck belde vanuit een andere kamer Hammar op, die dadelijk zei:

'Mogen we dus aannemen dat Lundgren vrij uitgaat wat die moorden betreft?'

'Rönn heeft vanochtend zijn vriendin verhoord. Zij schijnt hem een alibi gegeven te hebben voor de moord in het Tanto-park. Voor vrijdag in het Vanadispark heeft hij natuurlijk geen alibi.'

'Dat begrijp ik,' zei Hammar. 'Maar wat denk je er zelf van?'

Martin Beck aarzelde even. Toen zei hij:

'Ik geloof niet dat hij het is.'

'Jij gelooft dus niet dat hij de dader is?'

'Nee, het is niet plausibel. Het klopt niet. Afgezien van het alibi voor die maandag is hij het type niet. Seksueel gesproken maakt hij een volkomen normale indruk.'

'O.'

Zelfs Hammar scheen lichtelijk geïrriteerd. Martin Beck ging terug naar de beide anderen. Rönn en Lundgren zaten zwijgend en onbeweeglijk op hun stoelen.

'Wilt u echt niet iets eten?' vroeg Martin Beck.

'Nee,' zei de overvaller. 'Wanneer komt die vent?'

Rönn zuchtte en snoot zijn neus.

16

Gunvald Larsson kwam de kamer binnen. Er waren op de kop af zevenendertig minuten verlopen vanaf het moment dat ze hem hadden opgebeld en hij had de afrekening van de taxi nog in de hand. Sinds ze hem voor het laatst gezien hadden had hij zich geschoren en een schoon overhemd aangetrokken. Hij ging aan het bureau tegenover de overvaller zitten, vouwde de nota op en legde die in de bovenste rechterla van zijn schrijf-tafel. En daarmee had hij zich gereedgemaakt om enkele van de rond twee miljoen vierhonderdduizend overuren te maken die de Zweedse politie jaarlijks voor haar rekening neemt. Met het oog op zijn rang was het de vraag of hij voor zijn werk in de komende uren betaald zou worden.

Het duurde even voor Gunvald Larsson iets zei. Hij hield zich bezig met de bandrecorder, zijn blocnote en potloden. Een stukje toegepaste psychologie, dacht Martin Beck, terwijl hij zijn collega's opnam. Hij mocht Gunvald Larsson niet en had bepaald geen hoge dunk van Rönn. Hij had trouwens ook geen hoge dunk van zichzelf; daar kwam dan nog bij dat Kollberg van zichzelf beweerde dat hij bang was en dat Hammar de indruk wekte geïrriteerd te zijn. Ze waren stuk voor stuk moe en Rönn was bovendien verkouden. Een groot aantal van de mannen in uniform, zij die te voet hun ronden deden of in de surveillancewagens, maakten eveneens overuren en waren eveneens oververmoeid. Een deel van hen was bang en Rönn was bepaald niet de enige die verkouden was.

En in Stockholm, inclusief de voorsteden, bevonden zich op dit moment meer dan een miljoen bange mensen.

En de jacht zou straks zijn zevende vruchteloze etmaal ingaan. En zij vormden het bolwerk van de samenleving.

Een fijn bolwerk.

Rönn snoot zijn neus.

'Zo,' zei Gunvald Larsson en legde een van zijn reusachtige, behaarde handen op de bandrecorder.

'U was het die mij arresteerde,' zei Rolf Evert Lundgren met een stem waarin tegen wil en dank een tikje bewondering doorklonk.

'Ja,' zei Gunvald Larsson, 'dat klopt. Maar het is niet iets waar ik speciaal trots op ben. Het is mijn werk. Tuig als u arresteer ik dagelijks. De volgende week ben ik u waarschijnlijk weer vergeten.'

Dit was uiteraard een waarheid die met een korreltje zout genomen moest worden, maar toch scheen deze bombastische inleiding een bepaald effect te sorteren. De man die Rolf Evert Lundgren heette scheen een beetje in elkaar te zakken. Gunvald Larsson zette de bandrecorder aan.

'Hoe heet u?'

'Rolf Evert Lundgren.'

'Geboren?'
'Ja.'
'Geen onbeschaamdheden.'
'Vijf januari negentien vierenveertig.'
'Waar?'
'In Gotenburg.'
'Welk deel?'
'Lundby.'
'Hoe heten uw ouders?'

O, schiet op, Gunvald, dacht Martin Beck. Voor dit soort vragen heb je nog weken de tijd. Maar nu is er maar één ding dat ons werkelijk interesseert.

'Hebt u een strafregister?' vroeg Gunvald Larsson.
'Nee.'
'Hebt u in een opvoedingsgesticht gezeten?'
'Nee.'

'Er zijn een paar details waar onze belangstelling in de eerste plaats naar uitgaat,' kwam Martin Beck tussenbeide.

'Verdomd nog aan toe, ik heb toch gezegd dat ik alleen met hem wil praten,' zei Rolf Evert Lundgren.

Gunvald Larsson wierp een uitdrukkingloze blik op Martin Beck en zei:

'Wat is uw beroep?'
'Beroep?'
'Ja, u hebt toch wel een beroep, of niet?'
'Nja . . .'
'Wel, hoe noemt u zich?'
'Zakenman.'

'En met wat voor soort zaken doen houdt u zich volgens u bezig?'

Martin Beck en Rönn wisselden een berustende blik. Dit zou tijd nemen. Het nam tijd.

Een uur en vijfenveertig minuten later zei Gunvald Larsson:
'Er zijn een paar details waar onze belangstelling in de eerste plaats naar uitgaat.'

'Dat heb ik begrepen.'

'U hebt reeds toegegeven dat u zich op de avond van de negende juni, dus vorige week vrijdag, in het Vanadispark bevond.'

'Ja.'
'En dat u daar om eenentwintig uur vijftien een overval pleegde?'
'Ja.'
'Op de winkelierster Hildur Magnusson?'
'Ja.'
'Hoe laat arriveerde u in het park?' vroeg Rönn.
'Hou je smoel,' zei Lundgren.
'Geen onbeschaamdheden,' zei Gunvald Larsson. 'Hoe laat arriveerde u in het park?'
'Om zeven uur. Even over zevenen misschien. Ik ging van huis toen de regen begon af te nemen.'
'En u bevond zich in het Vanadispark van zeven uur tot en met het tijdstip waarop u die dame, mevrouw Hildur Magnusson, overviel en beroofde.'
'Ja. Ik was wel in de buurt. Hield de zaak in het oog.'
'Hebt u nog andere mensen in het park gezien gedurende die tijd?'
'Ja, een aantal.'
'Hoeveel?'
'Een stuk of tien. Twaalf misschien. Eerder tien.'
'Ik neem aan dat u deze personen enigszins aandachtig hebt opgenomen?'
'Ja, meer dan enigszins mag ik wel zeggen.'
'Om te zien of u hen aandurfde?'
'Eerder om te zien of ze de moeite waard waren.'
'Kunt u zich enige van de personen die u zag herinneren?'
'Tja, een paar in ieder geval.'
'Wie?'
'Ik heb twee smerissen gezien.'
'Politieagenten?'
'Ja.'
'In uniform?'
'Nee.'
'Hoe wist u dan dat het politieagenten waren?'
'Omdat ik ze al wel twintig of dertig keer heb gezien. Ze zijn verbonden aan de smerissenpost in de Surbrunnsgatan en rijden afwisselend in een rode Volvo Amazone of in een groene Saab.'
Zeg alsjeblieft niet: 'Het politiebureau, bedoelt u,' dacht

83

Martin Beck.

'Het politiebureau in district negen, bedoelt u,' zei Gunvald Larsson.

'Ja, als dat het bureau is in de Surbrunnsgatan.'

'Hoe laat hebt u die agenten gezien?'

'Om ongeveer halfnegen. Toen arriveerden ze.'

'Hoe lang bleven ze in het park?'

'Een minuut of tien. Een kwartiertje misschien. Daarna gingen ze naar het Lill-Jansbos.'

'Hoe weet u dat?'

'Dat zeiden ze.'

'Zeiden ze dat? Wilt u zeggen dat u met hen gesproken hebt?'

'Verrek, nee. Ik stond naast ze en hoorde wat ze zeiden.'

Gunvald Larsson zweeg, zwanger van gedachten. Er was niet veel voor nodig om zich voor te stellen wat hij dacht. Eindelijk zei hij:

'En wie hebt u nog meer gezien?'

'Een vent met een grietje. Nog jong. Zo'n jaar of twintig.'

'Wat deden ze daar?'

'Stonden samen te rotzooien.'

'Wat?'

'Te rotzooien. Hij pakte haar bij haar kut.'

'Geen onbeschaamdheden.'

'Dat is geen onbeschaamdheid. Het enige wat ik doe is antwoord geven en zeggen wat er gebeurde.'

Weer zweeg Gunvald Larsson even. Toen zei hij stijfjes:

'Is het u bekend dat er een moord in het park gepleegd is tijdens uw aanwezigheid daar?'

Lundgren wreef zich over zijn voorhoofd. Voor het eerst in al die uren scheen hij nerveus en verlegen om een antwoord.

'Ik heb het gelezen,' zei hij tenslotte.

'En?'

'Ik heb het niet gedaan. Ik zweer het. Zo'n type ben ik niet.'

'U hebt een beschrijving van het meisje gelezen. Ze was negen jaar en heette Eva Carlsson. Ze had een rood rokje aan, een dwarsgestreept truitje . . .'

Gunvald Larsson raadpleegde zijn aantekeningen.

' . . . en zwarte houten sandalen. Hebt u haar gezien?'

Lundgren gaf geen antwoord. Na plusminus een halve minuut

herhaalde Gunvald Larsson zijn vraag.

'Hebt u het meisje gezien?'

Na lang aarzelen zei de verdachte:

'Ja, ik geloof van wel.'

'Waar hebt u haar gezien?'

'Op de speelplaats bij de Sveavägen. Daar was in elk geval een kind aan het spelen. Een meisje.'

'Wat deed ze?'

'Ze schommelde.'

'Wie was er bij haar?'

'Niemand. Ze was alleen.'

'Hoe laat was dat?'

'Nadat . . . even nadat ik in het park kwam.'

'Kunt u het iets nauwkeuriger zeggen.'

'Een minuut of tien over zeven. Iets later misschien.'

'En weet u zeker dat ze alleen was?'

'Ja.'

'En had ze een rood rokje en een dwarsgestreept truitje aan, weet u dat heel zeker?'

'Nee. Ik bedoel, dat weet ik niet zeker. Maar . . .'

'Maar?'

'Ik dacht van wel.'

'En verder hebt u daar niemand gezien? Niemand die met het kind sprak?'

'Stil!' zei Lundgren. 'Wacht even. Ik heb er immers in de krant over gelezen. Ik heb me rot geprakkizeerd.'

'Wat dacht u?'

'Ja, dat ik . . .'

'Hebt u zelf met haar gesproken?'

'Nee, verdomme, nee . . .'

'Ze zat daar dus in haar eentje te schommelen. Bent u naar haar toe gegaan?'

'Nee nee . . .'

'Laat het hem zelf vertellen, Gunvald,' zei Martin Beck. 'Hij moet er vaak en lang over nagedacht hebben.'

De verdachte wierp Martin Beck een berustende blik toe. Moe en een beetje bang. Niet agressief.

Zeg nu niets, Gunvald, dacht Martin Beck.

Gunvald Larsson zei niets.

De overvaller zat enkele minuten zwijgend met het hoofd in de handen, toen zei hij:
'Ik heb erover zitten denken. Elke dag heb ik eraan moeten denken.'
Stilte.
'Ik heb geprobeerd het me weer te herinneren. Ik weet dat ik het kind op de speelplaats gezien heb en dat ze alleen was en dat het geweest moet zijn heel kort nadat ik er was aangekomen. Een minuut of tien over zeven, misschien een kwartier. U kunt zich voorstellen dat ik niet zo nauwkeurig gekeken heb. Het was maar een kind en ik was niet van plan mijn werk in de buurt van de speelplaats te doen. Te dicht bij de straat, bij de Sveavägen. Daarom heb ik niet zo op haar gelet, toen. Als ze op de speelplaats bij de watertoren was geweest, dan hadden de zaken anders gelegen.'
'Hebt u haar daar ook gezien?' vroeg Gunvald Larsson.
'Nee, nee . . .'
'Bent u haar gevolgd?'
'Nee, nee, probeer het toch te begrijpen. Ik was helemaal niet in haar geïnteresseerd, maar . . .'
'Maar?'
'Maar er waren die avond niet veel mensen in het park. Het was rotweer, het kon elk ogenblik gaan gieten. Ik dacht erover het op te geven en naar huis te gaan toen dat wij . . . toen die dame eraan kwam. Maar . . .'
'Maar?'
'Ja, wat ik wou zeggen is dat ik dat meisje heb gezien. En het was eerder kwart over dan tien over zeven.'
'Dat hebt u al gezegd. Wie was er bij haar?'
'Niemand. Ze was alleen . . . Maar wat ik wou zeggen is dat ik in die tijd zo'n stuk of tien mensen heb gezien. Ik . . . ik ga voorzichtig te werk. Ik heb geen zin gepakt te worden. Dus kijk ik goed uit. En wat ik nou bedoel is dat één van de mensen die ik gezien heb misschien . . .'
'Wel, en wie hebt u gezien?'
'Dat waren dan die twee smerissen . . .'
'Politieagenten.'
'Goed goed. De ene had rood haar en droeg een trenchcoat en de andere een pet en een colbertjasje en een broek van een

andere stof en hij had een nogal smal gezicht.'
'Axelsson en Lind,' zei Rönn voor zichzelf.
'U bezit een scherp opmerkingsvermogen,' zei Martin Beck.
'Ja, dat is zo,' zei Gunvald Larsson. 'En nou voor de dag met de rest.'
'Die twee smerissen . . . nee, verdomme, val me toch niet in de rede . . . gingen elk een andere kant op en bleven ongeveer een kwartier in het park. Maar dat was een hele tijd nadat ik het meisje gezien had. Zeker anderhalf uur later.'
'Ja?'
'En dan die andere twee. Die vent die aan het rotzooien was. Dat was eerder. Ik ben ze gevolgd, ik wou bijna ingrijpen . . .'
'Ingrijpen?'
'Ja, dus . . . nee, verrek zo bedoel ik het niet. Het grietje had een korte jurk aan, zwart met wit en die vent een clubblazer. Rijkeluiskinderen zo te zien, maar ze had geen tasje bij zich.'
Hij zweeg. Gunvald Larsson, Martin Beck en Rönn wachtten.
'Ze had een wit netbroekje aan.'
'Hoe kon u dat zien zonder dat zij u zag?'
'Ze zag geen pest en die vent ook niet. Ze zouden niet eens een nijlpaard opgemerkt hebben. Ze zagen elkaar niet eens. En zij arriveerden om, ja . . .'
Plotseling zweeg hij. Vroeg daarna:
'Hoe laat waren die smerissen daar?'
'Om halfnegen,' zei Martin Beck haastig.
De overvaller maakte een bijna triomfantelijke indruk toen hij zei:
'Klopt. Toen waren die twee al op zijn minst een kwartier weg. En ze waren minstens een halfuur in het park. Dus van kwart voor acht tot kwart over acht. Ik ben ze eerst gevolgd, maar daarna ben ik weggegaan. Heb naar dat gevrij van hun staan kijken. Maar toen zij het park inkwamen was het kleine meisje al verdwenen. Ze was niet op de speelplaats toen ze kwamen en niet toen ze weggingen. Als ze er wel geweest was had ik dat gezien, het zou me opgevallen zijn.'
Hij probeerde nu werkelijk te helpen.
'Ze was dus op de speelplaats om kwart over zeven, maar niet meer om kwart voor acht,' zei Gunvald Larsson.
'Precies.'

'En wat deed u in die tijd?'
'De boel in de gaten houden, zo te zeggen. Ik bevond me in de hoek van het park, tussen de Sveavägen en de Frejgatan. Zodat ik de mensen die van die kant kwamen kon gadeslaan.'
'Een ogenblikje alstublieft, u zegt dat u alles bij elkaar zo ongeveer tien mensen hebt gezien?'
'In het park? Ja, zo ongeveer.'
'Twee agenten, het vrijende paartje, de dame die u beroofde, het meisje. Dat zijn er zes.'
'En ik heb een oude man met een hond gevolgd. Ik heb hem een tijd gevolgd, maar hij bleef in de buurt van de Stefanskerk, dicht bij de straat. Hij wachtte zeker tot zijn hond zòu schijten of zo.'
'Van welke kant kwam die man?' vroeg Martin Beck.
'Van de Sveavägen, waar de kiosk staat.'
'Hoe laat was dat?'
'Even nadat ik gearriveerd was. Dat was de enige die in aanmerking kwam vóór die vent met dat grietje. Hij . . . wacht es even, hij kwam het park in langs de kiosk en had zo'n scharminkel van een hond bij zich. En toen was het meisje nog op de speelplaats.'
'Weet u dat zeker?' vroeg Gunvald Larsson.
'Ja. Wacht even. Ik heb hem de hele tijd gevolgd. Toen hij na een minuut of tien, vijftien wegging, was het meisje verdwenen.'
'En wie hebt u nog meer gezien?'
'Alleen wat kleingoed.'
'Kleingoed?'
'Ja. Dat soort dat niet in aanmerking komt. Een stuk of drie. Ze liepen het park door.'
'Probeer het u in godsnaam te herinneren,' zei Gunvald Larsson.
'Dat doe ik! Twee ervan waren in elkaars gezelschap. Ze kwamen van de Sveavägen en liepen de heuvel op naar de watertoren. Zwervers. Vrij oud.'
'Weet u zeker dat ze bij elkaar hoorden?'
'Dat weet ik zo goed als zeker. Ik had ze al vaker gezien. Ik herinner me nu dat ik toen dacht dat ze wel wat drank of een paar flesjes bier bij zich zouden hebben die ze in het park sol-

daat wilden maken. Toen waren die andere twee er nog, dat grietje in het netbroekje met haar vent, die aan het rotzooien was. En . . .'

'Ja?'

'En dan was er nog een. Een die van de andere kant kwam.'

'Ook kleingoed, zoals u dat noemt?'

'Tja, niet iemand om je mee bezig te houden. Van mijn standpunt bekeken dan. Hij kwam uit de richting van de watertoren. Ik herinner het me nu heel goed, ik herinner me dat ik dacht dat hij via de trappen uit de Ingemarsgatan was gekomen. Een idiote manier van doen. Idioot om eerst helemaal naar boven te klimmen en dan aan de andere kant er weer af.'

'Eraf?'

'Ja, hij verliet het park bij de Sveavägen.'

'Hoe laat was dat?'

'Onmiddellijk nadat die oude man met het hondje weggegaan was.'

Het werd stil in de kamer. Stuk voor stuk drong het tot hen door wat de man zojuist gezegd had.

Rolf Evert Lundgren zelf was de laatste die het begreep. Hij richtte zijn hoofd op en zijn blik ontmoette die van Gunvald Larsson.

'Verdomme,' zei hij.

Martin Beck voelde voor het eerst ergens iets klikken.

Gunvald Larsson zei:

'Samenvattend zouden we het als volgt kunnen formuleren: Een oudere, goedgeklede man met een hond gaat vanaf de Sveavägen het Vanadispark in, op een tijdstip dat ligt tussen kwart over zeven en halfacht. Hij loopt langs de kiosk en de speelplaats waar het meisje zich dan nog bevindt. De man met de hond houdt zich circa tien minuten, hooguit een kwartier, op in dat deel van het park dat ligt tussen de Stefanskerk en de Frejgatan. U volgt hem gedurende al die tijd. Als hij het park weer verlaat, opnieuw langs de kiosk en de speelplaats, is het meisje niet meer op de speelplaats aanwezig. Een paar minuten daarna komt er een man uit de richting van de watertoren en verlaat het park bij de Sveavägen. U nam aan dat hij uit de Ingemarsgatan was gekomen, de trappen achter de watertoren had beklommen en daarna door het park was afgedaald in de richting van de Sveavägen. Maar die man kan even goed een kwartier eerder via de Sveavägen het park betreden hebben, terwijl u de man met de hond schaduwde.'

'Ja,' zei de verdachte met open mond.

'Hij kan voorbij de speelplaats gekomen zijn en het meisje meegelokt hebben naar de watertoren. Daar kan hij haar gedood hebben en het kan dus op de terugweg geweest zijn dat u hem zag.'

'Ja,' zei Rolf Evert Lundgren, hem met open mond aanstarend.

'Hebt u gezien welke kant hij op ging?' vroeg Martin Beck.

'Nee, ik zag hem het park uitgaan en dacht alleen maar, daar heb ik geen last meer van.'

'Hebt u hem van dichtbij gezien?'

'Ja, hij liep vlak langs me heen. Ik stond achter de kiosk.'

'Goed, dan nemen we nu zijn signalement op,' zei Gunvald Larsson.

'Hoe zag hij eruit?'

'Hij was niet groot, maar hij was ook niet klein. Nogal shabby. Hij had een grote neus.'

'Hoe was hij gekleed?'

'Shabby. Een licht overhemd, wit meen ik. Geen das. Donkere broek, grijs of bruin.'

'Haar?'

'Hij had dun haar. Achterovergekamd.'

'Had hij geen colbertjasje aan?' kwam Rönn ertussen.

'Nee. Geen colbertjasje en geen overjas.'

'Kleur ogen?' vroeg Gunvald Larsson.

'Wat?'

'Hebt u de kleur van zijn ogen gezien?'

'Nee. Blauw, dacht ik. Of grijs. Zo'n type was hij. Licht in ieder geval.'

'Hoe oud dacht u dat hij was?'

'Tja, zo tussen de veertig en de vijftig. Dichter bij de veertig volgens mij.'

'Wat voor schoenen?' vroeg Rönn.

'Weet ik niet. Waarschijnlijk gewone zwarte lage schoenen zoals zwervers die meestal dragen. Maar daar raad ik maar naar.'

Gunvald Larsson zei samenvattend:

'Een man van een jaar of veertig, met een normaal postuur,

met dun achterovergekamd haar en een krachtige neus. Wit of lichtgekleurd overhemd, open. Bruine of donkergrijze broek, vermoedelijk zwarte schoenen.'

Er flitste iets door Martin Beck heen, een associatie, maar het volgende ogenblik was het alweer voorbij. Gunvald Larsson vervolgde:

'Ja, vermoedelijk lage, zwarte schoenen, een ovaal gezicht . . . Goed. Dan er is nu nog één ding. U moet een aantal foto's bekijken. Waar is het album van de zedenpolitie?'

Rolf Evert Lundgren nam boeken vol foto's door van bij de zedenpolitie bekend staande mannen. Hij bekeek elke foto zeer aandachtig maar schudde iedere keer zijn hoofd.

Hij vond niemand die leek op de man die hij in het Vanadispark had gezien.

Sterker nog, hij was er absoluut zeker van dat de man die hij gezien had niet in het register voorkwam.

Het was al middernacht toen Gunvald Larsson zei:

'Zo, nu zullen we zorgen dat u wat naar binnen krijgt en dan kunt u gaan slapen. Bedankt zover.'

Hij maakte een bijna opgeruimde indruk.

Het laatste wat de overvaller zei voor hij weggebracht werd was:

'Stel je eens voor, ik heb die rotzak gezien.'

Ook hij maakte een bijna opgeruimde indruk.

Toch was hij er zelf na aan toe geweest verscheidene mensen te doden en nog geen twaalf uur geleden was hij bereid geweest zowel Martin Beck als Gunvald Larsson neer te schieten als hij de kans had gehad.

Dat alles ging door Martin Beck heen.

Hij bedacht eveneens dat ze een pover signalement hadden, één dat paste op duizenden personen. Maar het was tenminste iets. En de jacht ging zijn zevende dag in.

Martin Beck moest aan nog iets denken, maar hij wist niet precies aan wat. Voor ze opbraken dronk hij nog een kop koffie met Rönn en Gunvald Larsson. Tot slot wisselden ze nog enkele opmerkingen. Gunvald Larsson vroeg:

'Vonden jullie dat het lang geduurd heeft?'

'Ja,' zei Martin Beck.

'Ja, volgens mij wel,' zei Rönn.

'Tja,' zei Gunvald Larsson schoolmeesterachtig. 'Het gaat er-
om zo'n zaak van het begin af aan grondig aan te pakken. En
een soortement vertrouwen te kweken.'
'Ja,' zei Rönn.
'Eerlijk gezegd vond ik dat het in elk geval verrekt veel tijd
gekost heeft,' zei Martin Beck.
Toen ging hij naar huis. Dronk nog een kop koffie en ging
naar bed.
Lag in het donker na te denken.
Dacht aan iets.

17

Martin Beck had het gevoel dat hij nog lang niet uitgeslapen
was toen hij die vrijdagochtend wakker werd. Eigenlijk voelde
hij zich vermoeider dan toen hij de avond tevoren heel laat en
na te veel koppen koffie was ingeslapen. Hij had een onrustige
nacht gehad, was keer op keer geplaagd door nachtmerries en
hij was wakker geworden met een duf gevoel in zijn maag-
streek.
Aan het ontbijt had hij een heftige ruzie met zijn vrouw gehad
om iets zo onnozels dat hij de oorzaak al vergeten was toen hij
vijf minuten later de buitendeur achter zich dichtsloeg. Zijn
aandeel in de ruzie was overigens vrij passief geweest, zijn
vrouw had het leeuwedeel van de opmerkingen voor haar
rekening genomen.
Moe, ontevreden met zichzelf en met brandende ogen nam hij
de ondergrondse naar Slussen, stapte daar over naar Midsom-
markransen om een kort bezoek te brengen aan zijn kantoor in
de Västberga-allee. Hij hield niet van de ondergrondse, maar
ondanks het feit dat de autoweg van Bagarmossen naar het
bureau zuid aanzienlijk sneller was, weigerde hij pertinent
automobilist te worden. Het was een voortdurende bron van

onmin tussen hem en Inga, zijn vrouw. Sinds ze er bovendien achter was gekomen dat de staat een politieman die van zijn eigen auto gebruik maakt vierendertig cent per kilometer vergoedt, had ze dit onderwerp steeds vaker aangesneden.

Hij nam de lift naar de derde verdieping, drukte aan de buitenzijde van de glazen deuren de knoppen in op de nummerschijf voor de juiste cijfercode, knikte tegen de portier en ging zijn werkkamer binnen. Uit de stapel op zijn bureau sorteerde hij de papieren die hij mee moest nemen naar de Kungsholmsgatan.

Er lag ook een gekleurde ansichtkaart op zijn schrijftafel waarop een ezel met een strooien hoed, een mollig, zwartogig meisje met een mand sinaasappelen en een palm stonden afgebeeld. De kaart kwam uit Mallorca, waar het jongste lid van het bureau Åke Stenström, zijn vakantie genoot; de kaart was gericht aan 'Martin Beck en de jongens'. Het kostte Martin Beck enige moeite het met een klodderige ballpoint geschreven schrift te ontcijferen:

'Jullie vragen je zeker af waar alle leuke meisjes gebleven zijn. Ze hebben bij gerucht vernomen waar ik zit! Hoe redden jullie het zonder mij? Beroerd zeker. Nog even volhouden, misschien kom ik wel terug! Åke.'

Martin Beck glimlachte en stopte de kaart in de zak van zijn colbertje. Daarna ging hij zitten, zocht het telefoonnummer van de familie Oskarsson op en trok het toestel naar zich toe.

Het was de heer des huizes die de telefoon aannam. Hij zei dat de rest van de familie net thuisgekomen was en dat, als Martin Beck hen nog wou zien, hij beter deed zo spoedig mogelijk te komen omdat ze nog heel wat te doen hadden voor ze met vakantie gingen.

Hij bestelde een taxi en tien minuten later belde hij aan bij de familie Oskarsson. De heer des huizes deed open en vroeg hem plaats te nemen op de sofa in de huiskamer. De kinderen waren niet te zien, maar hij hoorde hun stemmen in een van de andere kamers. Hun moeder stond bij het raam te strijken en toen Martin Beck de kamer binnenkwam, zei ze:

'Neemt u me niet kwalijk, ik ben zo klaar.'

'Het spijt me dat ik u moet storen,' zei Martin Beck. 'Maar ik had u graag nog even gesproken voor u met vakantie gaat.'

De man knikte en ging in een leren fauteuil zitten die aan de andere kant van het lage tafeltje stond.

'We willen u natuurlijk graag van dienst zijn,' zei hij. 'Mijn vrouw en ik weten er uiteraard niets van, maar we hebben het er wel met Lena over gehad en ze schijnt niet méer te weten dan ze al verteld heeft. Helaas.'

Zijn vrouw zette het strijkijzer neer en keek hem aan.

'Goddank, zou ik liever willen zeggen,' zei ze.

Ze trok de stekker uit het stopcontact en ging op de armleuning zitten van haar mans stoel. Hij sloeg zijn arm om haar heen.

'Eigenlijk kwam ik om te horen of uw zoontje misschien nog iets gezegd heeft dat verband kan houden met datgene wat Annika is overkomen.'

'Bosse?'

'Ja, volgens Lena was hij een poosje verdwenen en niets wijst erop dat hij niet met Annika is meegegaan. Misschien heeft hij degene die haar om het leven heeft gebracht zelfs wel gezien.'

Hij hoorde hoe idioot zijn woorden klonken en dacht: Ik lijk wel een boek. Of een politierapport. Hoe haal ik het in mijn hoofd te denken dat ik iets zinnigs los krijg uit een kind van drie.

Het paar in de fauteuil scheen het bombastische van zijn formulering niet op te merken. Ze gingen er waarschijnlijk van uit dat dit de gewone manier van spreken was van een politieman.

'Maar er is al een vrouwelijke agent hier geweest die met hem gepraat heeft,' zei mevrouw Oskarsson. 'Hij is nog zo klein.'

'Ja, dat weet ik,' zei Martin Beck. 'Maar ik wou toch vragen of ik het nog eens mocht proberen. Het is niet uitgesloten dat hij iets gezien heeft. Als het mogelijk zou zijn dat hij zich die dag weer herinnert...'

'Hij is nog maar drie,' zei ze, hem in de rede vallend. 'Hij kan niet eens goed praten. Alleen wij begrijpen wat hij zegt. En dan nog niet eens alles.'

'We kunnen het proberen,' zei de man. 'We moeten helpen. Misschien slaagt Lena erin hem te laten herinneren wat hij toen gedaan heeft.'

'Dank u,' zei Martin Beck. 'Dat is een goed idee.'

Mevrouw Oskarsson stond op en ging de kinderkamer in. Even later kwam ze terug met haar beide kinderen.

Bosse rende de kamer in, ging naast zijn vader staan en wees naar Martin Beck:

'Wat izze dat?' vroeg hij.

Hij hield zijn hoofd schuin en keek naar Martin Beck. Hij had een vuil mondje, een schram op zijn wang en op zijn voorhoofd onder zijn blonde krullen zat een grote blauwe plek. Zijn ogen waren groen van kleur.

'Pappa, wat izze dat?' herhaalde hij ongeduldig.

'Dat is een oom,' legde zijn vader uit en glimlachte verontschuldigend naar Martin Beck.

'Dag,' zei Martin Beck.

Bosse negeerde deze begroeting.

'Hoe heet ze?' vroeg hij aan zijn vader.

'Hij,' zei Lena. 'Hij noem je dat.'

'Ik heet Martin,' zei Martin Beck. 'Hoe heet jij?'

'Bosse. Hoe heet?'

'Martin.'

'Mattin. Heet Mattin,' zei Bosse, op een toon die aangaf hoe verbazingwekkend hij het vond dat iemand zo kon heten.

'Ja,' zei Martin. 'En jij heet Bosse.'

'Pappa heet Kurt, mamma heet ... hoe heet?'

Hij wees op zijn moeder die zei:

'Ingrid, dat weet je toch wel.'

'Inji.'

Hij liep op de sofa toe en legde een mollig, vuil knuistje op Martin Becks knie.

'Ben je in het park geweest vandaag?' vroeg Martin Beck.

Bosse schudde zijn hoofd en zei met een schril stemmetje:

'Niet pelen park. Auto!'

'Ja,' zei zijn moeder kalmerend. 'Straks. Straks gaan we auto rijden.'

'Traks jij mee autorijen,' zei Bosse en keek bevelend naar Martin Beck.

'Ja. Misschien.'

'Bosse kan autorijen,' zei het jongetje tevreden en klauterde op de sofa.

'Wat doe je als je in het park speelt?' vroeg Martin Beck op een toon die hem zelf een tikje overdreven en gekunsteld voorkwam.

'Bosse niet pelen park. Auto!' zei het jongetje heftig.

'Ja,' zei Martin Beck. 'Natuurlijk ga je straks met de auto mee.'

'Bosse gaat vandaag ook niet in het park spelen,' zei zijn zusje. 'Deze oom vraagt alleen maar wat Bosse gedaan heeft toen hij wel in het park speelde.'

'Oom eleboel dom,' zei Bosse.

Hij gleed de sofa weer af en Martin Beck dacht bij zichzelf dat hij iets voor het jongetje had moeten meebrengen, snoepjes of zo. Hij was niet gewend getuigen om te kopen om hun sympathie te winnen, maar aan de andere kant had hij nog nooit een driejarige getuige verhoord. Een koek zou wel eens de doorslag hebben kunnen geven.

'Dat zegt hij van iedereen,' zei Bosses zusje. 'Hij is zelf dom.'

Bosse sloeg met zijn handje naar haar en zei verontwaardigd: 'Bosse elemaal niet dom! Bosse lief!'

Martin Beck voelde of hij iets in zijn zak had dat de belangstelling van de jongen kon wekken, maar vond alleen de ansichtkaart van Stenström.

'Kom eens kijken,' zei hij.

Bosse rende dadelijk op hem toe en keek nieuwsgierig naar de kaart.

'Wat izze dat?' vroeg hij.

'Een kaart,' zei Martin Beck. 'Kun je zien wat erop staat?'

'Paad. Bloem. Andalijn.'

'Wat is andalijn?' vroeg Martin Beck verwonderd.

'Mandarijn,' legde de moeder uit.

'Andalijn,' zei Bosse en wees. 'Een bloem. Een paad. Een meisje. Hoe heet meisje?'

'Ik weet het niet,' zei Martin Beck. 'Wat denk jij?'

'Ulla,' zei Bosse. 'Meisje Ulla.'

Mevrouw Oskarsson stootte haar dochtertje aan.

'Weet je nog toen Ulla en Annika en Bosse en Lena in het park aan het schommelen waren?' vroeg Lena snel.

'Ja,' zei Bosse verrukt. 'Ulla, Annika, Bosse, Lena schommelen, park koopten ijs. Weet nog?'

'Ja,' zei Lena. 'Weet je nog dat we een hond gezien hebben in het park?'

'Ja! Bosse zien kleine ond. Niet aaien kleine ond. Vaallijk aaien kleine ond. Weet nog?'

De ouders wisselden een blik en de moeder knikte. Martin Beck begreep dat het jongetje zich inderdaad die dag in het park herinnerde. Hij verroerde zich niet, zat volkomen stil en hoopte dat het jongetje de draad niet zou verliezen.

'Weet je nog,' vervolgde zijn zusje. 'Ulla, Lena, Bosse hinkelden.'

'Ja,' zei Bosse. 'Ulla Lena inkelen. Bosse ook inkelen. Bosse kan inkelen. Weet nog Bosse inkelen?'

De opgetogen antwoorden van het jongetje op de vragen van zijn zusje kwamen snel en het vraag- en antwoordspelletje volgde een patroon, dat Martin Beck deed vermoeden dat broer en zus dit weet-je-nog-wel-spelletje vaker speelden.

'Ja,' zei Lena, 'dat weet ik nog. Bosse, Ulla, Lena hinkelen. Annika niet hinkelen.'

'Annika wil niet inkelen. Annika boos Lena Ulla,' zei Bosse op ernstige toon.

'Weet je nog dat Annika boos werd? Annika werd boos en ging weg.'

'Lena Ulla dom Annika.'

'Zei Annika dat Lena en Ulla dom waren? Weet je dat nog?'

'Annika zei Lena Ulla dom.'

En toen met grote nadruk:

'Bosse niet dom.'

'Wat hebben Bosse en Annika gedaan toen Lena en Ulla dom waren?'

'Bosse Annika toppeltje pelen.'

Martin Beck hield zijn adem in en hoopte vurig dat het meisje begreep wat ze nu zou moeten vragen.

'Weet je nog toen Bosse en Annika verstoppertje speelden?'

'Ja. Ulla Lena mag niet toppeltje pelen. Ulla Lena dom. Annika lief. Bosse lief.'

Er was een werkelijk contact nu.

'Oom lief.'

'Welke oom?'

'Oom in park lief. Bosse krijgen blet.'

'Gaf de oom in het park aan Bosse blet? Weet je dat nog?'

'Oom geven aan Bosse blet in park. Niet blet.'

'Geen tablet?'
'Blet!'
'Wat zei oom? Praatte de oom met Bosse en Annika?'
'Oom praten Annika. Oom geven Bosse blet.'
'Hebben Bosse en Annika een tablet gekregen van de oom?'
'Bosse kreeg blet. Annika niet blet. Bosse kreeg blet. Niet blet!'
Plotseling draaide Bosse zich om en rende op Martin Beck toe.
'Bosse wil bletdoosje jij. Hij hebben bletdoosje?'
Martin Beck schudde zijn hoofd.
'Bosse wil bletdoosje. Moet. Anders Bosse huilen.'
'Nee,' zei Martin Beck. 'Niet nu. Straks misschien. Heb je een
doosje met tabletten gekregen van de oom in het park?'
Bosse sloeg ongeduldig met zijn handje op de sofa.
'Nee, Bosse krijgen blet.'
'Heb je maar één tablet gekregen? Heb je een tablet gekregen
van de oom? Was het lekker?'
Bosse sloeg op Martin Becks knie.
'Niet lekker,' zei hij. 'Kan niet eten blet.'
Martin Beck keek naar Bosses moeder.
'Wat is een blet?' vroeg hij.
'Ik weet het niet,' zei ze. 'Hij noemt alles tabletten — peper-
munt, drop, vitaminetabletten, maar dat is geloof ik niet wat
hij bedoelt.'
Hij boog zich voorover naar het jongetje en vroeg:
'Wat hebben Bosse en Annika en de oom gedaan? Hebben
jullie met de oom gespeeld?'
Bosse scheen zijn belangstelling voor het vragenspelletje
verloren te hebben en zei knorrig:
'Bosse niet vinden Annika. Annika dom pelen oom.'
Martin Beck deed zijn mond open om iets te zeggen, maar
sloot hem meteen weer, want hij zag zijn getuige met de vaart
van een raket uit de kamer verdwijnen.
'Je kun me niet pakken! Je kun me niet pakken,' riep het
jongetje verheugd.
Zijn zusje keek hem geërgerd aan en zei:
'Hij is zo dom dat het niet mooi meer is.'
'Wat bedoelt hij met blet, denk je?' vroeg haar vader.
'Ik weet het niet. In ieder geval geen tablet. Ik zou het niet
weten,' zei ze.

'Het schijnt dat hij iemand ontmoet heeft toen hij met Annika was,' zei de heer des huizes.

'Maar wanneer,' dacht Martin Beck. 'Vrijdag of veertien dagen geleden?'

'Brr, wat griezelig,' zei de vrouw des huizes. 'Dat moet die man geweest zijn. Die het gedaan heeft.'

Ze huiverde en de man streelde haar kalmerend over de rug. Hij keek zorgelijk naar Martin Beck en zei:

'Hij is nog zo klein. Hij heeft zo weinig woorden tot zijn beschikking. Ik kan me nauwelijks voorstellen dat hij een soort beschrijving van de man zou kunnen geven.'

De vrouw des huizes schudde haar hoofd.

'Nee,' zei ze. 'Niets als er niet iets bijzonders aan de man te zien was. Als hij bij voorbeeld een uniform had gedragen, dan had Bosse hem vast en zeker oom plisie genoemd. Maar verder zou ik het ook niet weten. Kinderen verbazen zich nooit ergens over. Als Bosse een man zou zien met groen haar, rode ogen en drie benen zou hij niet gevonden hebben dat daar iets vreemds aan was.'

Martin Beck knikte.

'Misschien had hij een uniform aan,' zei hij. 'Of iets anders dat Bosse zich herinnert. Zou het niet beter zijn als u alleen met hem praatte?'

Mevrouw Oskarsson stond op, haalde haar schouders op.

'Misschien,' zei ze. 'Ik zal het proberen.'

Ze liet de deur op een kier staan zodat Martin Beck haar en de jongen kon horen. Na twintig minuten kwam ze terug. Ze was er niet in geslaagd nog iets uit het kind los te krijgen.

'Kunnen we nu niet met vakantie?' vroeg ze angstig. 'Ik bedoel dat Bosse . . .' Ze viel zichzelf in de rede en zei: 'En Lena?'

'Natuurlijk kunt u op reis gaan,' zei Martin Beck en stond op. Hij bedankte hen en schudde haar en haar man de hand, maar toen hij weg wilde gaan kwam Bosse aangehold en sloeg zijn armen om Martin Becks knieën.

'Niet weggaan. Jij blijven. Jij praten met pappa. Bosse praten met jou.'

Martin Beck probeerde zich los te maken, maar het kind hield hem stevig vast en hij wilde hem niet verdrietig maken. Hij stak zijn hand in zijn broekzak, haalde er een muntje uit en keek vragend naar de moeder. Ze knikte.

'Hier Bosse,' zei hij en liet hem het geldstuk zien.

Bosse liet onmiddellijk los, pakte het geldstukje aan en zei:
'Bosse kopen ijs. Bosse boel geld kopen ijs.'

Hij holde voor Martin Beck uit de hal in en pakte een klein jasje van een lage haak naast de buitendeur. Het jongetje dolf in de zakken van het jasje.

'Bosse boel geld,' zei hij en hield een smoezelig muntje in de hoogte.

Martin Beck deed de buitendeur open, draaide zich om en stak zijn hand uit naar Bosse.

Het jongetje stond met zijn jasje tegen zich aangedrukt en toen hij zijn handje uit de zak van zijn jasje haalde dwarrelde er een wit stukje papier op de grond. Martin Beck bukte zich om het op te rapen en het kind riep:

'Bosse blet! Bosse blet van oom!'

Martin Beck bekeek het voorwerp in zijn hand.

Het was een heel gewoon metrobiljet.

18

Die vrijdag, op de ochtend van de zestiende juni 1967, was er al zo het een en ander gebeurd.

De politie had een signalement laten verspreiden, waarvan het zwakke punt was dat het op duizenden min of meer fatsoenlijke medeburgers sloeg. Of op nog meer.

Rolf Evert Lundgren had een nachtje over de zaak geslapen en wilde een koehandeltje drijven. Als de politie een oogje dicht deed, was hij bereid aan het onderzoek zijn bijdrage te leveren en met 'aanvullende inlichtingen' te komen, wat die dan ook mochten zijn. Hij kreeg een kort en krachtig nee te horen, verviel in gepeins en vroeg eindelijk uit zichzelf om een advocaat.

Iemand van het opsporingsteam bleef hardnekkig wijzen op het feit dat Lundgren geen alibi had voor de avond van de moord in het Vanadispark en stelde zijn betrouwbaarheid als getuige aan de orde. Dit had op zijn beurt tot gevolg dat Gunvald Larsson een vrouw in verlegenheid bracht en dat een andere vrouw Kollberg zo mogelijk nog verlegener maakte.

Gunvald Larsson draaide een nummer in het stadsdeel Vasa. Er ontspon zich het volgende gesprek:

'Ja, met Jansson.'

'Goedemorgen. Met de recherche, met adjudant Larsson.'

'Ja. Waarmee kan ik u van dienst zijn?'

'Zou ik uw dochter Majken Jansson even aan de lijn kunnen krijgen?'

'Jazeker. Een ogenblikje. We zitten juist te ontbijten. Majken!'

'Ja hallo, met Majken Jansson.'

De stem klonk helder en beschaafd.

'Politie. Adjudant Larsson.'

'Ja.'

'U hebt ons meegedeeld dat u op de avond van de negende juni een luchtje was gaan scheppen in het Vanadispark.'

'Ja.'

'Wat had u toen aan?'

'Wat ik aan had ... Ja, even kijken, een zwart met witte cocktailjurk.'

'En wat nog meer?'

'Een paar sandalen.'

'Juist. En wat nog meer?'

'Niets meer. Stil nu, pa, hij vraagt alleen maar wat ik ...'

'Niets? Had u verder niets aan?'

'N-nee.'

'Ik bedoel, droeg u dan niets onder uw jurk?'

'Ja. Zeker wel. Ik had natuurlijk ondergoed aan.'

'Juist. En wat voor soort ondergoed?'

'Wat voor soort ondergoed?'

'Precies.'

'Ja, ik had natuurlijk ... ja, wat je zo aan hebt, hè. Vader, het is de *politie*.'

'En wat had u dan al zo aan?'

'Ja, een bh natuurlijk en ... ja, wat dacht u eigenlijk?'

'Ik dacht niets. Ik houd er geen vooropgestelde meningen op na. Ik vraag alleen maar.'
'Een broekje natuurlijk.'
'Juist. En wat voor soort broekje?'
'Wat voor soort? Ik begrijp niet wat u bedoelt. Ik had natuurlijk een broekje aan, een onderbroekje.'
'Een directoire?'
'Ja. Maar neemt u me niet kwalijk . . .'
'En hoe zag dat broekje eruit? Was het rood of zwart of blauw of had het misschien camouflagekleuren?'
'Een . . .'
'Ja?'
'Een wit netbroekje. Ja, vader ik zal het hem vragen.'
'Waarom vraagt u dat in 's hemelsnaam?'
'Ik controleer een getuigenverklaring.'
'Een getuigenverklaring?'
'Inderdaad. Goedemorgen.'

Kollberg reed naar een adres in de oude binnenstad, parkeerde zijn auto op het Storkyrkobrinken en sjokte een uitgesleten, stenen wenteltrap op, zocht naar een bel, vond die niet en bonsde op de hem gebruikelijke, oorverdovende manier op de deur.
'Kom erin,' riep de vrouw.
Kollberg ging naar binnen.
'Jesses,' zei ze. 'Wie bent u?'
'Politie,' zei Kollberg luguber.
'Dan moet ik wel zeggen dat de politie er een verrekt . . .'
'Bent u Lisbeth Hedvig Maria Karlström?' vroeg Kollberg en keek demonstratief op het stukje papier dat hij in zijn hand had.
'Ja. Gaat het over gisteren?'
Kollberg knikte en keek om zich heen. De kamer zag er slordig uit, maar was wel gezellig. Lisbeth Hedvig Maria Karlström was gekleed in een blauwgestreept pyjamajasje, dat net hoog genoeg kwam om te laten zien dat ze er niet eens een netbroekje onder had. Ze was kennelijk net uit bed en bezig koffie te zetten. Ze roerde met een vork in de filter om het water sneller door te laten lopen.

'Ik ben net bezig koffie te zetten,' zei ze, 'ik ben pas op.'
'O.'
'Ik dacht dat het het meisje van hiernaast was. Dat is de enige die zo bonst. En op dit uur van de dag. Wilt u ook?'
'Wat?'
'Koffie.'
'Jawel,' zei Kollberg.
'Ga toch zitten.'
'Waarop dan?'
Ze wees met de vork naar een leren poef naast het bed dat er zeer onopgemaakt uitzag. Hij ging aarzelend zitten. Ze zette de koffiekan en twee koppen op een blaadje, schoof met haar linkerknie een laag tafeltje bij, zette het blad neer en nam zelf plaats op het bed. Ze sloeg haar benen over elkaar, waarbij onvermijdelijk het een en ander onthuld werd. Haar anatomie was bepaald niet onverdienstelijk.
'Alstublieft,' zei ze.
'Dank u,' zei Kollberg en staarde naar haar voeten.
Hij was snel bewogen en op dit moment voelde hij zich een beetje zonderling. Ze deed hem in sommige opzichten heel sterk aan iemand denken, waarschijnlijk aan zijn vrouw.
Ze keek hem bezorgd aan en vroeg:
'Hebt u liever dat ik wat meer aantrek?'
'Dat zou misschien niet zo gek zijn,' zei Kollberg aan verwarring ten prooi.
Ze stond meteen op, liep naar de garderobekast, haalde er een bruine manchesterbroek uit en trok die aan. Daarna knoopte ze haar pyjamajasje los en deed het uit. Even stond ze daar met naakt bovenlichaam, weliswaar met de rug naar hem toe, maar dat maakte de situatie nauwelijks beter. Na een korte aarzeling trok ze een gebreid truitje over haar hoofd.
'Het is ook zo akelig warm,' zei ze.
Hij nam een slok van zijn koffie.
'Lekker,' zei hij.
'Ik weet echt niks. Helemaal niks. Dat was een vervelende geschiedenis, dat met die Simonsson bedoel ik.'
'Hij heet Rolf Evert Lundgren,' zei Kollberg.
'O, ook dat nog. Ik kan me voorstellen dat u vindt dat ik ... dat ik in een ongunstig daglicht ben komen te staan. Maar daar

kan ik niets aan doen. Op het moment.'

Ze keek ongelukkig om zich heen.

'Wilt u misschien roken,' zei ze. 'Ik heb helaas geen sigaretten. Ik rook zelf niet.'

'Ik ook niet,' zei Kollberg.

'O. Ja, of ik nu wel of niet in een onvoordelig daglicht ben komen te staan, ik kan alleen maar zeggen hoe het gegaan is. Ik ontmoette hem om een uur of negen in het Vanadis-zwembad en naderhand ben ik met hem mee naar huis gegaan. Ik weet dus niets.'

'Er is één ding dat ons interesseert en dat u waarschijnlijk wel weet.'

'En dat is?'

'Hoe was hij? In seksueel opzicht bedoel ik?'

Ze haalde haar schouders op. Nam een beschuit en knabbelde daar even aan. Tenslotte zei ze:

'Geen commentaar. Het is mijn gewoonte niet om . . .'

'Wat is uw gewoonte niet?'

'Het is mijn gewoonte niet om commentaar te leveren op mannen met wie ik omga. Om een voorbeeld te geven, als wij nu met elkaar naar bed zouden gaan, dan zou ik naderhand geen bijzonderheden over u gaan rondstrooien.'

Kollberg ging verzitten, geprikkeld. Hij had het warm en was erg opgewonden. Hij had zin om zijn jasje uit te trekken. Het was trouwens niet uitgesloten dat hij zin had al zijn kleren uit te trekken en met de vrouw naar bed te gaan. Hij had dat weliswaar zelden gedaan in dienstverband en zeker niet sinds hij getrouwd was, maar het was voorgekomen.

'Ik zou graag een antwoord hebben op die vraag,' zei hij. 'Was hij normaal op seksueel gebied?'

Ze antwoordde niet.

'Het is erg belangrijk,' zei hij.

Ze ving zijn blik op en vroeg ernstig:

'Waarom?'

Kollberg keek haar nadenkend aan. Het was een moeilijke beslissing en hij wist dat veel van zijn collega's zijn antwoord bedenkelijker zouden vinden dan wanneer hij zich uitgekleed had en met haar naar bed was gegaan.

'Lundgren is een beroepsmisdadiger,' zei hij tenslotte. 'Hij heeft een stuk of tien zware gewelddaden bekend. Vorige week vrijdagavond bevond hij zich, en dit staat onomstotelijk vast, in het Vanadispark op het moment dat daar een klein meisje vermoord werd.'

Ze wierp hem een snelle blik toe en slikte een paar maal.

'O,' zei ze kleintjes. 'Dat wist ik niet. Dat zou ik niet gedacht hebben.'

Even later keek ze hem opnieuw aan, met heldere, bruine ogen en zei:

'Dat beantwoordde mijn vraag. Ik begrijp dat ik nu ook een antwoord moet geven op uw vraag.'

'En?'

'Voor zover ik kan beoordelen was hij volkomen normaal. Bijna te normaal.'

'Wat bedoelt u daarmee?'

'Ik bedoel, dat ik zelf ook volkomen normaal ben in seksueel opzicht, maar dat . . . Wel, omdat ik het niet vaak doe, wil ik wel wat meer dan . . . zullen we zeggen, alleen routine?'

'Ik begrijp wat u bedoelt,' zei Kollberg en krabde zich achter zijn oor. Hij dacht even na. Het meisje keek hem ernstig aan. Tenslotte vroeg hij:

'Was hij het die . . . die het eerste contact legde in het zwembad?'

'Nee, eerder andersom.'

Ze stond plotseling op en liep op het raam toe, dat uitzag op de Grote Kerk. Zonder haar hoofd om te draaien zei ze:

'Ja. Eerder andersom. Ik ging gisteren de deur uit met de bedoeling een man te treffen. Ik was erop ingesteld, had me erop voorbereid zo te zeggen.'

Ze trok haar schouders op.

'Op die manier leef ik,' zei ze. 'Dat doe ik al heel wat jaren zo en als u dat wenst kan ik u ook wel uitleggen waarom.'

'Dat is niet nodig,' zei Kollberg.

'Ik wil het met alle plezier doen,' zei ze en speelde met het gordijn. 'Erover praten bedoel ik.'

'Dat is niet nodig,' herhaalde Kollberg.

'In elk geval kan ik garanderen dat zijn manier van doen volkomen normaal was. In het begin scheen hij niet eens . . . erg geïnteresseerd te zijn. Maar ik heb ervoor gezorgd dat dat veranderde.'

Kollberg dronk zijn koffie op.

'Ja, dat was het dan wel,' zei hij onzeker.

Nog altijd zonder zich om te draaien zei ze:

'Ik heb al vaker een lesje gehad, maar dit is het ergste. Dit is wel heel onplezierig.'

Kollberg zei niets.

'Heel naar,' zei ze voor zich uit en frommelde aan het gordijn. Toen draaide ze zich om en zei:

'Ik kan u verzekeren dat ik het initiatief heb genomen. Op een niet mis te verstane manier. Als u dat wenst kan ik . . .'

'Nee, dat is niet nodig.'

'En ik verzeker u dat hij volkomen normaal was toen hij . . . ja, toen we in bed lagen.'

Kollberg stond op.

'Ik vind u aardig,' zei ze onverwacht.

'Ik u ook,' zei hij.

Hij liep op de deur toe en opende die op een kier. Toen zei hij tot zijn eigen verbazing.

'Ik ben sinds anderhalf jaar getrouwd. Mijn vrouw is in de zevende maand.'

Ze knikte.

'Wat mijn manier van leven aangaat . . .'

Ze maakte haar zin niet af.

'Die is niet goed,' zei hij. 'Het kan gevaarlijk zijn.'

'Dat weet ik,' zei ze.

'Dag,' zei Kollberg.

'Dag,' zei Lisbeth Hedvig Maria Karlström.

Er zat een bonnetje op zijn auto wegens fout parkeren. Verstrooid vouwde hij het gele stortingsbiljet op en stopte het in zijn zak. Aardig meisje, dacht hij. Lijkt veel op Gun, ik vraag me af . . .'

Daarna ging hij achter het stuur van zijn auto zitten en dacht dat het veel weg had van een perfecte parodie op een derderangs roman.

In het hoofdkwartier zei Gunvald Larsson stoer:

'Dat is dus een uitgemaakte zaak. Hij is seksueel normaal en zijn betrouwbaarheid als getuige staat vast. Verloren tijd.'

Kollberg dacht even na over dat verloren tijd.

Toen vroeg hij:

'Waar is Martin?'

'Die verhoort zuigelingen.'

'Verder nog nieuws?'

'Nee, niets.'

'Hier is wel wat,' zei Melander en keek op van zijn paperassen.

'Wat dan?'

'Een rapport van de psychologen. Hun kijk op de zaak.'

'Onzin,' zei Gunvald Larsson. 'Ongelukkig verliefd op een lantarenpaal en dat soort dingen.'

'Nou,' zei Melander. 'Daar ben ik niet zo zeker van.'

'Doe je pijp uit je mond zodat we kunnen verstaan wat je zegt,' zei Kollberg.

'Ze hebben een verklaring opgesteld, een verklaring die vrij aannemelijk klinkt en die nogal onrustbarend is.'

'Hoe dat,' zei Gunvald Larsson. 'Kan het onrustbarender dan het al is?'

'Het gaat over het feit dat de man mogelijkerwijze niet in ons kaartsysteem voorkomt,' vervolgde Melander onverstoorbaar. 'Ze zeggen dat het best mogelijk is dat hij geen strafregister heeft. Dat hij al heel lang met zijn neigingen kan hebben rondgelopen zonder dat ze ooit tot uiting zijn gekomen. Dat het bevredigen van een seksuele perversiteit in vele opzichten doet denken aan verslaving aan verdovende middelen. Hier halen ze voorbeelden aan uit het buitenland. Iemand die seksueel verknipt is kan jarenlang een exhibitionist of een gluurder zijn en op die manier zijn driftleven bevredigen. Maar als hij door een toevallige impuls een aanranding of een lustmoord pleegt kan de persoon in kwestie niet op een andere manier meer bevredigd worden dan door het begaan van nieuwe aanrandingen en nieuwe moorden.'

'Zoals het oude spreekwoord van de woeste beer,' zei Gunvald Larsson. 'Een beer die één keer een koe gedood heeft enzovoort.'

'Net als een verslaafde aan verdovende middelen, die zijn toevlucht neemt tot steeds sterkere vergiften,' zei Melander en bladerde in het rapport. 'Een verslaafde die met hasjiesj begonnen is en daarna overgestapt is op heroïne heeft niet meer voldoende aan hasjiesj. Het gedrag van een seksuele geperverteerde kan dergelijke trekken vertonen.'

'Dat klinkt redelijk,' zei Kollberg. 'Maar elementair.'

'Ik vind het verdomd griezelig klinken,' zei Gunvald Larsson.

'Het wordt nog veel griezeliger,' zei Melander. 'Hier staat dat iemand gedurende een lange reeks van jaren op geen enkele wijze tastbaar uitdrukking hoeft te hebben gegeven aan zijn ziekelijke driften. Hij hoeft niet eens geonaneerd of naar naakt-foto's gekeken te hebben en hij hoeft helemaal geen exhibitio-nist of gluurder geweest te zijn. Hij kan alleen maar aan ver-schillende vormen van perversiteit hebben zitten denken zonder dat eigenlijk zelf te beseffen, totdat een toevallige im-puls de aanleiding vormt tot een gewelddaad. Daarna kan hij niet nalaten het keer op keer weer te doen, met stijgende meedogenloosheid en steeds groter wordende beestachtigheid.'

'Ongeveer zoals Jack the Ripper,' zei Gunvald Larsson.

'En de aandrift?' vroeg Kollberg.

'Kan gewekt worden door de meest uiteenlopende dingen, een toevallige situatie, een mentale inzinking, ziekte, drank, verdovende middelen. Als er van een dergelijk misdadig ge-dragspatroon sprake is, dan zijn er dus in het verleden van de misdadiger zelf geen aanknopingspunten te vinden. De ar-chieven en kaartsystemen van de politie zijn in dit geval van geen enkel nut, evenmin als die van ziekenhuizen en artsen. De betrokken persoon komt er eenvoudig niet in voor. En eenmaal begonnen met aanrandingen of moorden, kan hij niet ophouden. Hij is evenmin in staat zichzelf aan te geven of controle op zijn eigen daden uit te oefenen.'

Melander bleef even zwijgend zitten. Toen tikte hij met zijn knokkels op het gefotokopieerde rapport en zei:

'Er staat het een en ander in dat verdacht |goed overeenkomt met ons geval.'

'Ik kan me massa's andere verklaringen indenken,' zei Gunvald Larsson geïrriteerd. 'Er kan sprake zijn van een vreemdeling, een buitenlander die toevallig op doorreis is. Het kunnen zelfs twee verschillende daders zijn. Wat er in het Tantopark ge-beurd is, kan een moord geweest zijn geïnspireerd en ingegeven door de publiciteit rond het eerste geval.'

'Tegen die redenering is een hoop in te brengen,' zei Melander.

'Bekendheid met het terrein, de somnambule zekerheid waarmee de moorden ten uitvoer zijn gebracht, de keuze van tijd en plaats en het absurde feit dat we na twee moorden en zeven etmalen niet één serieuze verdachte hebben. Als we die Eriksson even buiten beschouwing laten. Tegen een geïnspireerde moord spreekt ook het feit van de broekjes. Dat is iets dat we niet aan de pers verteld hebben.'

'Ik kan me toch nog andere verklaringen indenken,' zei Gunvald Larsson gemelijk.

'Ik ben bang dat hier de wens de vader van de gedachte is,' zei Melander en stak zijn pijp aan.

'Ja,' zei Kollberg en schudde zijn hoofd. 'Het is waarschijnlijk een wensdroom, Gunvald, maar ik hoop van harte dat je gelijk hebt. Anders . . .'

'Anders,' zei Melander, 'staan we met lege handen. En de enige kans dat we de dader kunnen grijpen, is hem de volgende keer op heterdaad te betrappen. Of . . .'

Kollberg en Gunvald Larsson maakten elk voor zich deze gedachtengang af en kwamen al snel tot dezelfde onaangename slotsom. Het was Melander die hem uitsprak:

'Of hij doet het keer op keer met dezelfde slaapwandelachtige trefzekerheid, tot hij het geluk heeft gepakt te worden.'

'Godverdomme,' zei Gunvald Larsson.

'Wat staat er nog meer in die papieren?' vroeg Kollberg.

'O, een hoop tegenstrijdige speculaties, net als anders,' zei Melander. 'Hij kan of oversexed zijn of een bijna rudimentaire geslachtsdrift bezitten. Het laatste wordt het meest waarschijnlijk geacht. Maar er zijn ook voorbeelden van het tegenovergestelde.'

Hij legde het rapport neer en zei:

'Hebben jullie er wel aan gedacht dat zélfs als we hem hier voor ons zagen, we niets hebben om hem met de misdrijven in verband te brengen. Het enige waar we over beschikken is een voetafdruk van twijfelachtige kwaliteit in het Tantopark. En het enige dat werkelijk een reëel bewijs levert dat de persoon die we zoeken een man is, zijn een paar spermatozoïden op de grond naast het lichaam van het meisje en dat alleen in het Tantopark.'

'Als hij niet in ons kaartsysteem voorkomt, dan hebben we

zelfs niets aan een volledige serie vingerafdrukken,' zei Kollberg.

'Precies,' ze Melander.

'Maar we hebben een getuige,' zei Gunvald Larsson. 'De overvaller heeft hem gezien.'

'Als we die kunnen vertrouwen,' zei Melander.

'Kun je niet eens iets opwekkends zeggen,' zei Kollberg.

Melander gaf geen antwoord maar verzonk in stilzwijgen. In de kamer ernaast hoorden ze de telefoons rinkelen; Rönn en iemand anders antwoordden.

Wat denk je van dat grietje?' vroeg Gunvald Larsson eensklaps.

'Aardig,' zei Kollberg.

En op hetzelfde ogenblik schoot hem nog een kwalijke kwestie te binnen. Hij wist nu aan wie Lisbeth Hedvig Maria Karlström hem had doen denken. Niet aan zijn vrouw, o nee. Ze deed hem op een onheilspellende wijze denken aan iemand die hij nooit levend ontmoet had, maar die zijn gedachten en handelen lang na haar dood beïnvloed had. Hij had haar maar één keer gezien, op een zomerdag drie jaar geleden in Motala in het lijkenhuisje.

Hij probeerde een gevoel van onbehagen van zich af te schudden. Een kwartier later arriveerde Martin Beck met het biljet.

19

'Wat heb je daar?' vroeg Kollberg.

'Een blet,' zei Martin Beck.

Kollberg keek naar het gekreukelde papiertje dat voor hem op tafel lag.

'Een spoorkaartje,' zei hij. 'Wat moet je daar mee? Als je reiskostenvergoeding wilt hebben moet je naar de kassa gaan.'

'Bosse, onze driejarige getuige, kreeg het van een oom die hij en Annika ontmoetten in het Tantopark even voor ze stierf,' zei Martin Beck.

Melander gooide de deur van de archiefkast dicht en kwam bij hen staan. Kollberg draaide zijn hoofd om en keek naar Martin Beck.

'Even voor die oom haar wurgde, bedoel je,' zei hij.

'Misschien,' zei Martin Beck. 'De vraag is nu: wat hebben we eraan?'

'Er staan misschien vingerafdrukken op,' zei Kollberg. 'We hebben immers die beroemde ninhydrinemethode.'

Melander boog zich mompelend voorover en bestudeerde het biljetje.

'Het is mogelijk,' zei Martin Beck, 'maar nauwelijks waarschijnlijk. In de eerste plaats heeft degene die het afscheurde het in handen gehad, dan uiteraard degene die het aan de jongen gaf en daarna heeft die het sinds maandag in zijn zak gehad met slakken en dergelijke dingen en tot mijn schande moet ik bekennen dat ik het ook vastgepakt heb. En verder is het erg gekreukt en van grof papier. Maar we zullen het natuurlijk proberen. Maar kijk eerst eens naar de gaatjes die erin geknipt zijn.'

'Ja, die heb ik gezien,' zei Kollberg. 'Het kaartje is geknipt op dertien uur dertig, op de twaalfde, van welke maand staat er niet op. Dat kan dus betekenen dat . . .'

Hij zweeg en alle drie dachten welke betekenis dat zou kunnen hebben.

Het was Melander die de stilte verbrak.

'Dit soort biljetjes van 1 kroon, type éénhonderd, worden alleen maar in het centrum verkocht,' zei hij. 'Misschien kunnen we erachter komen wanneer en waar het verkocht is. Er staan nog twee nummers op.'

'Bel ss,' zei Kollberg.

'Dat heet tegenwoordig s l,' zei Melander.

'Ik weet het. Maar er staat nog steeds s s op de uniformknopen. Ze hebben zeker nog geen geld om nieuwe te laten maken. Hoewel je je afvraagt hoe dat in godsnaam mogelijk is als het een piek kost om van Gamla Stan naar Slussen te rijden. Wat kost nou een knoop?'

Melander was al op weg naar de andere kamer. Het kaartje lag nog op de tafel, waarschijnlijk had hij het met serienummer

en al in zijn geheugen gegrift. Ze hoorden hem de hoorn op-
lichten en een nummer draaien.

'Heeft het jongetje nog iets meer gezegd?' vroeg Kollberg.

Martin Beck schudde zijn hoofd.

'Alleen dit. Dat hij samen met het meisje een oom ontmoet
heeft. Dat hij naderhand met het biljet voor den dag kwam was
louter toeval.'

Kollberg balanceerde op zijn stoel en beet op de nagel van zijn
duim.

'We hebben dus een getuige die de moordenaar zowel gezien
als gesproken heeft. Alleen is de getuige drie jaar. Als hij iets
ouder was geweest . . .'

'Dan was het nooit gebeurd,' onderbrak Martin Beck hem. 'In
ieder geval niet daar en toen.'

Melander kwam de kamer weer in.

'Ze bellen zo terug,' zei hij.

Dat gebeurde na een kwartier. Melander luisterde en maakte
aantekeningen. Daarna bedankte hij en legde de hoorn op de haak.

Het kaartje was inderdaad van de twaalfde juni. Het was
verkocht door een lokettiste bij de noordelijke ingang van het
metrostation Rådmansgatan. Om daar te komen moet je
gebruik maken van een van de beide toegangen die aan de
Sveavägen liggen naast de handelshogeschool.

Martin Beck kende het net van de Stockholmse ondergrondse
heel goed, maar desondanks bestudeerde hij de wandkaart.

Als degene die het kaartje aan de Rådmansgatan gekocht had
naar het Tantopark was gegaan, dan had hij over moeten
stappen óf bij de halte T-Centralen, óf bij Gamla Stan óf bij
Slussen. In dat geval was hij meegereden tot het station
Zinkensdamm. Daarvandaan was het ongeveer vijf minuten
lopen naar de plek waar het dode meisje gevonden was. Het
begin van de rit had gelegen tussen halftwee en kwart voor twee
en de hele rit had met overstappen mee ongeveer twintig
minuten geduurd. Tussen vijf voor en tien over twee had de
betrokken persoon dus in het Tantopark kunnen zijn.

Volgens de dokter was het meisje vermoedelijk gestorven tussen
halfdrie en drie uur, eventueel iets vroeger.

'Wat de tijd betreft, klopt het,' zei Martin Beck.

En Kollberg zei op hetzelfde moment:

'Het klopt wat de tijd betreft. Als hij er linea recta heen gegaan is.'

Melander zei aarzelend en meer alsof hij het tegen zichzelf had: 'Het station ligt niet ver van het Vanadispark.'

'Ja,' zei Kollberg. 'Maar wat zegt ons dat? Niets. Dat hij tussen de verschillende stadsparken met de ondergrondse heen en weer rijdt en twee meisjes heeft gedood? En waarom heeft hij bus vijfenvijftig niet genomen? Dan was hij er eveneens gekomen en had niet hoeven te lopen.'

'En dan was hij waarschijnlijk ingerekend,' zei Melander.

'Ja,' zei Kollberg, 'dat is geen drukke lijn. Daar herkennen ze hun passagiers.'

Soms zou Martin Beck willen dat Kollberg niet zo spraakzaam was. Dit was een van die keren. Hij likte de envelop met het kaartje weer dicht. Hij had geprobeerd een gedachte die door hem heen flitste vast te houden; als Kollberg zijn mond had gehouden zou het misschien gelukt zijn. Nu was het moment weer voorbij.

Terwijl hij de envelop liet wegbrengen belde hij het laboratorium en vroeg hem de uitslag zo spoedig mogelijk mee te delen. De man aan de lijn heette Hjelm en Martin Beck kende hem al heel lang. Zijn stem klonk gejaagd en hij was in een slecht humeur. Vroeg zich af of de heren in de Kungsholmsgatan en de Västberga allee wel wisten wat hij allemaal te doen had. Martin Beck zei dat hij er volledig begrip voor had en dat hij graag had komen helpen als hij voor zulk veeleisend werk de juiste deskundigheid had bezeten. Hjelm mompelde wat en beloofde onmiddellijk zijn aandacht aan het kaartje te schenken.

Kollberg ging lunchen en Melander deed de deur achter zich en zijn papierwinkel dicht. Maar eerst zei hij:

'We hebben de naam van de lokettiste die het kaartje in de Rådmansgatan verkocht heeft. Zal ik er iemand heen sturen?'

'Dat is goed,' zei Martin Beck.

Hij ging aan het bureau zitten, bladerde in de papieren en probeerde te denken. Hij was geprikkeld en nerveus en nam aan dat zijn vermoeidheid hem parten speelde. Op een gegeven moment stak Rönn zijn hoofd om de deur, keek naar hem en verdween weer zonder iets te zeggen. Voor de rest werd hij met rust gelaten. Zelfs de telefoon zweeg vrij lang. Net toen hij vreesde aan zijn bureau in slaap te vallen, iets wat nog nooit eerder gebeurd was, ging de telefoon. Voor hij de hoorn opnam keek hij op zijn horloge. Tien voor halfdrie. Het was nog steeds vrijdag. Bravo Hjelm, dacht hij.

Het was Hjelm niet maar Ingrid Oskarsson.

'Neemt u me niet kwalijk dat ik stoor,' zei ze. 'U moet het verschrikkelijk druk hebben.'

Martin Beck mompelde iets dat voor een antwoord door moest gaan en hoorde zelf hoe weinig enthousiast hij klonk.

'U had zelf gezegd dat ik moest bellen. Misschien is het van geen enkel belang, maar ik vond toch dat ik het moest zeggen.'

'Ja natuurlijk, neemt u mij niet kwalijk, ik hoorde niet wie het was,' zei Martin Beck. 'Wat is er aan de hand?'

'Lena heeft zich plotseling iets herinnerd dat Bosse die maandag in het park gezegd heeft. U weet wel, die dag dat het gebeurd is.'

'Ja. Wat dan?'

'Ze zegt dat hij beweerde dat hij zijn dagpappa gezien heeft.'

'Dagpappa?' zei hij op vragende toon.

En dacht: Bestaan die?

'Ja, Bosse was eerder in het jaar overdag bij een dagmamma. Er zijn namelijk bijna geen crèches en ik wist niet waar ik hem laten moest als ik op mijn werk was. Toen heb ik een advertentie gezet en een mevrouw gevonden in de Timmermansgatan die overdag op hem paste.'

'Maar had u het niet over een dagpappa, of heb ik dat fout verstaan?'

'Nee, nee. Dat is de man van de dagmamma. Die was er meestal overdag wel niet, maar hij kwam vaak vroeg thuis en zodoende zag Bosse hem praktisch iedere dag. En daarom ging hij hem dagpappa noemen.'

'En Bosse zei tegen Lena dat hij hem maandag in het Tantopark gezien heeft?'

Martin Beck voelde zijn vermoeidheid verdwijnen, hij trok een blocnote naar zich toe en zocht in zijn zak naar een pen.'

'Juist.'

'Weet u of het vóór of na de periode was dat hij was verdwenen?'

'Lena weet zeker dat hij het niet daarvoor gezegd heeft. Daarom dacht ik ook dat ik het u moest vertellen. Het houdt vast geen verband met het gebeurde. Het is een aardige en vriendelijke man. Maar als Bosse hem gezien heeft, is het niet onmogelijk dat hij op zijn beurt weer iets gezien of gehoord heeft...'

Martin Beck zette zijn pen op papier en vroeg:

'Hoe heet hij?'

'Eskil Engström. Ik meen dat hij van beroep chauffeur is. Ze wonen in de Timmermansgatan. Het nummer ben ik vergeten, als u even wacht zal ik het opzoeken.'

Ze kwam na een paar minuten terug en gaf hem adres en telefoonnummer op.

'Het lijkt me een heel aardige man,' zei ze. 'Ik heb hem vaak ontmoet als ik Bosse ophaalde.'

'Heeft hij nog iets meer gezegd over die ontmoeting met zijn dagpappa?' vroeg Martin Beck.

'Nee. We hebben geprobeerd er met hem over te praten, maar hij schijnt het nu niet meer te weten.'

'Hoe ziet die man eruit?'

'Tja, dat is moeilijk te beschrijven. Aardig. Misschien een tikje slordig. Maar dat kan ook door zijn beroep komen. Hij is een jaar of vijfenveertig, vijftig. Dun haar. Ziet er heel gewoon uit.'

Het bleef even stil, terwijl Martin Beck aantekeningen maakte. Toen zei hij:

'Als ik u goed begrepen heb dan gaat Bosse niet meer naar die mevrouw toe.'

'Nee. Ze hebben zelf geen kinderen en dat was vervelend voor Bosse. Ze hadden mij een plaats beloofd in een crèche, maar die ging toen toch naar een moeder die als verpleegster werkt. Die hebben voorrang in deze buurt.'

'Waar is Bosse nu overdag?'

'Thuis. Ik werk momenteel niet.'

'Wanneer is Bosse voor het laatst bij de Engströms geweest?'

'De eerste week van april. Ik was toen een week vrij. Toen ik weer zou beginnen was die plaats in de crèche niet meer vrij en mevrouw Engström had inmiddels een ander kind genomen.'

'Vond Bosse het prettig bij haar?'

'Ja, dat gaat wel. Hij vond meneer Engström eigenlijk aardiger. Zijn dagpappa dus. Denkt u dat hij Bosse het kaartje gegeven heeft?'

'Ik weet het niet,' zei Martin Beck. 'Maar ik zal proberen erachter te komen.'

'Ik wil u graag helpen,' zei ze. 'U weet dat we vanavond met vakantie gaan?'

'Ja, dat is me bekend. Een prettige vakantie. Zegt u Bosse gedag.'

Martin Beck legde de hoorn op de haak, dacht even na, pakte hem toen weer op en belde de zedenpolitie.

Terwijl hij zat te wachten op de inlichtingen waarom hij gevraagd had, trok hij een van de mappen die op het bureau lagen naar zich toe en bladerde erin tot hij het stuk gevonden had met het nachtelijk verhoor van Rolf Evert Lundgren. Langzaam las hij het gedeelte door met de schamele beschrijving van de man die Lundgren in het Vanadispark gezien had. De beschrijving die mevrouw Oskarsson van de dagpappa had gegeven was nog minder gedetailleerd, maar liet wel de mogelijkheid open dat het over een en dezelfde persoon kon gaan.

Er kwam geen Eskil Engström voor in het register van de zedenpolitie.

Martin Beck sloeg de map dicht en ging naar de kamer ernaast. Gunvald Larsson zat achter zijn schrijfbureau en staarde broedend uit het raam, terwijl hij met een briefopener tussen zijn tanden peuterde.

'Waar is Lennart?' vroeg Martin Beck.

Gunvald Larsson maakte met tegenzin een einde aan zijn dentale onderzoek, veegde de briefopener aan de mouw van zijn colbertje af en zei:

'Hoe moet ik dat weten?'

'En Melander?'

Gunvald Larsson legde de opener in het pennebakje en haalde zijn schouders op.

'Op de plee waarschijnlijk. Wat is er?'

'Niets. Waar ben je mee bezig?'

Gunvald Larsson gaf niet onmiddellijk antwoord. Pas toen Martin Beck naar de deur liep zei hij:

'De mensen zijn gek, ik mag verrekken als het niet waar is.'
'Hoe zo?'
'Ik had zojuist Hjelm aan de lijn. Tussen twee haakjes, hij wil je spreken. Nou, één van de kerels van de Mariapost heeft in een bosje bij het Hornstullsstrand een broek gevonden. En zonder ons te waarschuwen heeft hij hem naar het lab gebracht en gezegd dat die weleens kon zijn van het lijkje in het Tanto- park. Met als gevolg dat de jongens op het lab met open mon- den hebben staan kijken naar een roze directoire maat vieren- veertig, die zelfs Kollberg nog te groot zou zijn en zich ver- baasd afvroegen wat er in jezusnaam aan de hand was. En dat kun je je met recht afvragen. Maakt het dan helemaal niets uit hoe stom je bent in dit corps?'
'Dat heb ik me ook weleens afgevraagd,' zei Martin Beck.
'Wat zei hij nog meer?'
'Wie?'
'Hjelm.'
'Dat je moest bellen zodra je dat telefoongesprek beëindigd had.'
Martin Beck ging terug naar zijn tijdelijke schrijftafel en belde het gerechtelijk laboratorium.
'Ja,' zei Hjelm, 'het gaat over dat kaartje. We kunnen er geen bruikbare vingerafdrukken op aantreffen, het papier is te grof.'
'O,' zei Martin Beck. 'Dat dacht ik al.'
'We zijn nog niet helemaal klaar. Ik zal je het volledige rapport later nog wel sturen. Wat we wél gevonden hebben zijn blauwe katoenen vezeltjes. Vermoedelijk van de voering van een zak.'
Martin Beck moest denken aan het blauwe jasje dat Bosse tegen zich aangedrukt had gehouden. Hij bedankte en legde de hoorn neer. Daarna belde hij een taxi en trok zijn colbertjasje aan.
Het was vrijdag en de grote uittocht uit de stad was al begon- nen hoewel het nog vroeg in de middag was. De verkeers- stroom schoof langzaam over de bruggen en ondanks het feit dat de chauffeur handig en slim reed, kostte het bijna een half- uur om de Timmermansgatan te bereiken.
Het huis lag in de buurt van het Södra Station. Het was oud en slecht onderhouden en de vestibule was donker en kil.
Er waren maar twee deuren. Een ervan stond open en gaf toe- gang tot een geplaveide binnenplaats waar vuilnisbakken en

bezems stonden. Martin Beck kon met moeite op de andere deur de naam Engström ontcijferen die op het vuile koperen naamplaatje stond. De knop van de bel ontbrak en hij klopte luid op het paneel van de deur.

De vrouw die opendeed was in de vijftig. Ze was klein en mager en gekleed in een bruine wollen jurk en gebloemde, frotté-pantoffels. Ze tuurde vragend naar Martin Beck door de opvallend dikke lenzen van haar bril.

'Mevrouw Engström?'

'Ja,' antwoordde ze met een stem die al te zwaar klonk voor zo'n minimaal vrouwtje.

'Is de heer Engström thuis?'

'Nee,' zei ze weifelend. 'Wat wenst u?'

'Ik zou graag even met u praten. Ik ken een van uw dagkinderen.'

'Wie dan wel?' vroeg ze wantrouwig.

'Bo Oskarsson. Zijn moeder heeft me uw adres gegeven. Mag ik even binnenkomen?'

De vrouw hield de deur voor hem open en hij liep door de kleine hal en voorbij de keukendeur de enige kamer in die de flat rijk was.

Door het raam kon hij de vuilnisbakken en de bezems zien. Een divanbed, bezaaid met een bonte mengeling kussens, domineerde het spaarzaam gemeubileerde vertrek. Martin Beck zag niets dat erop wees dat hier kinderen plachten te komen.

'Neemt u me niet kwalijk,' zei de vrouw, 'maar waar gaat het over? Wat is er met Bosse?'

'Ik ben van de politie,' zei Martin Beck. 'Dit is een routineonderzoek. Niets verontrustends. En met Bosse gaat het goed.'

De vrouw maakte in het begin een wat bangelijke indruk, maar daarna kreeg ze meer zelfvertrouwen.

'Waarom zou er iets verontrustends zijn?' zei ze. 'Ik ben niet bang voor de politie. Gaat het over Eskil?'

Martin Beck glimlachte tegen haar.

'Ja mevrouw Engström, eigenlijk ben ik hier gekomen om met uw man te spreken. Het schijnt trouwens dat hij Bosse een dezer dagen gezien heeft.'

'Eskil?'

Ze keek perplex naar Martin Beck.

'Ja,' zei hij. 'Weet u hoe laat hij thuiskomt?'

Ze staarde naar Martin Beck met blauwe, ronde ogen die er achter de dikke glazen onnatuurlijk groot uitzagen.

'Maar . . . maar Eskil is dood,' zei ze.

Martin Beck staarde terug. Het duurde enige seconden voor hij zijn tegenwoordigheid van geest terug had en in staat was te zeggen:

'Neemt u me niet kwalijk, dat wist ik niet. Mijn oprechte deelneming. Wanneer is het gebeurd?'

'De dertiende april van dit jaar. Een auto-ongeluk. De dokter zei dat hij gestorven is voordat hij tijd heeft gehad het zich te realiseren.'

De vrouw liep naar het raam en keek uit over de trieste binnenplaats. Martin Beck keek naar haar magere rug in de iets te ruime jurk.

'Het spijt me, mevrouw Engström,' zei hij.

'Eskil was met zijn vrachtwagen op weg naar Södertälje,' vervolgde ze. 'Het was op een maandag.'

Ze draaide zich om en zei met vastere stem:

'Eskil is tweeëndertig jaar chauffeur geweest en al die jaren heeft hij zelfs geen bekeuring gehad. Het was zijn schuld niet.'

'Ik begrijp het,' zei Martin Beck. 'Het spijt me heel erg dat ik u lastig gevallen heb. Er moet sprake zijn van een persoonsverwisseling.'

'En die bandieten die hem aangereden hebben, hebben bijna geen straf gekregen,' zei ze. 'Ondanks het feit dat de auto gestolen was.'

Ze knikte afwezig. Liep naar de divan en begon doelloos de kussens te verleggen.

'Ik ga zo weer weg,' zei Martin Beck.

Hij kreeg eensklaps een hevig gevoel van claustrofobie. Het liefst zou hij op staande voet dit sombere vertrek met het trieste kleine vrouwtje verlaten hebben, maar hij vermande zich en vervolgde:

'Als u het niet erg vindt zou ik graag een foto van uw man willen zien voor ik wegga.'

'Ik bezit geen foto van Eskil.'

'U hebt toch wel een pas? Of een rijbewijs?'

'We zijn nooit ergens heen geweest en dus had Eskil geen pas.

En zijn rijbewijs is al heel oud.'
'Mag ik dat toch even zien?' vroeg Martin Beck.
Ze deed de la van een kast open en haalde er een rijbewijs uit
te voorschijn. Het was uitgereikt aan Eskil Johan Albert
Engström in negentienhonderd vijfendertig. De foto stelde
een man voor met licht golvend haar, een krachtige neus en
een kleine mond met smalle lippen.
'Zo zag hij er niet meer uit,' zei de vrouw.
'Hoe dan wel? Zoudt u hem willen beschrijven?'
Ze scheen niet in het minst verbaasd over deze vraag, maar antwoordde direct:
'Hij was niet zo lang als u, maar een stuk langer dan ik. Een
meter tweeënzeventig geloof ik. En vrij mager. Hij had heel
dun haar, een beetje aan de grijze kant. Verder weet ik niet
wat ik moet zeggen. Hij zag er aardig uit, volgens mij tenminste. Hoewel hij misschien niet knap was — met zijn grote
neus en zijn kleine mond. Maar hij zag er aardig uit.'
'Dank u wel, mevrouw Engström,' zei Martin Beck. 'Ik zal u
niet langer ophouden.'
Ze ging met hem mee naar de deur en sloot deze niet vóór de
buitendeur achter hem dicht gevallen was.
Martin Beck haalde diep adem en liep met lange, snelle passen
de straat uit. Hij verlangde terug naar zijn schrijftafel.
Daar lagen twee korte, schriftelijke mededelingen op hem te
wachten.
Eerst Melander: De vrouw die het kaartje verkocht heeft heet
Gunda Persson. Herinnert zich niets. Heeft geen tijd naar de
passagiers te kijken, zegt ze.
De tweede was van Hammar: Kom onmiddellijk. Belangrijk.

20

Gunvald Larsson stond voor het raam zes stratenmakers te
bestuderen, die op hun beurt een zevende bestudeerden die op

een schop leunde.

'Het doet me denken aan een anekdote,' zei hij. 'Toen we op een keer met de mijnenveger in Kalmar lagen. Ik zat in de stuurhut samen met mijn tweede, toen de vent die de wacht had binnenkwam en zei: Luitenant, er staat een dooie man op de kade. Onzin, zeg ik. Nee luitenant, zegt hij, er staat een dooie man op de kade. Er staan geen dode mannen op kades, zeg ik, en nu kun je inrukken, Johansson. Nee luitenant, zegt hij, hij is dood, ik heb hem de hele tijd in het oog gehouden en hij heeft zich in een paar uur niet eenmaal verroerd. De tweede staat op kijkt uit de patrijspoort en zegt: O, het is een gemeentearbeider.'

De man op straat liet zijn schop vallen en ging met de anderen weg. Het was vijf uur en het was nog steeds vrijdag.

'Wat een systeem,' zei Gunvald. 'Alleen maar staan staren.'

'En wat doe je zelf,' zei Melander.

'Staan staren natuurlijk. En als de hoofdcommissaris zijn kamer aan de overzijde van de straat had, dan zou ik er zeker van zijn dat hij voor het raam naar mij zou staan staren en als de chef van de rijkspolitie hier boven zou zitten dan zou hij naar de hoofdcommissaris staan staren en als de minister van binnenlandse zaken . . .'

'Neem liever de telefoon aan,' zei Melander.

Martin Beck was juist de kamer binnengekomen. Hij stond bij de deur en keek nadenkend naar Gunvald Larsson die op dat moment zei:

'Wat wil je dat ik eraan zal doen? De hondewagen er op af sturen?'

Hij gooide de hoorn op de haak, keek naar Martin Beck en zei: 'Wat heb je?'

'Je zei net iets dat me deed denken aan . . .'

'De hondewagen?'

'Nee, iets dat je daarvoor zei.'

'Waar deed je het dan aan denken?'

'Ik weet het niet. Er is iets wat me maar niet te binnen wil schieten.'

'Daar sta je niet alleen in,' zei Gunvald Larsson.

Martin Beck haalde zijn schouders op.

'Vannacht wordt er een razzia gehouden,' zei hij. 'Ik heb net

met Hammar gesproken.'
'Een razzia? Iedereen is al doodop,' zei Gunvald Larsson.
'Hoe moeten ze zich morgen dan wel niet voelen.'
'Het lijkt me niet zo'n goed idee,' zei Melander. 'Van wie is het?'
'Ik weet het niet. Hammar maakt nu ook niet bepaald een opgewekte indruk.'
'Wie wel de laatste tijd,' zei Gunvald Larsson.
Martin Beck was er niet bij geweest toen het besluit genomen werd. Als hij de kans had gehad zou hij zich er naar alle waarschijnlijkheid tegen verzet hebben. Hij had het vermoeden dat de beweegredenen voortkwamen uit het feit dat men niet goed wist hoe het onderzoek verder aan te pakken, terwijl er toch iets gebeuren moest. De situatie was zonder twijfel zeer ernstig; de kranten en de tv hitsten met hun vage mededelingen over het onderzoek de publieke opinie op en het idee dat 'de politie niets deed' of 'machteloos stond' begon steeds meer veld te winnen. Er waren nu vijfenzeventig man bij het directe opsporingswerk betrokken en de druk van buitenaf waaraan ze blootstonden was enorm. Met het uur nam het aantal tips toe, die stuk voor stuk nagegaan moesten worden, ondanks het feit dat de meeste reeds na een vluchtig onderzoek als volkomen waardeloos terzijde gelegd konden worden. Daar kwam nog bij de innerlijke spanning en de wetenschap dat ze de moordenaar niet alleen moesten grijpen, maar dat het ook snel moest gebeuren. Het politie-onderzoek was een macabere wedloop met de dood begonnen en ze beschikten over maar heel weinig uitgangspunten. Een vaag signalement, gebaseerd op de getuigenverklaringen van een driejarig kind en een gewetenloos misdadiger. Een kaartje van de ondergrondse. Een zeer algemene beschrijving van het uiterlijk van de man die ze zochten. Dit alles bood weinig houvast en het was zeer verontrustend.
'Hier valt niets uit te concluderen, alleen te raden,' had Hammar gezegd over het spoorkaartje.
Weliswaar was dit een van zijn favoriete uitdrukkingen en had Martin Beck hem al zo vaak gehoord, maar dat nam niet weg dat het een adequate beschrijving was van de toestand van dit ogenblik.
Vanzelfsprekend bestond er altijd de kans dat een razzia op

grote schaal hun een aanknopingspunt zou verschaffen, maar de mogelijkheid scheen miniem. De laatste razzia hadden ze nog in de nacht van dinsdag op woensdag gehouden en die was mislukt wat het eigenlijke doel betrof. Namelijk de roofovervaller in te rekenen. Wel was het resultaat geweest dat ze zo'n dertig wetsovertreders op uiteenlopend gebied gearresteerd hadden, voornamelijk handelaren in verdovende middelen en inbrekers. En dat had de taak van de politie weer verzwaard en de onderwereld in paniek gebracht.

De razzia van vannacht betekende dat velen morgen dood- en doodop zouden zijn. En misschien dat morgen . . .

Maar een razzia moest en zou er komen en er kwam een razzia. Hij begon om elf uur en het nieuws verspreidde zich als een lopend vuurtje door de half gesloopte huizen en de wijk waar de handelaars en verslaafden aan verdovende middelen rondhingen. Het resultaat was niet bepaald indrukwekkend. Dieven, helers, souteneurs, prostituées, iedereen hield zich gedekt, zelfs de meeste verslaafden. Uur na uur verstreek en het net werd steeds strakker aangehaald. Ze betrapten een dief op heterdaad en arresteerden een heler wiens instinct tot zelfbehoud niet sterk genoeg was om zich in veiligheid te stellen. Het enige wat men er eigenlijk mee bereikte was dat ze een beetje rondroerden in de onderste lagen van de maatschappij, tussen de daklozen, alcoholisten, vertrapten, vertwijfelden en de hopeloze gevallen, die er niet eens in slaagden weg te kruipen wanneer de welvaartsstaat de steen oplichtte waaronder ze zich verscholen hadden. Op een zolder troffen ze een naakt veertienjarig schoolmeisje aan. Ze had vijftig preludinetabletten geslikt en was twintig keer in min of meer ernstige mate aangerand. Toen de politie arriveerde was ze alleen. Bebloed, vuil en onder de blauwe plekken. Ze kon nog wel praten en wist ongeveer te vertellen wat er gebeurd was en dat het haar allemaal niets meer kon schelen. Ze konden niet eens haar kleren vinden en moesten een oude deken om haar heen slaan. Ze reden haar naar een adres dat ze opgaf en een persoon die meedeelde haar moeder te zijn zei dat ze al drie dagen weg was en dat ze weigerde haar binnen te laten. Pas toen het meisje op de trap in elkaar zakte werd er een ambulance gebeld. Er waren meer van dergelijke gevallen.

Om halfvijf zaten Martin Beck en Kollberg in een auto op Skeppsbron.

'Er is iets met Gunvald,' zei Martin Beck.

'Ja, hij is niet erg snugger,' zei Kollberg.

'Nee, dat bedoel ik niet. Er is iets dat me maar niet te binnen wil schieten.'

'O,' zei Kollberg en geeuwde.

Op dat moment werd er alarm geslagen over de radio.

'Hier Hansson van het vijfde district. We zijn in de Västmannagatan. We hebben hier een lijk gevonden. En . . .'

'Ja?'

'Het klopt met het signalement.'

Ze reden erheen. Er stonden een paar politieauto's voor een half afgebroken huis. De dode lag op zijn rug in een kamer op de derde verdieping. Het was op zichzelf genomen al vreemd dat hij daar had kunnen komen, want het huis was voor de helft neergehaald en grote delen van het trappenhuis ontbraken. Ze klommen naar boven langs een lichte metalen ladder die de politie daar neergezet had. De man was een jaar of vijfendertig, hij had een scherp gesneden gelaat en droeg een lichtblauw overhemd en een donkerbruine broek. Zwarte afgetrapte schoenen. Geen sokken. Dun achterovergekamd haar. Ze keken naar hem, iemand onderdrukte een geeuw.

'Er zit niets anders op dan de boel af te zetten en te wachten op de technische dienst,' zei Kollberg.

'Je hoeft niets bijzonders te verwachten,' zei Hansson, die een oude rot in het vak was. 'Hij is gestikt in zijn eigen braaksel. Geen twijfel mogelijk.'

'Ja,' zei Martin Beck. 'Dat ziet ernaar uit. Hoe lang zou hij al dood zijn, denken jullie.'

'Niet zo lang,' zei Kollberg.

'Nee,' zei Hansson. 'Niet bij deze temperatuur.'

Een uur later ging Martin Beck naar huis en Kollberg naar de Kungsholmsgatan. Voor ze elk huns weegs gingen wisselden ze nog een paar opmerkingen.

'Het signalement klopt wel.'

'Het slaat op wat al te veel mensen,' zei Martin Beck.

'En het is de juiste wijk. Je had gedacht aan Vasastaden of Noord-Norrmalm.'

'We moeten er eerst achter zien te komen wie hij is.'

Het was halfzeven toen Martin Beck zijn huis in Bagarmossen bereikte. Zijn vrouw was kennelijk net wakker geworden. In elk geval sliep ze niet en lag ze nog in bed. Ze nam hem kritisch op en zei:

'Wat zie jij eruit.'

'Waarom heb je niks aan?'

'Omdat het zo warm is. Ben je onaangenaam getroffen?'

'Hoe kom je erbij.'

Hij voelde zich viezig en ongeschoren, maar was te moe om er iets aan te doen. Trok zijn kleren uit en zijn pyjama aan. Stapte in bed. Dacht: verrekt stom idee zo'n tweepersoonsbed, zo gauw ik mijn salaris krijg koop ik een divanbed en zet dat in de andere kamer.

'Of ben je er misschien hitsig van geworden,' zei ze sarcastisch. Maar toen sliep hij al.

De volgende ochtend om elf uur was hij weer in de Kungsholmsgatan, een tikje hologig, maar na een douche relatief fit. Kollberg was nog steeds aanwezig en de dode in de Västmannagatan was nog altijd niet geïdentificeerd.

'Geen stukje papier in zijn zak, niet eens een spoorkaartje of zo iets.'

'Wat zegt de dokter?'

'Gestikt in zijn braaksel, daar valt niet aan te tornen. Spiritus. Antivries voor de auto. Er lag een leeg blik.'

'Hoe lang was hij al dood?'

'Hooguit vierentwintig uur.'

Ze zwegen even.

'Ik geloof nooit dat hij het is,' zei Kollberg tenslotte.

'Ik ook niet.'

'Maar je kunt niet weten.'

'Nee.'

Twee uur later werd de overvaller met de dode geconfronteerd. Hij zei:

'Jezus Christus, wat een rot gezicht.'

En onmiddellijk daarna:

'Nee, dat is niet degene die ik gezien heb. Die man ken ik niet.'

Toen begon hij over te geven.

Wat een stoere kerel, dacht Rönn, die aan hem vastgeklonken zat en dus wel mee moest naar het toilet. Maar hij zei niets, nam een handdoek en veegde ermee langs het gezicht en het voorhoofd van de overvaller.

In het hoofdkwartier zei Kollberg:

'Toch kun je er nog niet helemaal zeker van zijn.'

'Nee,' zei Martin Beck.

21

Om kwart voor acht zaterdagavond belde Kollbergs vrouw op.

'Ja, Kollberg,' zei hij.

'Wat is er in godsnaam aan de hand, Lennart? Je bent niet meer thuis geweest sinds gisterochtend.'

'Ik weet het.'

'Ik wil niet lastig zijn, maar het is heel vervelend helemaal alleen thuis te zitten.'

'Ik weet het.'

'Je moet goed begrijpen dat ik niet boos ben of vervelend wil zijn, maar ik voel me zo eenzaam. En ik ben ook een beetje bang.'

'Ik begrijp het. Oké, ik kom naar huis.'

'Dat moet je niet voor mij doen, ik bedoel, niet als je andere dingen te doen hebt. Als we maar even een babbeltje kunnen maken.'

'Ja, ik kom eraan,' zei hij. 'Meteen.'

Het bleef even stil. Toen zei ze plotseling teder:

'Lennart?'

'Ja?'

'Ik heb je daarstraks op de tv gezien. Je zag er zo moe uit.'

'Ik ben ook moe. Ik kom meteen naar huis. Dag.'

'Dag lieverd.'

Kollberg zei iets tegen Martin Beck. Toen ging hij regelrecht naar beneden en stapte in zijn auto.

Net als Martin Beck en Gunvald Larsson woonde hij in het zuidelijk deel van de stad, maar een beetje meer centraal, in de Palandergatan bij het metrostation Skärmarbrink. Hij reed dwars door de stad heen, maar bij Slussen gekomen sloeg hij rechtsaf de Hornsgatan in, in plaats van zijn weg in zuidelijke richting te vervolgen. Het kostte hem niet veel moeite zijn handelwijze te analyseren.

Er bestond eenvoudig geen privé-leven meer, geen vrije tijd, geen gedachtenwereld anders dan die betrekking had op zijn werk en zijn verantwoordelijkheid. Zo lang de moordenaar vrij rond liep en zo lang het licht was en zo lang er een park was en zo lang er nog een kind in dat park zou kunnen spelen, zo lang bestond er eveneens maar één ding: de opsporing.

Of beter: de jacht. Want bij een door de politie ingesteld onderzoek gaat men ervan uit dat men over feitenmateriaal beschikt, maar de schaarse feiten die ze in dit geval hadden, waren door het opsporingsapparaat allang uit elkaar gerafeld.

Hij dacht aan de laatste alinea's van het psychologische rapport; de moordenaar was een figuur zonder gelaatstrekken en zonder duidelijk karakter en het enige dat erop zat was hem in te rekenen voor hij opnieuw zou kunnen toeslaan. Om dat te kunnen doen moesten ze geluk hebben, had een van de journalisten gezegd na afloop van de persconferentie vanavond. Kollberg wist dat deze redenering fout was. Hij wist eveneens dat als de moordenaar gegrepen werd — en daar twijfelde hij niet aan — het zou lijken of het een kwestie van geluk was geweest en dat vele mensen het aan het toeval zouden toeschrijven. Maar waar het om ging was het toeval een handje te helpen, de mazen van het net, waarin de misdadiger uiteindelijk gevangen zou worden, zo klein mogelijk te maken. En die taak rustte op hem. En op elke politieman. Niet op een buitenstaander.

Daarom reed Kollberg niet regelrecht naar huis, hoewel hij het al die tijd van plan was geweest. In plaats daarvan reed hij langzaam over de Hornsgatan in westelijke richting.

Kollberg was een systematisch aangelegd man en beschouwde het nemen van risico's als iets dat niet paste bij politiewerk. Zo had Gunvald Larsson zich in zijn ogen schuldig gemaakt aan een ernstige fout toen hij bij de overvaller thuis de deur intrapte, ook al was die deur dan oud en gammel geweest. Stel je voor dat hij niet bij de eerste poging was bezweken. Het inslaan van een deur stond gelijk aan het nemen van een risico en dat was iets dat hij principieel afkeurde. Op dit punt waren zelfs hij en Martin Beck het niet altijd eens.

Hij reed een rondje over het Mariaplein en nam de groepjes jongelui die in het plantsoen en rond de kiosken stonden aandachtig op. Het was hem bekend dat het hoofdzakelijk op deze plek was dat schoolkinderen en andere jongeren de kleine handelaartjes in verdovende middelen ontmoetten. Hier gingen dagelijks aanzienlijke hoeveelheden hasjiesj, marihuana, preludine en LSD van de handen van de verkopers in die van de kopers over. En de kopers werden almaar jonger en jonger. En spoedig zouden ze aan het spul verslaafd zijn. Nog de dag tevoren had hij gehoord dat er spuitjes werden aangeboden aan schoolmeisjes van tien en elf jaar. En de politie stond hier vrij machteloos; ze hadden eenvoudig geen personeel genoeg. En voor alle zekerheid, om de misdaad nog een handje te helpen en de beoefenaren van het edele handwerk nog eens in de watten te leggen en hun pocherige zelfverzekerdheid te versterken, werd dit feit keer op keer via de massamedia uitgebazuind. Overigens betwijfelde hij of het wel een zaak voor de politie was. Het narcoticamisbruik onder de jeugd was gebaseerd op een totaal verkeerde filosofie, die door de huidige samenleving zelf was uitgelokt. Dus was het de plicht van de samenleving met zinvolle tegenargumenten te komen. Tegenargumenten die niet steunden op zelfingenomenheid en op nóg meer politie.

Eveneens twijfelde hij aan het nut van het inranselen op demonstranten op Hötorget en voor het Amerikaanse Handelscentrum, hoewel hij begrip had voor zijn collega's die min of meer gedwongen waren hiertoe over te gaan.

Dit alles ging door adjudant Lennart Kollberg heen toen hij de Rosenlundsgatan af reed en voorbij de minigolfbaan in het Tantopark. Hij zette zijn auto neer en liep over een van de wandelpaden naar het beplante deel van het parkcomplex.

Het begon te schemeren en het was stil in het park. Maar natuurlijk was er toch nog en ondanks alles een aantal kinderen buiten. Je mocht trouwens niet verwachten dat alle kinderen in een stad met een miljoen inwoners thuisgehouden werden, alleen omdat er een moordenaar vrij rondliep. Kollberg stelde zich op in een van de vrij spaarzaam over het parklandschap verspreide bosjes en zette zijn rechtervoet op een boomstronk. Van waar hij stond kon hij het volkstuintjescomplex overzien en de plek waar het dode meisje vijf dagen tevoren gelegen had. Hij zou niet hebben kunnen zeggen waarom hij juist hier naar toe was gegaan, misschien alleen omdat het het grootste park binnen de stadsgrenzen was en omdat het gunstig lag ten opzichte van de weg naar zijn huis. In de verte zag hij een paar kinderen, grote al, in het begin van hun tienerjaren. Hij stond stil te wachten. Waarop wist hij niet, misschien op het moment dat de kinderen zouden verdwijnen, naar huis. Hij was erg moe. Zo nu en dan schemerde het voor zijn ogen.

Kollberg was ongewapend. In verband met de groeiende gangstermentaliteit en de toenemende bruutheid waarmee gewelddaden gepleegd werden, behoorde hij tot degenen die ervoor ijverden dat de politie onbewapend zou optreden. Zelf droeg hij alleen een pistool als het strikt noodzakelijk was en dan vaak nog alleen op direct bevel.

Over het hoge spoorwegviaduct rolde een vuilnistrein voorbij, langzaam en ratelend en pas toen het gebonk van de rails afnam en het geluid begon weg te sterven merkte Kollberg dat hij niet meer alleen in het bosje was.

Daarna lag hij languit in het bedauwde gras en proefde een bloedsmaak in zijn mond en realiseerde zich dat iemand hem een klap op het achterhoofd gegeven had, heel hard, met een slagwapen.

Degene die Kollberg neergeslagen had, had een ernstige fout gemaakt. Diezelfde fout was eerder gemaakt en een aantal mensen hadden er duur voor moeten betalen.

Bovendien had de man in kwestie zijn lichaamsgewicht achter de klap gelegd en was daardoor uit zijn balans geraakt en het kostte Kollberg nog geen twee seconden om zich op zijn rug te wentelen en de aanvaller te vellen. Een zwaargebouwde kerel, die nu achterover tuimelde, maar meer had Kollberg niet kunnen zien, want er was er nog een. Een die met een verbaasde blik zijn rechterhand in de zak van zijn colbertjasje stak en die nog steeds even verbluft keek toen Kollberg, nog met één knie op de grond, zijn arm greep en deze omdraaide. Het was een greep die de arm uit het lid gedraaid zou hebben of wellicht gebroken, als Kollberg zich niet halverwege had ingehouden en er zich mee tevreden had gesteld de man achterover de struiken in te gooien.

De man die hem de slag had toegebracht zat met een verwrongen gezicht op de grond, terwijl hij zijn linkerhand tegen zijn rechterschouder drukte. De gummiknuppel was hem uit de hand gevallen. Zoals vermeld, was het een zwaargebouwde man en hij was zeker een paar jonger dan Kollberg. Hij droeg een blauw trainingspak. De ander krabbelde overeind tussen de struiken. Deze was ouder en kleiner en had een manchesterjasje aan en een sportbroek. Beiden droegen witte linnen schoenen met gummizolen. Het leken net een paar zondagszeilers.

'Wat is hier verdomme aan de hand,' zei Kollberg.

'Wie bent u?' vroeg de man in het trainingspak.

'Politie,' zei Kollberg.

'O,' zei de kleine.

Hij was nu opgestaan en klopte verlegen zijn lichte broek af. 'Dan vermoed ik dat we onze verontschuldigingen moeten aanbieden,' zei nummer een. 'Dat was een handig trucje, waar hebt u dat geleerd?'

Kollberg gaf geen antwoord. Zijn blik was op een plat voorwerp gevallen dat op de grond lag. Hij bukte zich en raapte het op. Hij zag onmiddellijk wat het was. Een klein zwart automatisch pistool van het merk Astra, gefabriceerd in Spanje. Kollberg woog het in zijn hand en keek ongelovig naar de beide mannen.

'Wat is hier verdomme aan de hand,' zei hij.

De grote richtte zich op en strekte zijn rug.

'Zoals we reeds zeiden, bieden we onze excuses aan,' zei hij. 'U stond hier achter de bosjes naar de kinderen te kijken... en u weet... de moordenaar...'

'Nou en? Ga door.'

'We wonen daarginds,' zei de kleinste van de beide mannen en maakte een gebaar in de richting van de hoge flatgebouwen aan de andere kant van de spoorbaan.

'En?'

'We hebben zelf kinderen en we kennen de ouders van het meisje dat pas vermoord is.'
'En?'
'En om te helpen . . .'
'En?'
'We hebben een vrijwilligerscorps gevormd dat in het park patrouilleert.'
'U hebt wat?'
'We hebben een vrijwillige militie . .'
Plotseling werd Kollberg dol driftig.
'Wat is dat verdomme voor onzin,' barstte hij uit.
'Schreeuw niet zo tegen ons,' zei de oudste van de twee heftig. 'We zijn geen dronkelappen die u kunt intimideren en mishandelen tijdens hun voorarrest. Wij zijn nette burgers, die hun verantwoordelijkheid kennen. We moeten ons en onze kinderen beschermen.'
Kollberg wendde zijn gezicht naar hem toe en keek hem aan. Toen opende hij zijn mond om hem uit te vloeken, maar door een geweldige krachtsinspanning kon hij zich nog net beheersen en zei op vrij rustige toon:
'Is dit pistool van u?'
'Ja.'
'Hebt u een vergunning?'
'Nee. Ik heb het een paar jaar geleden in Barcelona gekocht. Meestal heb ik het achter slot en grendel.'
'Meestal, hè?'
Een zwartwit politiebusje kwam met de schijnwerpers aan het park inrijden. Het was nu zo goed als donker. Twee geüniformeerde agenten stapten uit.
'Wat is hier aan de hand?' zei de ene.
Toen herkende hij Kollberg en zei op iets andere toon:
'Wat is hier aan de hand?'
'Breng ze weg,' zei Kollberg toonloos.
'Ik heb nog nooit in mijn leven een voet in een politiebureau gezet,' zei de oudste der beide mannen.
'Ik evenmin,' zei die in het trainingspak.
'Dan wordt het tijd,' zei Kollberg.
Hij zweeg even, keek naar de beide agenten en zei toen:
'Ik kom zo achter jullie aan.'

Toen draaide hij zich om en ging weg.

Op het politiebureau in de Rosenlundsgatan zat al een rij dronken kerels.

'Wat moet ik met die twee ingenieurs beginnen?' vroeg de dienstdoende brigadier.

'Visiteren en opsluiten,' zei Kollberg. 'Ik neem ze straks weer mee.'

'Hier zult u nog wel meer over horen,' zei de man in het trainingspak. 'Weet u wel wie ik ben?'

'Nee,' zei Kollberg.

Hij liep het wachtlokaal in om de telefoneren en terwijl hij het nummer draaide keek hij weemoedig naar het ouderwetse interieur. Eens had hij hier als straatagent dienst gedaan; dat leek nu heel lang geleden, en toen al was het een van de ergste dronkenmansbuurten van de stad. Nu woonden er kennelijk meer mensen uit de betere kringen in deze wijk — in zogeheten kapitalistenbunkers, schandelijk slechte huizen tegen schandelijk hoge huren —, maar het district kon nog altijd rekenen op een vaste derde plaats in de dronkenschapsstatistieken na Klara en Katerina.

'Kollberg,' zei zijn vrouw.

'Ik ben opgehouden,' zei hij.

'Wat klink je vreemd, is er soms iets mis?'

'Ja,' zei hij. 'Alles.'

Hij legde de hoorn neer en bleef een poosje roerloos zitten. Daarna belde hij Martin Beck.

'Ik ben daarstraks van achteren neergeslagen in het Tantopark,' zei hij. 'Door twee gewapende ingenieurs. Ze hebben daar een militie gevormd.'

'Niet alleen daar,' zei Martin Beck. 'Een uur geleden hebben ze een gepensioneerde bont en blauw geslagen in het Hagapark. Die stond er te pissen. Ik heb het net doorgekregen.'

'Het gaat van kwaad tot erger.'

'Ja,' zei Martin Beck. 'Waar ben je op het ogenblik?'

'Nog in het tweede. In een van hun wachtkamers.'

'Wat heb je met die twee kerels gedaan?'

'Die zitten in een arrestantencel beneden.'

'Breng ze hier.'

'Ja.'

Kollberg ging naar beneden naar de arrestantenafdeling. Een groot aantal van de cellen was al bezet. De man in het trainingspak stond voor de ijzeren tralies te kijken. In de cel ernaast zat een lange, vrij magere man van een jaar of vijfendertig met zijn kin op zijn opgetrokken knieën een weemoedig, sonoor lied te zingen:

'My pocketbook is empty, my heart is full of pain . . .'

De zanger wierp een blik of Kollberg en zei:

'Hi, marshal, where is your six-shooter?'

'Haven't got one,' zei Kollberg.

'Ik mag verrekken als dit niet je reinste wildwest is,' zei de bewaker.

'Wat hebt u gedaan?' vroeg Kollberg.

'Niets,' zei de man.

'Dat klopt,' zei de bewaker. 'We laten hem straks weer gaan. Hier gebracht door de marinepolitie. Ze waren met zijn vijven. Hij heeft zich de woede op de hals gehaald van de een of andere bootsman in de wachtpost op Skeppsholmen. En toen hebben ze hem helemaal hier naar toe gesleept. De idioten. Zeiden dat ze geen politiepost konden vinden die dichter bij was. Om ze kwijt te raken moest ik hem wel opsluiten. Alsof we niet genoeg . . .'

Kollberg liep door naar de volgende cel.

'Zo, en dan bent u nu op een politiebureau geweest,' zei hij tegen de man in het trainingspak. 'En straks kunt u ook nog meemaken hoe het bij de recherche toegaat.'

'Ik zal een aanklacht tegen u indienen.'

'Dat betwijfel ik,' zei Kollberg.

Hij haalde zijn aantekenboekje te voorschijn.

'Maar voor we gaan wil ik eerst de namen en de adressen weten van degenen die in uw organisatie zitten.'

'We hebben geen organisatie. We zijn maar een paar huisvaders die . . .'

'Die gewapend in openbare parken patrouilleren en trachten agenten neer te slaan,' zei Kollberg. 'En nu voor de dag met die namen.'

Tien minuten later laadde hij de beide huisvaders op de achterbank van zijn auto, reed ze naar de Kungsholmsgatan, nam de lift en loodste ze bij Martin Beck naar binnen.

'Hier zult u uw leven lang spijt van hebben,' zei de oudste.

'Het enige waar ik spijt van heb is dat ik uw arm niet heb gebroken,' zei Kollberg.

Martin Beck wierp hem een snelle, onderzoekende blik toe en zei:

'Dat is het, Lennart. Ga nu maar naar huis.'

Kollberg ging weg.

De man in het trainingspak deed zijn mond open om wat te zeggen, maar Martin Beck legde hem het zwijgen op. Hij beduidde hen dat ze konden plaatsnemen en bleef een paar seconden zwijgend met zijn ellebogen op het bureau geleund en met samengeknepen handen zitten. Toen zei hij:

'Wat u gedaan hebt valt niet te verdedigen. Het denkbeeld van een militie vormt een veel groter gevaar voor de samenleving dan een individuele misdadiger of wetsovertreder. Het effent de weg voor een lynchmentaliteit en een eigenmachtige rechtspleging. Het stelt het beschermingsapparaat van de maatschappij buiten werking. Begrijpt u wat ik bedoel?'

'U praat als een boek,' zei de man in het trainingspak zuur.

'Precies,' zei Martin Beck. 'Dit zijn elementaire begrippen. Zuivere cathechese. Begrijpt u wat ik bedoel?'

Het nam nog wel even voor ze begrepen wat hij bedoelde.

Toen Kollberg thuiskwam zat zijn vrouw in bed te breien. Zonder iets te zeggen kleedde hij zich uit, ging de badkamer in en nam een douche. Daarna kroop hij in bed. Ze legde haar breiwerk weg en zei:

'Je hebt daar een afschuwelijke buil op je hoofd. Hebben ze je geslagen?'

'Sla je armen om me heen,' zei hij.

'Mijn buik zit in de weg en . . . zó ja. Wie heeft je geslagen?'

'Een paar godvergeten amateurs,' zei Kollberg en sliep in.

22

Aan het ontbijt die zondagochtend zei de vrouw van Martin Beck:

'Hoe staat het er nu mee? Kunnen jullie die kerel nou niet te pakken krijgen? Wat Lennart gisteren is overkomen, is toch zeker afschuwelijk. Ik begrijp best dat de mensen bang zijn – maar om de politie aan te vallen!'

Martin Beck zat een beetje ineengedoken aan tafel, gekleed in pyjama en badjas. Hij had geprobeerd zich een droom te herinneren die hij had gehad net voor hij wakker werd. Een nare droom. Iets over Gunvald Larsson. Nu drukte hij zijn eerste sigaret van die dag uit en keek naar zijn vrouw.

'Ze wisten niet dat hij van de politie was,' zei hij.

'Dan nog,' zei ze. 'Het is griezelig.'

'Ja,' zei hij. 'Het is griezelig.'

Ze zette haar tanden in een sneetje geroosterd brood en keek met opgetrokken wenkbrauwen naar de peuk in de asbak.

'Je moet niet zo vroeg op de ochtend roken,' zei ze. 'Dat is niet goed voor je keel.'

'Nee,' zei Martin Beck en trok zijn hand uit de zak van zijn badjas. Hij was juist van plan geweest een nieuwe sigaret op te steken, maar nu liet hij het pakje zitten en dacht: Inga heeft gelijk. Het is uiteraard niet goed. Ik rook te veel. En het is duur ook.

'Je rookt veel te veel,' zei ze. 'En het is duur ook.'

'Ik weet het,' zei hij.

Hij vroeg zich af hoe vaak ze dit in de zestien jaar van hun huwelijk al gezegd had. Het was zelfs niet te schatten.

'Slapen de kinderen nog?' vroeg hij om het gesprek een andere richting te geven.

'Ja, want ze hebben vakantie. De kleine kwam gisteren heel laat thuis. Ik houd er niet van dat ze 's avonds buiten rondhangt. Vooral nu niet nu die gek vrij rond loopt. Het is nog maar een kind.'

'Ze is bijna zestien,' zei hij. 'En voor zover ik begrepen heb was ze bij een vriendinnetje hiernaast.'

'Nilsson van beneden zei gisteren dat ouders die hun kinderen zonder toezicht op straat laten lopen het aan zichzelf te wijten hebben als er iets gebeurt. Hij zei dat er minderheden in de maatschappij zijn, exhibitionisten en zo, die hun agressies moeten uitleven en dat het de schuld van de ouders is als hun kinderen daar de dupe van worden.'

'Wie is Nilsson?'

'Die directeur die beneden ons woont.'

'Heeft hij zelf kinderen?'

'Nee.'

'Wel wel.'

'Dat zei ik ook. Dat hij niet weet wat het is om kinderen te hebben. Hoe ongerust je je voortdurend voelt.'

'Waarom praat je eigenlijk met hem?'

'Een mens moet toch zeker vriendelijk zijn tegen zijn buren. Het zou geen kwaad kunnen als jij ook eens een beetje vriendelijker zou zijn. En bovendien zijn het heel aardige mensen.'

'Niet als ik dat zo hoor,' zei Martin Beck.

Hij voelde dat het op een ruzie zou kunnen uitdraaien en dronk daarom vlug zijn koffie op.

'Ik ga me aankleden,' zei hij en stond op.

Hij liep de slaapkamer in en ging op de rand van het bed zitten. Inga was met de afwas bezig en toen hij de kraan niet meer hoorde lopen en haar voetstappen dichterbij kwamen, trok hij zich gauw in de badkamer terug en deed de deur op slot. Daarna liet hij water in de badkuip lopen, kleedde zich uit en strekte zich uit in het hete bad.

Hij lag volkomen stil en ontspannen. Met gesloten ogen probeerde hij zich de droom te herinneren die hij gehad had. Hij dacht aan Gunvald Larsson. Noch hij, noch Kollberg mocht Gunvald Larsson, met wie ze slechts sporadisch en dat pas sinds kort samenwerkten en hij verdacht er zelfs Melander van dat hij deze collega moeilijk kon waarderen, ook al liet hij het niet merken. Gunvald Larsson bezat het zeer ongewone vermogen hem te irriteren. Ook nu, nu hij aan hem dacht, voelde hij zich geprikkeld maar hij had het gevoel dat die irritatie niet op Gunvald Larsson betrekking had, maar eerder op iets dat deze gezegd of gedaan had. Martin Beck had zo'n idee dat Gunvald Larsson iets gezegd of gedaan had dat belangrijk was, iets dat van belang was voor de parkmoorden. Wat het was kon hij zich maar niet te binnen brengen en het was vermoedelijk dit feit dat hem ergerde.

Hij zette de gedachte van zich af en klom uit de badkuip. Waarschijnlijk had het iets met zijn droom uit te staan, dacht hij onder het scheren.

Een kwartier later zat hij in de ondergrondse op weg naar de binnenstad. Hij sloeg het ochtendblad open. Op de voorpagina stond een afbeelding van de kindermoordenaar, gemaakt door de politietekenaar aan de hand van de povere getuigenverklaringen waarover ze beschikten, in de eerste plaats de aanwijzingen van Rolf Evert Lundgren. Niemand was in zijn schik met de afbeelding. En zeker niet de tekenaar en Rolf Evert Lundgren.

Martin Beck hield de krant een eindje van zich af en keek met toegeknepen ogen naar de tekening. Hij vroeg zich af in hoeverre deze werkelijk leek op degene die ze zochten. Ze hadden de afbeelding ook aan mevrouw Engström laten zien, die eerst zei dat hij helemaal niet deed denken aan haar overleden man, maar later had toegegeven dat er misschien een zekere gelijkenis bestond.

Onder de tekening het onvolledige signalement. Martin Beck liet zijn blik over de korte tekst gaan.

Plotseling verstijfde hij. Voelde het bloed naar zijn hoofd stijgen. Hield zijn adem in. Opeens wist hij wat het was dat hem dat onrustige gevoel bezorgd had vanaf het moment dat ze de overvaller gearresteerd hadden, wat het was dat hem prikkelbaar gemaakt had en op welke wijze het te maken had met Gunvald Larsson.

Het signalement.

Gunvald Larssons samenvatting van het signalement dat Lundgren had gegeven was vrijwel woord voor woord een herhaling van wat Martin Beck hem nauwelijks twee weken eerder door de telefoon had horen zeggen.

Martin Beck herinnerde zich hoe hij bij de archiefkast had staan luisteren toen Gunvald Larsson aan het praten was. Ook Melander was op dat moment in de kamer geweest.

Het hele gesprek wou hem niet meer te binnen schieten, maar hij meende zich te herinneren dat het gevoerd werd door een vrouw die een man wilde aangeven die in het huis tegenover haar op een balkon stond. Gunvald Larsson had haar verzocht de man te beschrijven en hij had het signalement herhaald in bijna exact dezelfde bewoordingen die hij later gebruikte tijdens het verhoor van Lundgren. En bovendien had de dame die gebeld had nog zo iets gezegd als dat de man keek naar kinderen die op straat aan het spelen waren.

Martin Beck vouwde de krant dicht en staarde uit het raam. Hij probeerde zich weer voor de geest te halen wat er die ochtend gezegd en gedaan werd. Hij wist op welke dag het gesprek zich had afgespeeld, want even daarna was hij naar het Centraal-station gereden en had daar de trein naar Motala genomen. Dat was vrijdag 2 juni geweest, op de kop af een week voor de moord in het Vanadispark.

Hij trachtte zich te herinneren of de dame haar adres had opgegeven. Vermoedelijk wel en in dat geval moest Gunvald Larsson het ergens opgeschreven hebben.

Terwijl de ondergrondse in de richting van het centrum reed werd Martin Beck hoe langer hoe minder enthousiast over zijn nieuwe ingeving. Het signalement was zo vaag dat het op duizenden mensen kon slaan. Dat Gunvald Larsson dezelfde formulering had gebruikt bij twee verschillende gelegenheden hoefde nog niet te betekenen dat het hier een en dezelfde persoon betrof. Dat een mens bij nacht en ontij op zijn balkon staat hoefde nog niet te betekenen dat hij een moordenaar-in-spe is. Dat Martin Beck bij vorige gelegenheden ingevingen had gekregen die de oplossing bleken te bieden in duistere zaken, hoefde nog niet te betekenen dat het ook dit keer het geval zou zijn.

Maar toch. Het was zeker de moeite van een nader onderzoek waard.

Gewoonlijk stapte hij uit bij de T-Centralen en liep via het Klarabergsviaduct naar de Kungsholmsgatan, maar vandaag nam hij een taxi.

Gunvald Larsson zat aan zijn bureau een kop koffie te drinken. Kollberg zat met zijn ene bil op de rand van het schrijfbureau op een koffiebroodje te kauwen. Martin Beck ging op de stoel van Melander zitten, keek naar Gunvald Larsson en zei:
'Herinner je je die vrouw nog die opbelde, die dag dat ik

naar Motala ging? Degene die een man wilde rapporteren die op een balkon aan de overkant van de straat stond?'

Kollberg stopte de tweede helft van zijn koffiebroodje in zijn mond en keek verbaasd naar Martin Beck.

'Verrek ja,' zei Gunvald Larsson. 'Dat gekke wijf. Hoe zo?'

'Herinner je je nog hoe die man er volgens haar uitzag?'

'Nee, dat zou ik werkelijk niet meer weten. Waarom zou ik me moeten herinneren wat iedere getikteling zegt?'

Kollberg slikte met enige moeite de rest van zijn broodje door en vroeg:

'Waar hebben jullie het over?'

Martin Beck maakte een afwerend gebaar naar hem en zei:

'Denk nu eens goed na, Gunvald. Het kan belangrijk zijn.'

Gunvald Larsson keek hem wantrouwend aan.

'Waarom dan? Goed, ik zal erover nadenken. Natuurlijk zal ik erover nadenken.'

En even later:

'Nu heb ik nagedacht, maar nee ik herinner het me niet. Ik geloof trouwens niet dat er iets bijzonders aan hem was. Hij zag er vast heel gewoon uit.'

Hij stopte de knokkel van zijn wijsvinger in een van zijn neusgaten en fronste zijn voorhoofd.

'Stond zijn gulp soms open? Nee, wacht eens even ... het was zijn overhemd. Hij had een wit overhemd aan en dat stond open. Ja, precies, nu weet ik het weer. De vrouw zei dat hij blauwgrijze ogen had en toen vroeg ik hoe smal die straat dan wel was. En weet je wat ze zei? Dat de straat helemaal niet zo smal was, maar dat ze hem door een verrekijker opnam. Het is niet te geloven. Zij was natuurlijk een gluurder en eigenlijk hadden we haar in moeten rekenen. Door een verrekijker naar mannen zitten gluren!'

'Waar hebben jullie het over,' zei Kollberg.

'Dat vraag ik me ook af,' zei Gunvald Larsson. 'Waarom is dit plotseling zo belangrijk?'

Martin Beck zweeg even. Toen zei hij:

'Ik moest aan die man op het balkon denken, omdat Gunvald dezelfde formulering gebruikte toen hij de beschrijving van de vrouw herhaalde als toen hij Lundgrens signalement samenvatte van de man in het Vanadispark. Dun achterovergekamd haar, krachtige neus, normale lichaamsbouw, wit open hemd, bruine broek, blauwgrijze ogen. Klopt dat of niet?'

'Misschien,' zei Gunvald Larsson. 'Ik weet het niet meer. Maar het klopt wel met de man die Lundgren zag.'

'Wou je beweren dat het dezelfde man zou kunnen zijn?' zei Kollberg aarzelend. 'Ik bedoel, het is toch niet zo'n ongewoon signalement?'

Martin Beck haalde zijn schouders op.

'Nee,' zei hij. 'Het zegt niet veel. Maar vanaf het moment dat we Lundgren verhoorden, heb ik het gevoel gehad dat er een verband bestond tussen de moorden en de man op het balkon. Ik kon er alleen niet opkomen.'

Hij streek zich over de kin en keek gegeneerd naar Kollberg. 'Het is maar een vaag vermoeden,' zei hij. 'Veel aanknopingspunten hebben we niet. Maar het is misschien de moeite waard die man op te sporen.'

Kollberg stond op en liep naar het raam. Ging er met zijn rug naar toe staan en sloeg zijn armen over elkaar.

'Tja, vage vermoedens,' zei hij.

Martin Beck keek nog steeds naar Gunvald Larsson.

'Oké, probeer je dat gesprek te herinneren. Wat zei degene die je aan de lijn had precies?'

Gunvald Larsson wapperde met zijn grote handen.

'Wat ik al gezegd heb. Ze wilde een man rapporteren die op een balkon stond tegenover haar. Ze vond het een vreemde geschiedenis.'

'Waarom vond ze het zo vreemd?'

'Omdat hij daar praktisch dag in dag uit stond. 's Nachts ook. Ze zei dat ze door een kijker naar hem keek. Dat hij naar beneden stond te kijken naar de auto's en de kinderen die daar speelden. Toen werd ze kwaad omdat ik niet voldoende belangstelling toonde. Maar waarom zou ik me daarvoor interesseren? De mensen hebben toch zeker het recht op hun balkon te staan zonder dat de buren de politie bellen? Of niet? Wat dacht ze eigenlijk dat ik zou kunnen doen?'

'Waar woont ze?' vroeg Martin Beck.

'Dat weet ik niet,' zei Gunvald Larsson. 'Ik weet niet eens of ze dat wel gezegd heeft.'

'Heb je haar dat dan niet gevraagd?' vroeg Martin Beck.

'Ja waarschijnlijk wel. Zo iets doe je altijd.'
'Herinner je het je niet meer,' zei Kollberg. 'Denk eens goed
na.'
Martin Beck en Kollberg sloegen aandachtig de uiterlijke
tekenen van Gunvald Larssons geforceerde denkactiviteit
gade. Hij had zijn lichte wenkbrauwen zodanig samenge-
trokken dat ze een uitstekende rand vormden boven zijn lichtblauwe ogen. Zijn gezicht was rood aangelopen en hij scheen
uit elkaar te barsten. Na een tijdje zei hij:
'Nee, ik weet het niet meer. Mevrouw . . . tja, mevrouw zus en
zo.'
'Heb je het niet ergens opgeschreven,' zei Martin Beck. 'Je
maakt altijd van alles aantekeningen.'
Gunvald Larsson zond hem een woedende blik toe.
'Ja,' zei hij. 'Maar ik bewaar niet alles wat ik opschrijf. Ik
bedoel, dit was niets bijzonders. Een geschifte vrouw die belde.
Waarom moet ik me dat nog herinneren?'
Kollberg slaakte een zucht.
'O,' zei hij. 'En wat nu?'
'Wanneer komt Melander?' vroeg Martin Beck.
'Om drie uur, geloof ik. Hij had vannacht dienst.'
'Bel hem op en vraag hem hier te komen,' zei Martin Beck.
'Slapen kan hij een andere keer wel.'

23

Toen Kollberg belde lag Melander inderdaad te slapen in zijn
flat op de hoek van het Norr Mälarstrand en de Polhemsgatan.
Hij kleedde zich onmiddellijk aan, legde de korte afstand naar
de Kungsholmsgatan af in zijn eigen auto en reeds een kwartier
later bevond hij zich in het vertrek waar de andere drie op hem
wachtten.
Hij herinnerde zich het telefoongesprek en toen ze het laatste
deel van de band met het verhoor van Rolf Evert Lundgren

hadden afgedraaid bevestigde hij dat de theorie van Martin Beck wat betreft het signalement juist was. Vervolgens vroeg hij om een kop koffie en stopte zorgvuldig zijn pijp.

Hij stak hem op, leunde achterover en zei:

'Je denkt dus dat er een verband bestaat?'

'Het is maar een vermoeden,' zei Martin Beck. 'Een bijdrage tot de oplossing van het raadsel.'

'Er kan natuurlijk wat inzitten,' zei Melander. 'Wat wil je nu van mij?'

'Dat je gebruik maakt van die ingebouwde computer die bij jou de plaats inneemt van je hersenen,' zei Kollberg.

Melander knikte en ging rustig door aan zijn pijp te trekken. Kollberg placht hem 'het levende kaartsysteem' te noemen, een benaming die uitstekend gevonden was. Het geheugen van Melander was legendarisch in het corps.

'Probeer je te herinneren wat Gunvald gezegd en gedaan heeft tijdens dat gesprek,' zei Martin Beck.

'Was dat niet de dag dat Lennart hier naar toe overgeplaatst werd,' zei Melander. 'Wacht eens, dat moet 2 juni geweest zijn. Ik zat tot die tijd in de kamer hiernaast en toen Lennart kwam ben ik hierheen verhuisd.'

'Precies,' zei Martin Beck. 'En ik ben die dag naar Motala gegaan. Ik was op weg naar de trein en kwam even binnenlopen om naar die heler te vragen.'

'Larsson, ja. De man die gestorven was.'

Kollberg zat met zijn ene bil op de vensterbank toe te luisteren. Hij was er al heel wat keren bij geweest wanneer Melander het verloop van bepaalde gebeurtenissen reconstrueerde die vaak belangrijk langer geleden hadden plaatsgevonden dan nu het geval was en soms had hij bijna het gevoel dat hij getuige was van een soort seance.

Melander was nu gaan zitten in wat Kollberg 'zijn denkhouding' noemde: achterover in zijn stoel, met zijn schouders tegen de rugleuning, zijn uitgestrekte benen over elkaar geslagen, zijn ogen half gesloten, bedaard aan zijn pijp zuigend. Martin Beck stond als gewoonlijk met zijn ene arm op de archiefkast.

'Toen ik de kamer binnenkwam stond jij waar je nu staat en Gunvald zat waar hij nu zit. We hadden het over die heler toen de telefoon ging. Gunvald nam hem op. Hij noemde zijn naam en vroeg naar de hare, dat herinner ik me nog.'

Weet je of hij haar naam opgeschreven heeft?' vroeg Martin' Beck.

'Ik geloof van wel. Ik herinner me dat hij een pen in zijn hand had. Jazeker, hij heeft hem opgeschreven.'

'Herinner je je of hij haar om haar adres vroeg?'

'Nee, ik dacht van niet. Maar misschien gaf ze dat wel gelijk op met haar naam.'

Martin Beck keek vragend naar Gunvald Larsson, die zijn schouders ophaalde.

'Ik herinner me in ieder geval geen adres,' zei hij.

'Daarna zei hij iets over een kat,' zei Melander.

'Ja, dat is zo,' zei Gunvald Larsson. 'Ik dacht dat ze dat zei. Dat er een kat op haar balkon stond. Toen zei ze dat het een man was en ik dacht natuurlijk dat ze bedoelde dat die op háar balkon stond. Omdat ze de politic belde.'

'En toen vroeg je haar de man te beschrijven en ik herinner me heel duidelijk dat je, terwijl je herhaalde wat ze zei, iets op-schreef.'

'Oké', zei Gunvald Larsson, 'maar als ik een aantekening ge-maakt heb, dan deed ik dat op deze blocnote en toen bleek dat ik er geen werk van hoefde te maken, heb ik dat papiertje later weggegooid.'

Martin Beck stak een sigaret op, liep een eindje de kamer in, legde de lucifer in Melanders asbak en keerde terug naar zijn plaats bij de archiefkast.

'Ja, dat is helaas heel aannemelijk,' zei hij. 'Ga verder, Fredrik.'

'Pas nadat ze je zijn signalement opgegeven had begreep je dat hij op zijn eigen balkon stond, nietwaar?'

'Ja,' zei Gunvald Larsson. 'Ik dacht dat ze niet goed wijs was.'

'En daarna vroeg je hoe ze kon zien dat hij blauwgrijze ogen had als hij aan de overkant van de straat stond.'

'En toen zei dat mens dat ze naar hem keek door een verre-kijker.'

Melander keek verbaasd op.

'Een verrekijker,' zei hij. 'O jezus.'

'Ja en toen vroeg ik of hij haar op de een of andere wijze lastig had gevallen, maar dat was niet zo. Hij stond daar maar te staan en ze vond dat griezelig, zei ze.'

'Hij stond er kennelijk 's nachts ook,' zei Melander.

'Ja, dat zei ze tenminste.'

'En toen vroeg je waar hij naar keek en ze zei dat hij naar beneden stond te kijken. Naar auto's en kinderen die op straat aan het spelen waren. En toen vroeg je of ze soms dacht dat je de hondewagen er op af moest sturen.'

Gunvald Larsson keek naar Martin Beck en zei geïrriteerd:

'Ja, Martin had over de hondewagen staan leuteren. Het was een mooie gelegenheid voor hem om zijn verrekte hondewagen te kunnen sturen.'

Martin Beck wisselde een blik met Kollberg maar zei niets.

'Ja,' zei Melander, 'en toen was het gesprek geloof ik afgelopen. De dame in kwestie vond je brutaal en legde de hoorn op de haak. En ik ging terug naar mijn kamer.'

Martin Beck zuchtte.

'Ja, we zijn niet veel wijzer geworden. Hooguit dat het signalement klopt.'

'Vreemd, zo'n man die dag en nacht op zijn balkon staat,' zei Kollberg.

'Misschien was hij gepensioneerd en had hij niets anders te doen.'

'Nee,' zei Gunvald Larsson. 'Dat kan niet. Ik herinner me nu dat ze zei: "Het is een jonge vent. Vast niet ouder dan een jaar of veertig. En hij schijnt niets anders te doen te hebben dan daar maar te staan staren." Dat zei ze. Dat was ik helemaal vergeten.'

Martin Beck haalde zijn arm van de kast en zei:

'Ook dat klopt dan met het signalement dat Lundgren opgaf. Een jaar of veertig. En als ze door een verrekijker naar hem keek moet ze hem duidelijk hebben kunnen zien.'

'Heeft ze niet gezegd hoe lang ze hem in de gaten had gehouden voor ze ons opbelde,' zei Kollberg.

Gunvald Larsson dacht even na. Toen zei hij:

'Jawel. Ze zei dat ze hem de afgelopen twee maanden had gadegeslagen, maar dat het heel goed mogelijk was dat hij er al eerder had gestaan zonder dat het haar was opgevallen. In het begin had ze gemeend dat hij eraan dacht zich van het leven te beroven. Van het balkon te springen, zei ze.'

'Weet je zeker dat je niet nog ergens aantekeningen hebt liggen?' vroeg Martin Beck.

Gunvald Larsson trok een van de laden van zijn bureau open, nam er een dun stapeltje papieren van verschillend formaat uit, legde het voor zich op de schrijftafel en begon erin te bladeren. 'Hier heb ik alle aantekeningen over zaken die ik moet nagaan en waarover ik een rapport moet schrijven. Als dat gebeurd is, gooi ik de aantekeningen weg,' zei hij, terwijl hij verder blader-de.

Melander boog zich voorover en klopte zijn pijp uit.

'Ja,' zei hij. 'Je had een pen in je hand en pakte je blocnote, terwijl je de telefoongids opzij schoof . . .'

Gunvald Larsson had het stapeltje doorgenomen en legde het weer terug in de la.

'Nee, ik wist wel dat ik geen aantekeningen van dat gesprek bewaard had,' zei hij. 'Jammer genoeg niet.'

Melander hield zijn pijp in de hoogte en wees met de steel naar Gunvald Larsson.

'De telefoongids,' zei hij.

'Wat is er met de telefoongids,' zei Gunvald Larsson.

'Er lag een opengeslagen telefoongids op je bureau. Heb je daar niet in zitten schrijven?'

'Dat zou kunnen.'

Gunvald Larsson strekte zijn hand uit naar de telefoongidsen en zei:

'God, wat een werk om die allemaal door te nemen.'

Melander legde zijn pijp weg en zei:

'Dat hoeft niet. Als je iets opgeschreven hebt — en ik dacht van wel — dan was het niet in je eigen gids.'

Martin Beck zag de scène plotseling weer voor zich. Melander was uit de kamer ernaast gekomen met een opengeslagen telefoongids in de handen, had hem die gegeven en hem gewezen op de naam Arvid Larsson, de heler. Daarna had Martin Beck zelf de telefoongids op het bureau gelegd.

'Lennart,' zei hij. 'Haal het eerste deel van je telefoongids.'

Martin Beck sloeg om te beginnen de bladzijde op met de naam Larsson, Arvid, antiek. Daar stond niets. Toen begon hij vooraan en werkte zich zorgvuldig bladzijde voor bladzijde door de gids heen. Op verscheidene plaatsen vond hij onlees-

145

bare notities, de meeste geschreven in het karakteristieke gekrabbel van Melander, maar ook een aantal in het gemakkelijk leesbare handschrift van Kollberg. De anderen stonden zwijgend om hem heen te wachten. Gunvald Larsson keek mee over zijn schouder.

Hij moest tot bladzijde duizend tweeëntachtig bladeren voor Gunvald Larsson zei:

'Daar!'

Ze keken met zijn vieren naar de notitie in de marge.

Eén woord slechts.

Andersson.

24

Andersson.

Gunvald Larsson hield zijn hoofd schuin en keek naar de naam. 'Ja,' zei hij, 'dat kon weleens Andersson zijn. Of Andersen. Of Andresen. God mag het weten. Maar het lijkt het meest op Andersson.'

Andersson.

Er zijn in Zweden driehonderdnegentigduizend mensen die Andersson heten. Alleen al de telefoongids van Stockholm bevat tienduizend tweehonderd abonnees van deze naam, plus nog tweeduizend in de onmiddellijke omgeving.

Hieraan moest Martin Beck denken. Het zou weleens heel gemakkelijk kunnen zijn de vrouw die het beruchte telefoongesprek gevoerd had op te sporen, aangenomen dat ze pers radio en televisie inschakelden. Maar het zou ook weleens heel moeilijk kunnen zijn. En tot nu toe was niets van een leien dakje gegaan tijdens dit onderzoek.

Ze schakelden pers, radio en televisie in.

Er gebeurde niets.

Dat er op zondag geen reactie kwam hoefde niet zo vreemd te zijn.

Toen er op maandagochtend elf uur nog steeds niets gebeurd was, begon Martin Beck bedenkelijk te kijken.

Als ze besloten de Anderssons te bellen en degenen die geen telefoon hadden persoonlijk te bezoeken, dan betekende dat dat ze een groot deel van hun mensen vrij moesten maken om een spoor te volgen dat heel goed waardeloos kon blijken te zijn. Maar zouden ze het arbeidsterrein niet op de een of andere manier kunnen begrenzen? Een zeer brede straat. Dat moest dan ergens in het centrum zijn.

'Dacht je,' zei Kollberg weifelend.

'Het hoeft natuurlijk niet, maar . . .'

'Maar wat? Werkt je intuïtie weer?'

Martin Beck keek hem gekwetst aan, toen vermande hij zich en zei:

'We hebben een spoorkaartje dat is gekocht in de Rådmansgatan.'

'En dat hebben we op geen enkele wijze definitief in verband kunnen brengen met de moorden of de moordenaar,' zei Kollberg.

'Het werd gekocht op het station in de Rådmansgatan en alleen gebruikt voor de heenreis,' zei Martin Beck koppig. 'De moordenaar had het bewaard om het voor de terugreis te kunnen gebruiken. Hij reed van de Rådmansgatan naar het Mariaplein of Zinkensdamm en vandaar liep hij het laatste eindje naar het Tantopark.'

'Je reinste speculatie,' zei Kollberg.

'Hij moest een middel gebruiken om het jongetje dat met het meisje was meegegaan weg te krijgen. Hij had niets anders bij de hand dan het kaartje.'

'Je reinste speculatie,' zei Kollberg.

'Maar logisch is het wel.'

'Nauwelijks.'

'En bovendien werd de eerste moord in het Vanadispark gepleegd. Stuk voor stuk feiten die iets met dit stadsdeel te maken hebben. Het Vanadispark, de Rådmansgatan, Vasastaden, het noordelijk deel van Norrmalm.'

'Dat heb je al eens gezegd,' zei Kollberg droog. 'Het is puur giswerk.'

'Gebaseerd op het principe van de waarschijnlijkheid.'

'Zo kun je het natuurlijk ook noemen.'

'Ik wil die Andersson vinden,' zei Martin Beck, 'en we kunnen hier niet blijven zitten wachten tot ze zich uit zichzelf aanmeldt. Misschien heeft ze geen televisie en leest ze geen kranten. Maar ze moet in elk geval wel de beschikking hebben over een telefoon.'

'Is dat zo?'

'Ja, absoluut. Zo'n telefoongesprek voer je niet vanuit een kiosk of sigarenwinkel. Bovendien kreeg ik de indruk dat ze hem zag tijdens het gesprek.'

'Oké. Op dat punt ben ik het met je eens.'

'En als we nu starten met opbellen en aanbellen, dan zullen we ergens moeten beginnen, binnen een bepaald gebied. Omdat we eenvoudig niet voldoende mensen hebben om contact op te nemen met elke Andersson die er bestaat.'

Kollberg gaf niet direct antwoord. Toen zei hij:

'Als we nu die Andersson eens even buiten beschouwing laten en ons in plaats daarvan afvragen wat we van de moordenaar weten.'

'We hebben een soort signalement.'

'Een soort ja, dat is precies het juiste woord. En we weten niet of het de moordenaar was die Lundgren gezien heeft, als hij al iemand gezien heeft.'

'We weten dat het een man is.'

'Ja. En wat weten we nog meer?'

'We weten dat hij niet voorkomt in het register van de zedenpolitie.'

'Ja. Aangenomen dat niemand iets over het hoofd heeft gezien of iets vergeten heeft. Dat is al vaker gebeurd.'

'We weten ongeveer de tijdstippen van de moorden, even over zeven 's avonds in het Vanadispark en tussen twee en drie 's middags in het Tantopark. Toen was hij dus niet op zijn werk.'

'En dat houdt in?'

Martin Beck zei niets. Kollberg beantwoordde de vraag zelf:

'Dat hij zonder werk is, vakantie heeft, in de ziektewet loopt, toevallig op bezoek is, onregelmatige werktijden heeft, gepensioneerd is of op drift, kortom, het houdt niets in.'

'Dat is waar,' zei Martin Beck. 'Maar we hebben een indruk van

zijn gedragspatroon.'
'Het gezwam van de psychologen, bedoel je?'
'Ja.'
'Ook dat is puur giswerk, maar . . .'
Kollberg zweeg even voor hij vervolgde:
'Maar ik moet bekennen dat Melander een plausibele samenvatting heeft gegeven van dat dikke boekwerk.'
'Ja.'
'Wel, en om terug te komen op die vrouw, laten we dan maar proberen haar op te sporen. En aangezien we, zoals je zo treffend naar voren bracht, toch ergens moeten beginnen en we toch aan het gissen zijn, kunnen we net zo goed aannemen dat je gelijk hebt. Hoe wil je dat we het aanpakken?'
'We beginnen met de districten vijf en negen,' zei Martin Beck. 'We laten een paar man iedereen opbellen die Andersson heet, terwijl enkele anderen de rest thuis bezoekt. We vragen al het personeel in die districten hun aandacht vooral aan dit probleem te schenken. In het bijzonder waar het om brede straten gaat met balkons, zoals de Odengatan, de Karlbergsvägen, de Tegnérgatan, de Sveavägen, enzovoort.'
'Oké,' zei Kollberg.
Ze gingen aan de slag.
Het werd een afschuwelijke maandag. De grote detective Het Publiek, die tijdens de zondag iets minder actief geweest was, voor een deel omdat toen veel mensen de stad uit waren en voor een ander deel als gevolg van de kalmerende oproepen in de kranten en voor de televisie, was weer volop aan het werk getogen. De tipcentrale werd overstroomd met gesprekken van mensen die dachten dat ze iets wisten, met gekken die een bekentenis wilden afleggen en met nietsnutten die alleen maar belden om te provoceren. De parken en plantsoenen wemelden van de politie in burger, voor zover je bij een paar honderd man kon spreken van wemelen en daar kwam nu dus nog bij het speuren naar iemand die Andersson heette.
En al die tijd lag de angst op de loer. Heel wat ouders belden al op als hun kinderen nog maar een kwartier of twintig minuten te laat waren. Al die dingen moesten opgetekend en gecheckt worden. Het materiaal groeide voortdurend aan. En was al even waardeloos.

Midden in dit alles belde Hansson van het vijfde district op.
'Heb je weer een lijk gevonden,' zei Martin Beck.
'Nee, maar ik maak me ongerust over die Eriksson op wie we
een oogje moesten houden. De exhibitionist die jullie aange-
houden hebben.'
'Hoe zo?'
'Hij is sinds woensdag niet meer de deur uit geweest. Toen
kwam hij met een hoop flessen thuis, voor het grootste deel
cognac en dessertwijn. Hij is toen verscheidene winkels af
geweest.'
'En daarna?'
'Zo nu en dan is hij voor het raam verschenen. Hij zag eruit
als een geestverschijning, zeiden de jongens. Maar sinds gister-
ochtend hebben ze hem niet meer gezien.'
'Hebben jullie aangebeld?'
'Ja. Hij doet niet open.'
Martin Beck was de man zo goed als vergeten. Nu herinnerde
hij zich de dwalende, ongelukkige blik en de trillende, uitge-
mergelde handen weer. Hij voelde hoe een ijzige koude zich
door zijn lichaam verspreidde.
'Verschaf je toegang,' zei hij.
'Op welke manier?'
'Dat doet er niet toe.'
Hij legde de hoorn neer en bleef zitten met zijn hoofd in zijn
handen. Nee, dacht hij, niet ook dit nog, bij alle ellende die we
al hebben.
Na een halfuur belde Hansson opnieuw.
'Hij had de gaskraan opengezet.'
'En?'
'Hij is onderweg naar het ziekenhuis. Levend.'
Martin Beck slaakte een zucht. Opgelucht heette zo iets.
'Net op het nippertje,' zei Hansson. 'Hij had het keurig voor
elkaar, had de kieren van de deur dichtgeplakt en het sleutelgat
dichtgestopt, zowel van de buitendeur als die naar de keuken.'
'Maar hij redt het wel?'
'Ja, dank zij het gewone recept. Te weinig gasmunten. Maar als
hij daar nog wat langer had gelegen dan . . .'
Hansson maakte zijn zin niet af.
'Heeft hij een brief achtergelaten?'

'In de marge van een oud pornografisch blaadje had hij geschreven: "Ik hou het niet langer uit." Ik heb het consultatiebureau voor alcoholisten gewaarschuwd.'

'Dat had al eerder moeten gebeuren.'

'Tja, maar er was niets op zijn werk aan te merken,' zei Hansson.

En na een paar seconden voegde hij eraan toe:

'Tot jullie hem te grazen namen.'

Het duurde nog een aantal uren voor deze verschrikkelijke maandag verstreken was. Om elf uur gingen Martin Beck en Kollberg naar huis. Gunvald Larsson eveneens. Melander bleef. Ze wisten allemaal dat hij een enorme hekel had aan de nachtdienst en dat alleen de gedachte al dat hij zijn tien uur slaap zou moeten missen een schrikbeeld voor hem was, maar zelf roerde hij het onderwerp niet aan en zijn gezicht stond net zo onbewogen als anders.

Er was niets gebeurd. De politie had met een groot aantal vrouwen gesproken die Andersson heetten, maar geen van allen hadden ze het veelbesproken telefoongesprek gevoerd.

Ze hadden ook geen lijken meer gevonden en alle kinderen die in de loop van de dag als verdwenen waren gerapporteerd waren weer terechtgekomen.

Martin Beck liep naar het Fridhemsplan en nam de metro naar huis.

Ook vandaag was het weer goed gegaan. Het was nu al meer dan een week geleden sinds het laatste geval.

Hij voelde zich als een drenkeling die juist vaste grond onder de voeten heeft gekregen, maar die weet dat het alleen maar uitstel van executie is. En dat het getij over een paar uur weer opkomt.

25

Het was dinsdag de twintigste juni 's ochtends vroeg en in het wachtlokaal van het negende districtsbureau was het nog rustig. Agent Kvist zat aan een tafeltje de krant te lezen en een sigaret te roken. Een jonge man met een blonde baard. Uit de afgeschoten ruimte in de hoek klonken stemmen, die zo nu en dan door het geratel van een schrijfmachine onderbroken werden. Een telefoon rinkelde. Kvist keek op van zijn lectuur en zag Granlund in zijn glazen hokje de hoorn opnemen.

De deur achter hem werd opengedaan en Rodin verscheen, bleef in de deuropening staan, terwijl hij zijn koppelriem omgespte. Hij was aanzienlijk ouder dan Kvist, zowel in leeftijd als in dienstjaren. Kvist was een jaar tevoren van de politieschool gekomen en was kort geleden naar het negende district overgeplaatst.

Rodin liep op de tafel toe en pakte zijn uniformpet. Hij gaf Kvist een klap op de schouder.

'Tja, jongen, daar gaan we dan. Nog één ronde en dan is het tijd voor de koffiepauze.'

Kvist drukte zijn sigaret uit en vouwde de krant op.

'Wat lees je daar?' vroeg Rodin.

'*Tidsignal*. Een goede krant. Zou jij ook moeten lezen.'

'Nee, dank je wel. Dat politieke gedoe. En bovendien nog cultureel ook, hè? Nee, ik hou me maar bij de sportkrant. Kom, dan gaan we.'

Ze gingen de deur uit en begonnen de Surbrunnsgatan af te lopen in westelijke richting. Langzaam, naast elkaar met even lange passen, de handen op de rug.

'Zeg, wat zei Granlund dat we met die mevrouw Andersson moesten doen als we haar vinden?' vroeg Kvist.

'Niets. Vragen of zij het was die de recherche gebeld heeft op 2 juni over een man die op een balkon stond,' zei Rodin. 'Daarna moeten we Granlund bellen.'

Ze passeerden de Tulegatan en Kvist liet zijn blik naar het Vanadispark dwalen.

'Ben jij erbij geweest na de moord?' vroeg hij.

'Ja,' zei Rodin. 'Jij niet?'

'Nee, ik had een vrije dag,' zei Kvist.

Zwijgend liepen ze een eindje door. Toen zei Kvist:

'Ik heb nog nooit een lijk gezien. Het was zeker een rot gezicht.'

'Ja, dat kun je gerust zeggen,' zei Rodin. 'Maar wees maar niet bang, jongen, in dit werk zul je er nog heel wat te zien krijgen.'

'Waarom ben je eigenlijk agent geworden?' vroeg Kvist.
Rodin antwoordde niet onmiddellijk. Hij scheen na te denken.
Daarna zei hij:
'Mijn ouweheer was bij de politie. Het lag voor de hand dat ik
ook agent zou worden. Hoewel mijn moeder er niet bepaald
gelukkig mee was. En jij?'
'Om een positieve bijdrage te leveren aan de maatschappij,'
zei Kvist.
Hij barstte in lachen uit en vervolgde:
'Eerst wist ik niet goed wat ik wou worden. Het hoogste wat
ik op mijn rapport had was een zes. Maar toen ontmoette ik in
dienst een vent die bij de politie zou gaan en die zei dat die
cijfers voldoende waren om toegelaten te worden voor de
opleiding. Bovendien hebben ze gebrek aan personeel en . . . ja,
hij heeft me overtuigd.'
'Het wordt anders slecht betaald,' zei Rodin.
'Niet zo slecht, vind ik,' zei Kvist. 'Tijdens mijn opleiding
kreeg ik veertienhonderd kronen en nu zit ik in loonschaal
negen.'
'Ja, ik weet het,' zei Rodin. 'Het is vandaag de dag wat beter
dan toen ik begon.'
'Een feit is,' zei Kvist, 'dat ongeveer tachtig procent van
degenen die van de lagere school komen nog verder leren. Dus
moet de politie gerekruteerd worden uit de overblijvende
twintig procent. En van die twintig procent kiezen een hele-
boel net als jij het beroep van hun vader. Jij werd agent omdat
je vader het toevallig ook was.'
'Ja, maar als hij vuilnisman geweest was, dan had ik het niet
gedaan,' zei Rodin.
'Ik heb gehoord dat er in het hele land vijftienhonderd vaca-
tures zijn bij de politie,' zei Kvist. 'Geen wonder dat we zoveel
overuren maken.'
Rodin gaf een schop tegen een leeg bierflesje dat op het trottoir
lag en zei:
'Verrek, wat weet jij een hoop van statistieken af. Wou je
soms hoofdcommissaris worden?'
Kvist lachte een tikje verlegen.
'Onzin. Ik heb er toevallig een artikel over gelezen. Maar het
zou niet zo gek zijn om hoofdcommissaris te worden. Wat

denk je dat die verdient?'
'Weet je dat niet eens, jij die zo goed op de hoogte bent?'
Ze hadden de Sveavägen bereikt en het gesprek stokte.
Bij de kiosk op de hoek voor de drankwinkel stonden een paar
duidelijk dronken manspersonen tegen elkaar aan te duwen.
De ene dreigde met zijn vuist en probeerde keer op keer de
andere te slaan, maar hij was kennelijk te dronken om het voor
elkaar te spelen. De tweede scheen iets nuchterder en hield
zijn tegenstander van zich af door met zijn vlakke hand tegen
diens borst te duwen. Eindelijk verloor de nuchterste van de
twee zijn geduld en gooide de brallende, vechtende herrie-
maker op de grond.
Rodin zuchtte.
'Die moesten we maar meenemen,' zei hij en begon de rijbaan
over te steken. 'Ik ken hem wel, het is er eentje die altijd herrie
schopt.'
'Wie van de twee bedoel je?' vroeg Kvist.
'Degene die op de grond ligt,' zei Rodin. 'De ander redt zich
wel.'
Ze liepen met lange, snelle passen op de beide mannen af.
Een derde zwerver, die het gekrakeel vanuit het plantsoentje
voor restaurant Metropol gadesloeg, begon zich met gespeelde
waardigheid in de richting van de Odengatan te begeven. Hij
wierp voortdurend een angstige blik over zijn schouder.
De beide agenten tilden de man op. Hij was een jaar of zestig
en heel mager en woog vast niet meer dan vijftig kilo. Een
aantal voorbijgangers van het nette soort bleef op een afstand
toe staan kijken.
'En Johansson, hoe gaat het ermee vandaag,' zei Rodin.
Johansson liet zijn hoofd op zijn borst vallen en deed een zwakke poging het stof van zijn colbertjasje te slaan.
'Gggoed,' zei hij met dubbele tong. 'Ik sta wat te praten met
een kameraad. 't Is maar een grapje.'
De kameraad probeerde zijn houding te hervinden, wat hem
niet eens zo slecht af ging en zei:
'Het gaat uitstekend met Oskar. Hij redt zich wel.'
'Verdwijn,' zei Rodin goedmoedig.
Hij wuifde de kameraad weg die zich opgelucht buiten hand-
bereik haastte.

Rodin en Kvist pakten de man elk bij een arm vast en namen hem mee naar de taxistandplaats een twintig meter verderop.

De taxichauffeur die hen zag aankomen, stapte uit en deed het achterportier open. Hij behoorde tot het type dat altijd bereid is mee te werken.

'Zo en nu ga je een ritje maken,' zei Rodin. 'En daarna ga je slapen.'

Johansson kroop gehoorzaam in de auto, zakte op de achterbank ineen en sliep. Rodin sjorde hem in de hoek en zei over zijn schouder tegen Kvist:

'Ik breng hem weg, we zien elkaar straks wel op het bureau. Koop een paar koeken onderweg.'

Kvist knikte en toen de taxi wegreed ging hij met langzame tred terug naar de kiosk op de hoek. Hij zocht naar Johanssons kameraad en ontdekte hem in de Surbrunnsgatan, een paar meter voorbij de drankwinkel. Toen Kvist enkele stappen in zijn richting deed, wenkte de man afwerend met beide handen en liep door naar de Hagagatan.

Kvist volgde de man met zijn blik totdat hij om de hoek verdwenen was. Toen maakte hij rechtsomkeert en ging terug naar de Sveavägen.

De kioskjuffrouw stak haar hoofd door het luik en zei:

'Bedankt. Dat soort kerels is slecht voor de klandizie. En ze moeten altijd uitgerekend hier rondhangen.'

'De drankwinkel heeft een grote aantrekkingskracht,' zei Kvist.

In zijn hart had hij medelijden met Johansson en zijn lotgenoten, want hij wist dat het voor een groot deel kwam doordat ze nergens heen konden.

Hij bracht zijn hand naar zijn uniformpet en liep door. Een eindje verderop de Sveavägen zag hij een bordje met: Bakkerij. Hij keek op zijn horloge en dacht bij zichzelf dat hij de koeken net zo goed daar kon kopen en dan naar het bureau teruggaan om koffie te drinken.

Toen hij de deur van de bakkerswinkel opendeed klonk er een belletje. Een oudere dame in een geruite jasschort stond voor de toonbank te praten met de verkoopster.

Kvist legde zijn handen op de rug en wachtte. De geur van vers gebakken brood drong zijn neusgaten binnen en hij dacht bij zichzelf dat dit soort bakkerijen zeldzaam aan het worden was.

Over niet al te lange tijd zouden ze geheel en al verdwenen zijn en dan zou je alleen nog maar verpakt fabrieksbrood kunnen kopen en het hele Zweedse volk zou precies hetzelfde brood en dezelfde cadetjes en koeken eten, dacht agent Kvist.

Kvist was nog maar twintig, maar hij had vaak het gevoel dat zijn jeugd al ver achter hem lag. Hij luisterde verstrooid naar de conversatie tussen de beide vrouwen.

'En Palm, die ouwe man op nummer eenentachtig is gestorven,' zei de dikke in het jasschort.

'Ja, dat was maar beter ook,' zei de verkoopster. 'Hij was al zo oud en gebrekkig.'

De verkoopster was een oudere grijze vrouw in een witte jas. Ze wierp een snelle blik op Kvist en stopte vlug de boodschappen in de tas van haar klant.

'Was het dat, mevrouw Andersson?' vroeg ze. 'Geen room vandaag?'

De klant pakte hijgend en steunend haar boodschappentas op. 'Nee, vandaag niet. Wilt u het opschrijven? Dank u. Tot ziens dan maar.'

De dame liep naar de deur en Kvist haastte zich die voor haar open te houden.

'Tot ziens mevrouw Andersson,' zei de verkoopster.

De vrouw wrong zich langs Kvist heen met een kort knikje. Hij wilde juist de deur achter haar dicht doen, toen er plotseling een gedachte door hem heen flitste. De verkoopster keek hem verbaasd na toen hij zonder een woord te zeggen de winkel uitging en de deur achter zich dichttrok.

De vrouw in het jasschort stond reeds op het punt het huis naast de bakkerij binnen te gaan toen hij haar inhaalde. Hij salueerde haastig en zei:

'Heet u mevrouw Andersson?'

'Ja?'

Hij nam de boodschappentas van haar over en hield de deur voor haar open. Toen die achter hen dicht geslagen was, zei hij: 'Neemt u me niet kwalijk dat ik het vraag, maar bent u de mevrouw Andersson die op vrijdagochtend 2 juni de recherche gebeld hebt?'

'Twee juni? Ja, ik heb inderdaad de politie gebeld. Dat kan wel op de tweede geweest zijn. Hoe zo?'
'Waarover hebt u gebeld?' vroeg Kvist.
Hij kon het niet helpen dat zijn stem een beetje opgewonden klonk en de vrouw die Andersson heette keek hem verbaasd aan.
'Ik heb gesproken met een detective of wat het dan ook was. Een brutale man. Scheen niet in het minst geïnteresseerd te zijn. Ik wou alleen maar een waarneming rapporteren. Die man had daar op zijn balkon gestaan . . .'
'Vindt u het goed dat ik mee naar boven ga en even gebruik maak van uw telefoon,' zei Kvist, al op weg naar de lift.
'Ik leg het u onderweg wel uit,' zei hij.

26

Martin Beck legde de hoorn op de haak en riep iets naar Kollberg. Daarna deed hij zijn colbertjasje dicht, stopte een pakje sigaretten en een doosje lucifers in zijn zak en keek op zijn horloge.
Kollberg liet zich in de deuropening zien.
'Waarom maak je zo'n herrie?' vroeg hij.
'Ze is gevonden. Die mevrouw Andersson. Granlund van het negende belde zojuist. Ze woont op de Sveavägen.'
Kollberg verdween in de kamer ernaast, pakte zijn blazer en was nog bezig zich erin te wringen toen hij alweer verscheen.
'Sveavägen,' zei hij nadenkend en keek naar Martin Beck.
'Hoe hebben ze haar gevonden. Door aan te bellen?'
'Nee, een van de jongens van het negende ontmoette haar in een bakkerswinkel toen hij een paar koeken wou kopen.'
Terwijl ze de trappen afgingen zei Kollberg:
'Is het Granlund niet die vindt dat de koffiepauzes afgeschaft moesten worden? Hij zal nou wel van gedachte veranderen, denk ik.'

Mevrouw Andersson nam hen wantrouwend op door de kier van de deur.

'Heb ik met een van u gesproken toen ik die ochtend belde?' vroeg ze.

'Nee,' zei Martin Beck welgemanierd, 'u hebt met adjudant Larsson gesproken.'

Mevrouw Andersson maakte de veiligheidsketting van de deur los en liet hen binnen in een donker halletje.

'Adjudant of geen adjudant,' zei ze, 'hij was onbeleefd. Zoals ik al gezegd heb tegen de jonge agent die met me mee naar boven is gegaan, de politie behoorde dankbaar te zijn dat er bepaalde dingen gerapporteerd worden. Wie weet, zei ik tegen hem, als de mensen jullie nergens opmerkzaam op maakten zouden jullie weleens geen werk meer kunnen hebben. Maar gaat u binnen, heren, ik kom zo met de koffie.'

Kollberg en Martin Beck gingen de huiskamer in. Ondanks het feit dat de flat op de derde verdieping lag en het raam aan de straatkant, was het binnen erg donker. Het was een ruime kamer, maar de ouderwetse meubelen namen een groot deel van de vloeroppervlakte in beslag. De ene helft van het raam stond op een kier, de andere ging schuil achter de bloempotten. De crème-kleurige gordijnen waren kunstzinnig gedrapeerd. Voor een pluchen sofa stond een rond mahoniehouten tafeltje met koffiekoppen en een schaal met koekjes. Twee hoge armstoelen met antimakassars en opgevulde rugleuningen stonden elk aan een kant van het tafeltje.

Mevrouw Andersson kwam uit de keuken met een porseleinen koffiepot in haar hand. Ze schonk de koffie in en liet zich op de sofa vallen die kraakte onder haar massieve lichaamsomvang.

'Een kop koffie moet een mens hebben, anders kan-ie niet praten,' zei ze opgewekt. 'En mag ik nu weten of er iets met die man aan de overkant aan de hand is?' vroeg ze.

Martin Beck wou iets zeggen, maar zijn woorden verdronken in het lawaai van een ambulancesirene die buiten voorbij reed. Kollberg sloot het raam.

'Hebt u de krant niet gelezen?' vroeg Martin Beck.

'Nee, als ik buiten ben lees ik nooit kranten. Ik ben gisteravond thuisgekomen. Neem nog een koekje, heren. Ze zijn pas gebakken. In de bakkerij hieronder hebben ze altijd vers brood.

Daar heb ik trouwens ook die aardige jongeman in uniform ontmoet, hoewel ik niet begrijp hoe hij kon weten dat ik het was die de politie gebeld heeft. Maar goed, ik was het en het was op 2 juni, op een vrijdag, dat weet ik nog heel goed, omdat de man van mijn zuster Rutger heet en het zijn naamdag was en ik er koffie heb gedronken en toen heb ik verteld van die op z'n zachtst uitgedrukt onbeleefde adjudant of wat hij dan ook is en dat was ongeveer een uur nadat ik gebeld had.'

Hier was ze verplicht adem te halen en Martin Beck haastte zich te vragen:

'Zoudt u ons dat balkon eens willen wijzen?'

Kollberg was al op het raam toegelopen. De vrouw kwam met moeite overeind.

'Het derde balkon van onderen,' zei ze en wees. 'Naast dat raam zonder gordijnen.'

Ze zagen het balkon. De flat waar het bij hoorde scheen slechts twee ramen aan de straatkant te hebben, een grote naast het balkon en nog een wat kleinere.

'Hebt u die man onlangs nog gezien?' vroeg Martin Beck.

'Nee, al een poosje niet meer. Nu was ik met het weekeinde weg, maar daarvoor had ik hem ook al een paar dagen niet gezien.'

Kollbergs blik viel op een verrekijker die tussen twee bloempotten stond. Hij pakte hem en richtte hem op het huis ertegenover. De balkondeur en de ramen waren dicht. De vensterruiten weerkaatsten het daglicht en hij kon niet onderscheiden wat zich in de donkere ruimte daarachter bevond.

'Die kijker heb ik van Rutger gekregen,' zei de vrouw. 'Het is een kijker van de marine. Rutger is marine-officier geweest. Ik keek altijd door de kijker naar die man. Als u het raam open doet kunt u beter zien. Nou moet u niet denken dat ik nieuwsgierig ben of zo, maar u moet weten dat ik in het begin van april aan mijn been ben geopereerd en toen heb ik die man ontdekt. Na de operatie dus. Door de wond aan mijn been kon ik niet lopen en door de pijn kon ik niet slapen, dus zat ik meestal voor het raam naar buiten te kijken. Ik vond het maar vreemd dat die man niets anders had te doen dan daar maar te staan tsaren. Brr. Er was iets griezeligs aan hem.'

Terwijl de vrouw aan het woord was, haalde Martin Beck de

tekening te voorschijn die volgens de aanwijzingen van de overvaller gemaakt was en liet die aan haar zien.

'Dat is hem precies,' zei ze. 'Het portret is wel niet zo mooi getekend, volgens mij, maar hij lijkt er wel een beetje op.'

'Herinnert u zich nog wanneer u hem voor het laatst gezien hebt?' vroeg Kollberg en gaf de kijker aan Martin Beck.

'Nee, dat is zeker al een paar dagen geleden. Meer dan een week. Ja, wacht es even, de laatste keer was meen ik toen ik de werkster had. Wacht u even, ik zal opzoeken wanneer dat was.'

Ze deed een secretaire open en haalde er een almanak uit.

'We zullen eens even kijken,' zei ze. 'Vorige week vrijdag. Ja, dat klopt. We hebben de ramen gezeemd. 's Morgens stond hij er nog, maar 's avonds niet meer en de dag daarna ook niet. Ja, zo is het. En sindsdien heb ik hem niet meer gezien. Dat weet ik heel zeker.'

Martin Beck liet de kijker zakken en wierp een snelle blik op Kollberg. Ze hadden geen kalender nodig om zich te herinneren wat er die vrijdag gebeurd was.

'De negende dus,' zei Kollberg.

'Ja. U wilt zeker nog wel een kopje koffie?'

'Nee dank u,' zei Martin Beck.

'O, u lust vast nog wel een halfje.'

'Nee dank u,' zei Kollberg.

Ze schonk de kopjes vol en zonk op de sofa neer. Kollberg ging op het puntje van zijn stoel zitten en werkte haastig een amandelkoekje naar binnen.

'Was die man altijd in z'n eentje?' vroeg Martin Beck.

'Ja, ik heb er tenminste nooit iemand gezien. Hij maakte een eenzame indruk. Soms had ik haast medelijden met hem. Het is altijd even donker in zijn flat en als hij niet op zijn balkon staat, zit hij voor het keukenraam. Daar zit hij als het regent. Maar ik heb er nooit iemand op bezoek gezien. Maar gaat u toch zitten en drinkt u toch nog een kopje koffie, dan kunt u me ondertussen vertellen wat er met hem gebeurd is. Het heeft dus toch geholpen dat ik belde, hoewel ik lang heb moeten wachten.'

Martin Beck en Kollberg hadden inmiddels hun koffie naar binnen gegoten en waren opgestaan.

'Dank u wel, mevrouw Andersson, dat was heel lekker. Tot

160

ziens, nee, we redden ons wel.'

Ze verdwenen in de hal.

Toen ze de deur uitkwamen begon Kollberg geheel volgens de regels naar de voetgangersoversteekplaats te lopen, een dertig meter verderop, maar Martin Beck pakte hem bij de arm en ze staken haastig de rijbaan over naar het huis aan de overzijde van de straat.

27

Martin Beck liep de drie trappen op, Kollberg nam de lift. Ze troffen elkaar voor de deur, die ze aandachtig in ogenschouw namen. Een gewone, bruine houten deur die naar buiten toe openging, met een Lips-slot, een brievenbus van koper en een ongepoetst witmetalen naambordje. Op het bordje stond in zwarte letters: I. Fransson. Er drong geen enkel geluid tot hen door. Kollberg legde zijn rechteroor tegen de spleet van de deur en luisterde. Daarna boog hij zijn rechterknie tot op de stenen vloer en schoof uiterst behoedzaam de klep van de brievenbus enkele centimeters op, luisterde, deed de klep weer even geruisloos dicht als hij hem geopend had, kwam overeind en schudde zijn hoofd.

Martin Beck haalde zijn schouders op, strekte zijn rechterhand uit en drukte op de elektrische bel. Geen geluid. Waarschijnlijk was de bel kapot. Hij tikte licht met zijn knokkels op de deur. Zonder resultaat. Kollberg bonsde met zijn vuist. Er gebeurde niets.

Ze maakten de deur niet zelf open, maar gingen een halve verdieping naar beneden en wisselden op zachte toon van gedachten. Daarna ging Kollberg weg om de formaliteiten in orde te maken en een expert te halen. Martin Beck bleef op de trap staan zonder de deur uit het oog te verliezen.

Al na een kwartier was Kollberg terug met de expert. Deze wierp een vakkundige, taxerende blik op de deur, ging op zijn knieën liggen en stak een lang maar handig grijpinstrument door de brievenbus, die niet beveiligd was tegen inbraak; het kostte hem nog geen dertig seconden om een greep te krijgen op de knop van het slot aan de binnenkant en de deur een paar centimeter open te wrikken. Martin Beck duwde de expert aan de kant, schoof zijn wijsvinger achter de binnenkant van de deur en trok de deur langzaam omhoog. De ongeoliede scharnieren knarsten.

Ze keken in een hal met twee openstaande deuren. De linkerdeur gaf toegang tot de keuken en de rechter- tot wat kennelijk de enige kamer was in de flat. Op de deurmat lag een stapeltje post, voor zover te zien hoofdzakelijk kranten, reclamefolders en brochures. De w.c. lag rechts, onmiddellijk naast de buitendeur.

Het enige wat ze hoorden was het lawaai van het verkeer op de Sveavägen.

Martin Beck en Kollberg stapten voorzichtig over de post en keken in de keuken. Aan de straatkant bij het raam was een kleine eethoek.

Kollberg duwde de w.c.-deur open terwijl Martin Beck de kamer binnenging. Recht voor zich was de balkondeur en schuin achter zich naar rechts zag hij nog een deur. Die bleek van een garderobekast te zijn. Kollberg zei iets tegen de expert, trok de buitendeur dicht en kwam de kamer in.

'Kennelijk niemand thuis,' zei hij.

'Nee,' zei Martin Beck.

Systematisch, maar uiterst behoedzaam doorzochten ze de flat. Ze letten erop zo weinig mogelijk voorwerpen aan te raken.

De ramen, één in de kamer, en één in de eethoek die op straat uitzagen, waren gesloten evenals de deur van het balkon.

De lucht was muf en bedompt.

Hoewel de flat niet vervallen of verwaarloosd was, maakte hij toch een shabbyachtige indruk. Bovendien was hij erg kaal.

Er bevonden zich maar drie meubelen in de kamer, een niet opgemaakt bed met een versleten rode, gewatteerde deken en een enigszins vuil laken, een houten stoel die aan het hoofdeinde van het bed stond en tegen de andere muur een laag kastje met schuifladen. Geen gordijnen, geen kleed op de linoleumvloer. Op de stoel die kennelijk dienst deed als nachtkastje een lucifersdoosje, een schoteltje en een exemplaar van *Smålands-Posten*. De krant was in elkaar gevouwen op een manier die erop wees dat hij gelezen was en op het theeschoteltje lag wat as, zeven afgebrande lucifers en kleine in elkaar gedraaide balletjes sigarettenpapier.

Boven het kastje hing een ingelijste reproduktie van een olieverfschilderij, voorstellend twee paarden en een berk. Op het kastje stond nog een siervoorwerp, een geglazuurde, blauwe aardewerkschaal. Leeg. Dat was alles.

Kollberg keek naar de voorwerpen op de stoel en zei:

'Hij spaart kennelijk de tabak van zijn sigarettepeuken op en rookt die in een pijp.'

Martin Beck knikte.

Ze gingen niet het balkon op, maar stelden er zich mee tevreden door de glazen ruit van de gesloten deur te kijken. Het balkon had ijzeren spijlen en zijkanten van gegolfd plaatijzer. Er stond een beschadigd, gevernist tuintafeltje op en een klapstoeltje. De stoel scheen heel oud, met uitgesleten armleuningen en een verschoten canvaszitting.

In de garderobekast hingen een vrij net, donkerblauw kostuum, een versleten winterjas en een bruine manchesterbroek. Op de plank lagen een bontmuts en een sjaal en op de grond stonden een zwarte schoen en een paar volkomen versleten bruine laarzen. Maat veertig zo te zien.

'Kleine voeten,' zei Kollberg. 'Waar zou de andere zijn, denk je?'

Ze vonden hem een paar minuten later in de schoonmaakkast. Ernaast lagen een poetsdoek en een schoenenborstel. Er leek iets op de schoen te zitten, maar omdat de belichting slecht was en ze hem niet aan wilden raken, stelden ze zich ermee tevreden opmerkzaam in de kast te kijken.

De keuken bevatte nog een aantal belangwekkende dingen. Op het gasstel lag een doos lucifers van groot formaat naast een pan met etensresten. Waarschijnlijk havermoutpap, geheel uitgedroogd. Op het aanrecht een geëmailleerde koffiepot en een vuil kopje met een laagje drab op de bodem. Droog. Verder een diep bord en een bus met grof gemalen koffie. Langs de andere muur de ijskast en twee keukenkastjes met schuifdeurtjes. Ze deden ze alle drie open. In de ijskast lag een aangebroken pakje margarine, twee eieren en een stuk worst, dat zo oud was dat het bedekt was met een laagje schimmel.

Het ene kastje werd kennelijk gebruikt voor serviesgoed, het andere deed dienst als voorraadkastje. Een paar borden, koppen en glazen, een dienblad, zout, een half brood, een pak met suikerklontjes en een zak havermout. In de schuifladen onder de kastjes een groot mes en wat niet bij elkaar passend bestek. Kollberg wees op het brood. Het was keihard.

'Hij is al een hele tijd niet meer thuis geweest,' zei hij.

'Nee,' zei Martin Beck.

Onder het aanrecht stonden pannen en een koekepan en in de uitgespaarde ruimte onder de gootsteen een vuilniszak. Deze was zo goed als leeg.

Voor het raam in de eethoek een rood klaptafeltje en nog twee houten stoelen. Op het tafeltje twee flessen en een gebruikt glas. In de flessen had zoete vermout gezeten. In de ene zat nog een klein restje.

Zowel het tafelblad als de beide venstersponningen waren bedekt met een vettige laag vuil, vermoedelijk afkomstig van de uitlaatgassen op straat, die, ondanks het feit dat het raam gesloten was, door de kieren naar binnen waren gedrongen.

Kollberg verdween, deed de deur van de w.c. open, keek en kwam na een halve minuut hoofdschuddend terug.

'Niets.'

In de bovenste twee laden van de kast lagen wat overhemden, een trui, sokken, ondergoed en twee dassen. Alles schoon, maar een beetje versleten. In de onderste la vuil goed en een militair zakboekje.

Ze keken erin en lazen: 2521-7-46 Fransson, Ingemund Rudolf, Växjö, geb. 5-2-26, Tuinman, Västerg 22, Malmö.

Martin Beck bladerde verder. Ze kregen een indruk van Ingemund Rudolf Fransson en wat hij tot en met 1947 had gedaan. Hij was geboren in Småland, eenenveertig jaar geleden. In 1946 had hij als tuinman in Malmö gewerkt en gewoond in de Västergatan aldaar. In dat jaar was hij opgeroepen voor de militaire dienst en ingedeeld bij groep vier, wat neerkwam op de allerlaagste rang. Hij had zijn twaalf maanden uitgediend bij de luchtafweer in Malmö. Bij het verlaten van de dienst in 1947 had iemand met een onleesbare handtekening hem de cijfers X-5-5 gegeven, wat onder het gemiddelde lag. Het Romeinse cijfer was een soort militaire gedragscode en het hield in dat hij zich niet schuldig gemaakt had aan disciplinaire overtredingen, de twee vijven wezen erop dat hij geen goed soldaat was geweest, zelfs niet binnen de laagste categorie.

De officier van de onleesbare handtekening had hem de laconieke aantekening gegeven 'keukenhulp', wat waarschijnlijk betekende dat hij zijn dienstplicht had vervuld door aardappelen te schillen.

Voor de rest gaf de snelle, vluchtige inspectie van de flat hun geen aanwijzingen omtrent de huidige bezigheden van Ingemund Fransson of wat hij gedurende de laatste twee decennia had uitgevoerd.

'De post,' zei Kollberg en liep naar de hal.

Martin Beck knikte, ging naast het bed staan en bekeek het aandachtig. Het laken was gekreukeld en vuil, het kussen in elkaar gefrommeld. Toch maakte het bed niet de indruk dat iemand er de laatste dagen op gelegen had.

Kollberg kwam de kamer weer in.

'Alleen kranten en wat reclame,' zei hij. 'Welke datum staat er op de krant die daar ligt?'

Martin Beck hield zijn hoofd schuin, kneep zijn ogen samen en zei:

'Donderdag 8 juni.'

'Dat klopt. Hij krijgt hem waarschijnlijk pas de volgende dag. Hij heeft zijn post niet meer aangeraakt sinds zaterdag de tiende. Dat is na de moord in het Vanadispark.'

'Toch schijnt hij maandag nog thuis geweest te zijn.'

'Ja,' zei Kollberg.

En voegde eraan toe:

'Maar daarna niet meer.'

Martin Beck strekte zijn rechterarm uit, pakte met duim en wijsvinger een hoek van het kussensloop vast en lichtte het kussen op.

Onder het kussen lagen twee witte kinderbroekjes.

Ze leken heel klein.

Er zaten verschillende soorten vlekken op.

Doodstil stonden ze in de muffe, kale kamer en luisterden naar het verkeer en hun eigen ademhaling. Een seconde of twintig

misschien. Toen zei Martin Beck snel en onbewogen:
'Oké. De zaak is rond. We verzegelen de flat en zetten de boel af. Waarschuw de technische dienst.'
'Jammer dat we niet over een foto beschikken,' zei Kollberg. Martin Beck moest aan de dode man denken in het half gesloopte huis aan de Västmannagatan die nog altijd niet geïdentificeerd was. Hij zou het kunnen zijn, maar zeker was dat niet. Niet eens waarschijnlijk.

Nog altijd wisten ze maar heel weinig van de man die Ingemund Fransson heette.

Drie uur later wees de klok twee uur aan in de middag van dinsdag de twintigste juni en wisten ze aanzienlijk meer.

Onder andere dat de dode uit de Västmannagatan niet Ingemund Fransson was. Dat was vastgesteld door enkele getuigen, die prompt misselijk werden.

De politie had eindelijk een aanknopingspunt gevonden en met een onverbiddelijke efficiency werd het verleden van Ingemund Fransson door het goedlopende politieapparaat ontward. Ze hadden reeds contact opgenomen met een honderdtal mensen: buren, winkeliers, sociaal werkers, artsen, het leger, geestelijken, de mensen van het consultatiebureau voor alcoholisten en vele anderen. Al spoedig hadden ze een duidelijk beeld van hem.

Ingemund Fransson was in 1943 naar Malmö verhuisd en had een baantje gekregen bij de gemeentelijke plantsoenendienst. Dat hij van woonplaats veranderd was, berustte vermoedelijk op het feit dat hij geen ouders meer had. Zijn vader, een ongeschoolde arbeider uit Växjö, was dat voorjaar overleden en zijn moeder was al vijf jaar dood. Verdere familie had hij niet.

Onmiddellijk na zijn militaire dienst was hij naar Stockholm verhuisd. Hij woonde sinds 1948 in de flat aan de Sveavägen en had tot 1956 als tuinman gewerkt. Toen was hij opgehouden met werken; had eerst in de ziektewet gelopen op attest van een particuliere arts, was daarna door verscheidene psychiaters van sociale zaken onderzocht en twee jaar later als arbeidsongeschikt vroegtijdig gepensioneerd. In het officiële rapport stond de enigszins duistere formulering: 'psychisch ongeschikt voor fysiek werk'.

De artsen die hem onderzocht hadden zeiden, dat hij meer dan normaal begaafd was, maar een soort chronische arbeidsangst had, die het hem onmogelijk maakte naar zijn werk te gaan. Een poging tot omscholing was mislukt. Toen hij op een fabriek zou gaan werken, ging hij vier weken lang elke ochtend naar de fabriekspoort, maar was niet in staat naar binnen te gaan. Ze zeiden dat dit soort arbeidsonmacht zeldzaam was maar zeker niet uniek. Fransson was absoluut niet geesteszick, evenmin had hij verpleging nodig. Zijn verstand was in orde en hij had ook geen belangrijke lichamelijke gebreken, (de militaire arts had hem laag geclassificeerd omdat hij platvoeten had). Maar hij was een uitgesproken kluizenaar, had geen behoefte aan contact met anderen, geen vrienden, geen interesses, behalve wat de arts noemde 'een vage belangstelling voor zijn geboorteplaats in Småland': Zijn manier van doen was kalm en vriendelijk, hij dronk niet, was zeer spaarzaam en kon beschouwd worden als netjes, hoewel hij 'tamelijk weinig belangstelling toonde voor zijn uiterlijk.' Hij rookte. Er waren geen seksuele afwijkingen geconstateerd; Fransson had weliswaar ontwijkend geantwoord op de vraag of hij masturbeerde, maar de artsen hadden aangenomen dat hij het deed en dat hij in elk geval een abnormaal lage potentie had. Hij leed aan agorafobie.

Het meeste stond te lezen in de medische rapporten die stamden uit de jaren zeven- en achtenvijftig. Sindsdien had geen enkele instantie enige aanleiding gevonden zich met Fransson bezig te houden, anders dan op de normale wijze. Hij had een pensioentje van de staat en leefde teruggetrokken. Hij was geabonneerd op *Smålands-Posten* sinds het begin van de jaren vijftig.

'Wat is agorafobie?' vroeg Gunvald Larsson.

'Pleinvrees,' zei Melander.

Er heerste grote activiteit in het hoofdkwartier van de recherche. Het werk was in volle gang. De meesten hadden hun vermoeidheid vergeten. Iedereen hoopte op een spoedige oplossing van de zaak.

Buiten werd het geleidelijk aan kouder. Het was gaan motregenen.

De informaties stroomden binnen als op een telex. Nog steeds beschikten ze niet over een foto, maar wel hadden ze nu een perfect signalement, dat tot in details was gecompleteerd door artsen, buren, vroegere collega's en het personeel van winkels waar hij zijn inkopen placht te doen.

Fransson was één meter vierenzeventig en woog vijfenzeventig kilo en had inderdaad maat veertig van schoen.

De buren zeiden dat hij een man van weinig woorden was, maar aardig en vriendelijk, dat hij met een Smålands accent sprak en altijd groette. Maakte een betrouwbare indruk. Niemand had hem de laatste acht dagen gezien.

De mannen van de technische dienst hadden op dat tijdstip vastgesteld wat er viel vast te stellen. Aangenomen kon worden dat Fransson iets te maken had gehad met beide moorden. Ze hadden inderdaad bloed gevonden op de zwarte schoen in de schoonmaakkast.

'Hij heeft zich dus meer dan tien jaar gedrukt gehouden,' zei Kollberg.

'En nu is er iets in hem geknapt en loopt hij met zijn lippen smakkend rond en vermoordt kleine meisjes,' zei Gunvald Larsson.

Er rinkelde een telefoon. Rönn nam hem op.

Martin Beck liep op en neer door het vertrek, beet op zijn knokkels en zei:

'We weten nu praktisch alles wat er over hem te weten valt. We hebben alles, behalve een foto en die duikt ook nog wel op. Het enige wat we niet weten is waar hij zich op dit moment bevindt.'

'Ik weet waar hij een kwartier geleden was,' zei Rönn. 'Er ligt een kind dood in het St.-Erikspark.'

28

Het St.-Erikspark is een van de kleinste parken van de stad. Het is zo klein dat de meeste Stockholmers niet eens het bestaan ervan kennen. Er gaan maar weinig mensen naar toe en het komt in het hoofd van nog minder mensen op om het te bewaken.

Het ligt in het noorden van de stad en vormt een soort kunstmatige afsluiting van de langgerekte Västmannagatan. Een laag begroeid heuveltje met grindpaden en trappen, dat heel steil afloopt naar de omliggende straten. Een groot gedeelte van het terrein wordt bovendien nog in beslag genomen door een school, die 's zomers uiteraard gesloten is.

Het lijkje lag in het noordwestelijk deel van het park, voor iedereen zichtbaar en helemaal aan de rand van de heuvel. Het was een macabere bevestiging van de theorie dat de moorden steeds afgrijselijker zouden worden. De man die Ingemund Fransson heette had dit keer zeer veel haast gehad. Hij had het meisje met haar hoofd tegen een steen geslagen en haar gewurgd. Daarna had hij haar rode plastic manteltje en haar jurk kapotgescheurd, haar broekje uitgetrokken en iets dat op de steel van een oude hamer leek in het onderlichaam gedreven.

En tot overmaat van ramp was het de moeder van het meisje geweest die het lichaam had gevonden. Het meisje heette Solveig en was ouder dan de twee vorige slachtoffertjes, ze was al elf jaar. Ze woonde aan de Dannemoragatan, nog geen vijf minuten van de plaats van het misdrijf en voor zo ver men wist had ze geen gerede aanleiding gehad zich in het park te bevinden. Ze was van huis gegaan om een chocoladekoek te kopen in de kiosk, die vrijwel op de hoek ligt van de Dannemoragatan en de Norra Stationsgatan, voor de noordoostelijke hoek van het plantsoen. De boodschap had niet meer dan tien minuten mogen duren en het meisje had al eerder de vermaning gekregen niet in het park te gaan spelen, iets wat ze overigens nog nooit gedaan had. Toen ze nog maar een kwartier weg was, was haar moeder haar al gaan zoeken. Dat deze niet meteen meegegaan was, kwam doordat ze nog een dochtertje had van anderhalf op wie ze moest passen. Ze had het lijkje bijna onmiddellijk gevonden, was totaal ineengestort en reeds naar het ziekenhuis vervoerd.

Ze stonden in de schrale motregen naar het dode kind te kijken en voelden zich veel schuldiger aan deze afschuwelijke en zinloze dood dan de moordenaar. Het broekje hadden ze niet gevonden, de chocoladekoek evenmin. Misschien was Ingemund Fransson hongerig geweest en had hij hem meegenomen om hem op te eten.

Dat dit zijn werk was, daar twijfelden ze niet aan. Bovendien

was er zelfs een getuige die hem met het meisje samen had gezien. Maar ze hadden zo vertrouwelijk met elkaar staan praten
dat de getuige gedacht had dat hij een vader voor zich zag die
met zijn halfvolwassen dochter uit was. Ingemund Fransson
was immers aardig en vriendelijk en maakte een betrouwbare
indruk. Hij was gekleed geweest in een beigekleurig manchesterjasje, een bruine broek, een wit overhemd, dat aan de hals
openstond en nette zwarte schoenen.
Het verdwenen broekje was lichtblauw.
'Hij moet ergens in de buurt zijn,' zei Kollberg.
Beneden hen dreunde het zware verkeer voorbij langs de St.-
Eriksgatan en de Norra Stationsgatan. Martin Beck keek uit
over het grote spoorwegemplacement en zei op kalme toon:
'Laat iedere spoorwagon, iedere opslagplaats, elke kelder en
elke zolder in de omgeving doorzoeken. Nu. Onmiddellijk.'
Daarna draaide hij zich om en ging weg. Het was dinsdag de
twintigste juni, drie uur. Het regende.

29

De razzia begon dinsdagmiddag om vijf uur; om middernacht
was hij nog steeds aan de gang en nam tijdens de vroege och-
tenduren nog in omvang toe.
Elke man die redelijkerwijze ingezet kon worden was op de
been, elke hond ingeschakeld en elke auto op straat. De jacht
concentreerde zich eerst op de noordelijke stadswijken, maar
breidde zich successievelijk uit tot de hele binnenstad en ver-
takte zich spoedig tot in de buitenwijken.
Stockholm is een stad waar vele duizenden mensen 's zomers
buiten slapen. Niet alleen zwervers, verslaafden aan verdovende
middelen en alcoholisten, maar ook hopen mensen die een bezoek brengen aan de stad en voor wie geen hotelkamer te vinden is, en een even groot aantal daklozen die heel goed in staat
zijn om te werken en die veelal wel in hun onderhoud kunnen

voorzien zijn, maar die geen onderdak kunnen vinden omdat er ten gevolge van een foute maatschappijstructuur eenvoudig niet voldoende woningen zijn. Ze slapen op banken in het park of op oude kranten op de grond, onder bruggen, op kaden en op binnenplaatsen. Een groot deel verschaft zich een voorlopig onderdak in half gesloopte huizen, in aanbouw zijnde huizen, in schuilkelders, garages, spoorwagons, trapportalen, kelders, zolders en werkplaatsen. Of in schepen, motorboten en oude schuiten. Een deel ook hangt rond op de stations van de ondergrondse en het Centraal-station of gaat naar een sportveld en diegenen die handig genoeg zijn kunnen zonder veel moeite terecht in het systeem van gangen en verbindingskanalen onder de stad.

Agenten in burger en uniform schudden die nacht duizenden van deze mensen wakker, dwongen hen op te staan, richtten zaklantaarns op slaapdronken gezichten en vroegen om legitimatiebewijzen.

Velen van hen overkwam dit verscheidene malen, vier, vijf, zes keer; ze trokken van de ene plek naar de andere, alleen maar om meteen weer door nieuwe agenten opgejaagd te worden, die al even vermoeid waren als zij zelf.

Overigens was het rustig op straat. Zelfs de prostituées en de dranksmokkelaars waagden zich niet buiten. Vermoedelijk snapten ze niet dat de politie wel wat anders te doen had dan zich met hen bezig te houden.

Tegen een uur of zeven op woensdagmorgen begon de razzia af te nemen. Uitgeputte en hologige agenten wankelden naar huis voor een paar uur slaap, anderen zakten als een blok ineen op sofa's en houten banken in de wachtlokalen en dagverblijven van de diverse politiebureaus.

Men had een massa mensen opgespoord op de meest onwaarschijnlijke plaatsen, maar geen van hen heette Ingemund Rudolf Fransson.

Om zeven uur waren Kollberg en Martin Beck in het gebouw aan de Kungsholmsgatan. Ze waren nu zo doodop dat ze het niet langer merkten, het was of ze zich op een ander plan bewogen.

Kollberg stond met de handen op de rug voor de grote wandkaart.

'Hij is tuinman geweest,' zei hij. 'Bij de gemeentelijke plantsoenendienst. Acht jaar lang is hij hier in dienst geweest en in die tijd moet hij ongetwijfeld in elk plantsoen en in elk park gewerkt hebben. Tot nu toe is hij binnen de eigenlijke stadsgrenzen gebleven. Hij begeeft zich niet buiten bekend terrein.'

'Als we daar maar zeker van konden zijn,' zei Martin Beck.

'Eén ding staat vast. Hij heeft de nacht niet in een park doorgebracht,' zei Kollberg. 'Niet in Stockholm.'

Hij zweeg lange tijd en zei toen bedachtzaam:

'Tenzij we enorme pech gehad hebben.'

'Precies,' zei Martin Beck. 'Er zijn trouwens uitgestrekte terreinen die 's nachts nauwelijks grondig doorzocht kunnen worden. Djurgården, Gärdet, het Lill-Jansbos ... en dan de buitenkant van de stad niet te vergeten.'

'Het Nackabos,' zei Kollberg.

'De kerkhoven,' zei Martin Beck.

'Ja, de kerkhoven,' zei Kollberg. 'Hoewel die eigenlijk afgesloten zijn, maar toch ...'

Martin Beck keek op zijn horloge.

'De vraag waar het om gaat is nu: Wat doet hij overdag?'

'Dat is juist het ongelooflijke,' zei Kollberg. 'Dan loopt hij kennelijk gewoon in de stad rond.'

'We moeten hem vandaag zien te vinden,' zei Martin Beck. 'Er is geen andere oplossing.'

'Ja,' zei Kollberg.

Ze hadden de psychologen ingeschakeld, die hun steentje bijdroegen door te zeggen dat Ingemund Fransson zich niet bewust verborgen hield. Dat hij zich waarschijnlijk in een schemertoestand bevond, maar, eveneens onbewust, normaal intelligent en gedreven door een automatisch instinct tot zelfbehoud handelde.

'Daar hebben we veel aan,' zei Kollberg.

Even later arriveerde Gunvald Larsson. Hij was zelfstandig en volgens zijn eigen methoden te werk gegaan.

'Weten jullie hoeveel kilometer ik sinds gisteravond heb afgelegd?' vroeg hij. 'Driehonderdveertig kilometer. In deze rotstad. En langzaam. Volgens mij is hij een soort spookverschijning.'

'Dat is één opvatting,' zei Kollberg.

Melander had ook zo zijn opvatting.

'Wat mij verontrust,' zei hij, 'is de systematiek. Eerst pleegt hij een moord en vrijwel onmiddellijk daarop nog een, dan volgt een pauze van acht dagen en dan een nieuwe moord en nu . . .' Iedereen had zo zijn eigen opvatting.

Het publiek was paniekerig en hysterisch en de politie doodop. De bijeenkomst op woensdagochtend werd gekenmerkt door optimisme en vertrouwen. Uiterlijk althans. Diep in hun binnenste waren ze allemaal even bang.

'We hebben meer mensen nodig,' zei Hammar. 'Zet al het personeel uit de provincie in dat vrijgemaakt kan worden. Een groot aantal heeft zich al vrijwillig gemeld.'

En mensen in burger, dat was een steeds terugkerend thema. Agenten in burger op zorgvuldig uitgekozen plaatsen. Iedereen die een trainingspak of een oude overall had werd het struikgewas ingestuurd.

'We hebben ook een hoop geüniformd personeel nodig, om te patrouilleren,' zei Martin Beck. 'Om het publiek gerust te stellen. Om ze een gevoel van veiligheid te geven.'

Hij moest denken aan wat hij zojuist gezegd had en een bitter gevoel van hulpeloosheid en onmacht overviel hem.

'Legitimatieplicht in alle staatsdrankwinkels,' zei Hammar.

Dat was een goed idee, alleen leverde het niets op.

Niets scheen trouwens tot enig resultaat te leiden. De uren sleepten zich die woensdag voort. Er werd een keer of tien alarm geslagen, maar erg hoopgevend was het niet en het liep dan ook elke keer op niets uit.

Het werd avond, daarna nacht. Een kille nacht. De razzia's begonnen opnieuw.

Niemand sliep. Gunvald Larsson legde nog eens driehonderd kilometer af tegen vierendertig cent de kilometer.

'Zelfs de honden zijn bekaf,' zei hij toen hij terugkwam. 'Ze hebben niet eens meer de fut de politie te bijten.'

Toen was het inmiddels donderdagochtend geworden, de tweeentwintigste juni. Het zag ernaar uit dat het een warme, maar winderige dag zou worden.

'Nu ga ik op Skansen staan, verkleed als meiboom,' zei Gunvald Larsson.

Niet één van hen ging er zelfs maar op in. Martin Beck voelde zich niet goed en had last van kramp in zijn maag. Toen hij het papieren bekertje naar zijn mond wou brengen beefde zijn hand zo erg dat hij koffie morste op Melanders vloeiblad. En Melander, die anders heel precies was, scheen het niet eens te merken. Melander was trouwens ongewoon ernstig. Hij zat te denken aan de tijdtabel. De tijdtabel die aanwees dat aanstonds het kritieke moment weer zou zijn genaderd.

Om twee uur 's middags werd de spanning verbroken. In de vorm van een telefoongesprek. Rönn nam het aan.

'Waar? In Djurgården?'

Hij hield zijn hand op de hoorn, keek naar de anderen en zei:

'Hij is in Djurgården. Gezien door verschillende mensen daar.'

'Als we geluk hebben is hij nog in het zuidelijk deel en dan hebben we hem als op een presenteerblaadje,' zei Kollberg.

Södra-Djurgården is een eiland en om het te bereiken moet men een van de beide bruggen over de baai en het kanaal oversteken, als men tenminste niet met de pont of een eigen boot over water komt. Eén derde deel van het eiland, het deel dat het dichtst bij het stadscentrum ligt, wordt ingenomen door musea, het amusementspark Gröna Lund, zomerrestaurants, havens voor plezierboten, het openluchtmuseum Skansen, de diergaarde en een kleine woonwijk die Gamla Djurgårdsstaden heet. De rest van het eiland wordt in beslag genomen door parkaanleg afgewisseld door ongecultiveerd terrein. De huizen die hier staan zijn oud maar goed onderhouden; over het terrein verspreid liggen kastelen, voorname, paleisachtige villa's en kleine houten huizen uit de zestiende eeuw, omgeven door prachtige tuinen

Melander en Rönn reden de Djurgårdsbrug op, terwijl Kollberg en Martin Beck doorreden naar een van de restaurants. Op het pleintje voor het restaurant stonden al een aantal politiewagens.

De brug over het kanaal was door surveillancewagens afgezet en aan de andere kant zagen ze nog een politieauto, die langzaam in de richting van de school voor slechthorende kinderen reed.

Een kleine kluwen mensen stond bij de noordelijke oprit van de brug. Toen Martin Beck en Kollberg dichterbij kwamen maakte zich een oudere man uit het groepje los en kwam op hen toe

'U bent inspecteur, vermoed ik,' zei hij.

Ze hielden stil en Martin Beck knikte.

'Ik heet Nyberg,' vervolgde de man. 'Ik was het die de moordenaar ontdekt heb en de politie belde.'

'Waar hebt u hem ontdekt?' vroeg Martin Beck.

'Voor Villa Gröndal. Hij stond op de weg en keek naar het huis. Ik herkende hem meteen van het portret en het signalement in de krant. Eerst wist ik niet wat ik moest doen en of ik moest proberen hem te grijpen, maar toen ik naderbij kwam hoorde ik dat hij in zichzelf stond te praten. Het klonk zo vreemd dat ik begreep dat hij gevaarlijk moest zijn en toen ben ik zo kalm mogelijk naar het restaurant gelopen waar ik gebeld heb.'

'Praatte hij in zichzelf,' zei Kollberg. 'Kon u verstaan wat hij zei?'

'Hij zei dat hij ziek was. Hij drukte zich heel vreemd uit, maar daar kwam het op neer. Dat hij ziek was. Nadat ik opgebeld had ging ik terug, maar toen was hij verdwenen. Daarna heb ik hier bij de brug de wacht gehouden tot de politie arriveerde.'

Martin Beck en Kollberg liepen door naar de brug en wisselden een paar woorden met de radioagenten.

De man was door verscheidene getuigen opgemerkt op het terrein dat lag tussen het kanaal en de school en de getuige bij de villa was vermoedelijk de laatste die hem gezien had. Het gebied was al afgezocht en er was versterking onderweg.

Omdat het terrein snel was afgezet, was er alle reden aan te nemen dat de man zich nog steeds in Södra Djurgården bevond. Geen enkele bus was de brug gepasseerd nadat de man door de getuige bij Gröndal gezien was. De wegen naar de stad waren onmiddellijk afgezet en het was nauwelijks mogelijk dat de man de tijd had gehad Skansen te bereiken of Djurgårdsstaden. Er bestond niet veel kans dat ze hem zouden kunnen overrompelen, want hij moest de politie zeker opgemerkt hebben.

Martin Beck en Kollberg stapten weer in hun auto en reden de brug over, op de voet gevolgd door twee overvalwagens, die juist gearriveerd waren. Ze parkeerden de auto tussen de school en de brug en begonnen vandaar de jacht te organiseren.

Een kwartier later was al het beschikbare personeel van de meeste politiedistricten op de plek gearriveerd en een honderdtal agenten was van verschillende kanten het terrein ingestuurd.

Martin Beck zat in de auto en leidde het onderzoek via de radio. Elk groepje was uitgerust met een walkie talkie en over de paden patrouilleerden radiowagens. Heel wat onschuldige wandelaars werden keer op keer aangehouden en gedwongen zich te legitimeren, waarna ze verzocht werden de omgeving te verlaten. Bij de wegafzettingen werd elke auto die op weg naar de stad was tegengehouden en gecontroleerd.

In het park van kasteel Rosendal nam een jongeman haastig de benen toen een agent verzocht zijn legitimatiebewijs te mogen zien en in zijn schrik rende hij recht in de armen van twee andere agenten. Hij weigerde te zeggen wie hij was en waarom hij ervandoor had willen gaan. Bij een vluchtige visitatie vonden ze in de zak van zijn jas een negen mm parabellum en hij werd meteen naar de politiepost in Gröna Lund gebracht.

'Op die manier hebben we al gauw elke misdadiger in Stockholm te pakken, behalve degene die we zoeken,' zei Kollberg.

'Die houdt zich ergens gedrukt,' zei Martin Beck. 'Maar deze keer ontkomt hij niet.'

'Daar zou ik maar niet zo zeker van zijn,' zei Kollberg. 'We kunnen deze omgeving niet eeuwig afgezet houden. En als hij voorbij Skansen is . . .'

'Daar heeft hij de gelegenheid niet toe gehad. Als hij tenminste geen auto had en dat is niet erg waarschijnlijk.'

'Waarom. Hij kan er wel een gestolen hebben,' zei Kollberg.

Er kraakte een stem over de radio. Martin Beck drukte de knop in en gaf antwoord.

'Auto zevenennegentig. Negen zeuven hier. We hebben hem. Kom.'

'Waar bent u?' vroeg Martin Beck.

'Bij het gebouw van de watersportvereniging.'

'We komen eraan,' zei Martin Beck.

Het nam drie minuten om er te komen. Twee surveillancewagens, een agent op een motorfiets en een aantal agenten in uniform en in burger stonden op de weg. Tussen de auto's en omringd door de agenten stond de man. Een radioagent in een leren jas hield zijn arm op zijn rug geklemd.

De man was mager en iets kleiner dan Martin Beck. Hij had een krachtige neus, grijsblauwe ogen en zandkleurig achterovergekamd haar dat spaarzaam over zijn schedel lag. Hij was gekleed in een bruine broek, een wit overhemd zonder das en een donkerbruine blazer. Toen Martin Beck en Kollberg tegenover hem stonden zei hij:

'Wat is er aan de hand?'

'Hoe heet u?' vroeg Martin Beck.

'Fristedt. Wilhelm Fristedt.'

'Kunt u zich legitimeren?'

'Nee, ik heb mijn rijbewijs niet bij me. Dat zit in een ander jasje.'

'Waar bent u de laatste twee weken geweest?' vroeg Martin Beck.

'Nergens. Ik bedoel thuis. Ik woon in de Bondegatan. Ik was ziek.'

'Alleen thuis?'

Het was Kollberg die dit vroeg. Zijn stem klonk sarcastisch.

'Ja,' zei de man.

'U heet Fransson, nietwaar?' zei Martin Beck vriendelijk.

'Nee. Ik heet Fristedt,' zei de man. 'Is het nodig dat hij me zo stevig vasthoudt. Mijn arm doet pijn.'

Martin Beck knikte naar de agent in de leren jas.

'Oké. Breng hem naar de auto.'

Hij en Kollberg deden een paar passen opzij en Martin Beck vroeg:

'Wat denk jij ervan? Zou het hem zijn?'

Kollberg streek door zijn haar.

'Ik weet het niet. Hij ziet er verzorgd uit en hij maakt een normale indruk. Er klopt iets niet. Maar zijn uiterlijk komt met het signalement overeen en hij kan zich niet legitimeren. Ik weet het eigenlijk niet.'

Martin Beck ging naar de auto toe en deed het achterportier open.

'Wat doet u hier in Djurgården?' vroeg hij.

'Niets. Wandelen. Wat is er toch aan de hand?'

'En u kunt uw identiteit niet bewijzen?'

'Helaas niet.'

'Waar woont u?'

'In de Bondegatan. Waarom vraagt u dat toch allemaal?'

'Wat hebt u dinsdag gedaan?'

'Eergisteren? Toen was ik thuis. Ik was ziek. Dit is de eerste

keer in meer dan veertien dagen dat ik buiten kom.'
'Wie kan hiervoor instaan?' vroeg Martin Beck. 'Was er iemand bij u toen u ziek lag?'
'Nee, ik was alleen.'
Martin Beck trommelde met zijn vingers op het dak van de auto en keek naar Kollberg. Kollberg maakte het portier aan de andere kant open, boog zich voorover in de auto en zei:
'Mag ik u vragen wat u zei toen u een halfuur geleden bij Villa Gröndal stond?'
'Pardon?'
'Toen u daarstraks bij Gröndal stond zei u iets.'
'O,' zei de man. 'Juist ja.'
Hij glimlachte flauwtjes en zei:
'Ik ben de zieke linde die, jong nog, reeds verdort. Dood loof te strooien in de winden is alles wat mijn kroon vermag. Bedoelt u dat soms?'
De agent in de leren jas keek hem met open mond aan.
'Dat is van Fröding,' zei Kollberg.
'Ja,' zei de man. 'Hij woonde op Gröndal toen hij stierf. Hij was nog niet oud, maar geestesziek.'
'Wat is uw beroep?' vroeg Martin Beck.
'Ik ben meesterslager,' zei de man.
Martin Beck richtte zich op en keek over het dak van de auto naar Kollberg. Die haalde zijn schouders op. Martin Beck stak een sigaret op en nam een diepe haal. Daarna boog hij zich weer voorover en keek de man aan.
'Oké,' zei hij. 'We beginnen bij het begin. Hoe heet u?'
De zon brandde op het dak van de auto. De man op de achterbank veegde het zweet van zijn voorhoofd en zei:
'Wilhelm Fristedt.'

30

Men zou Martin Beck voor een boertje van buiten, het eeuwige slachtoffer, kunnen aanzien en Kollberg voor een lustmoordenaar. Men zou Rönn een valse baard kunnen aanplakken en iemand zover krijgen dat hij meende dat Rönn de Kerstman was en vermoedelijk zou een in de war gebrachte getuige kunnen verklaren dat Gunvald Larsson een neger was. Men zou ongetwijfeld de hoofdcommissaris als gemeentearbeider kunnen verkleden en de chef van de rijkspolitie als boomstronk. En vermoedelijk zou men iemand wijs kunnen maken dat de minister van binnenlandse zaken een politieagent was. Men zou zich als de Japanners tijdens de tweede wereldoorlog en zekere monomane fotografen kunnen vermommen als struik en beweren dat niemand dat door had. Men kan de mensen praktisch alles laten geloven.

Maar niets in de hele wereld zou kunnen maken dat iemand zich vergiste waar het Kristiansson en Kvant betrof.

Kristiansson en Kvant droegen een uniformpet en waren gekleed in leren jekkers met vergulde knopen. Schuin over hun borst een koppelriem en aan hun broekriem een pistool en een ploertendoder. Hun kleding was een gevolg van het feit dat ze het koud hadden zodra het onder de twintig graden boven nul was.

Beiden kwamen uit de provincie Skåne.

Beiden waren één meter zesentachtig lang en hadden blauwe ogen. Beiden hadden brede schouders, waren blond en wogen meer dan negentig kilo. Ze reden in een zwarte Plymouth met witte spatborden. Deze was uitgerust met een schijnwerper, een antenne, een oranje knipperlicht en twee rode lampen op het dak. Bovendien was het woord POLITIE met witte blokletters op vier plaatsen op de auto aangebracht, dwars over de portieren, op de motorkap en over de kofferruimte.

Kristiansson en Kvant waren radioagenten.

Voor ze bij de politie kwamen waren ze beiden sergeant geweest bij het Zuid-Skånse infanterieregiment in Ystad.

Beiden waren getrouwd en hadden twee kinderen.

Ze werkten al heel lang samen en kenden elkaar door en door als alleen twee mannen in een surveillancewagen elkaar kennen. Ze vroegen gezamenlijk overplaatsing aan en werkten het liefst met elkaar en met niemand anders.

Toch waren ze heel verschillend van karakter en ze irriteerden elkaar dagelijks. Kristiansson was zachtmoedig en toegevend,

179

Kvant opvliegend en provocerend. Kristiansson sprak nooit over zijn vrouw, Kvant deed bijna niets anders. Kristiansson wist zo langzamerhand alles van haar; niet alleen wat ze zei of deed, maar hij was ook op de hoogte van de meest intieme bijzonderheden wat betreft haar gedragingen en van het kleinste plekje op haar lichaam.

Men vond dat ze elkaar uitstekend aanvulden.

Ze hadden een groot aantal dieven en duizenden dronkaards opgebracht en enkele honderden burenruzies gesust, terwijl Kvant er tevens een aantal veroorzaakt had omdat hij op het standpunt stond dat de mensen altijd moeilijkheden gaan maken als er eensklaps twee agenten voor hun deur staan.

Ze hadden nooit iets spectaculairs gedaan en hadden nooit in de krant gestaan. Eén keer, toen ze nog in Malmö dienst deden, hadden ze een dronken journalist, die een halfjaar daarna vermoord werd, naar de ongevallenafdeling van het ziekenhuis gebracht. Hij had zijn hand bezeerd. Maar hun kans om beroemd te worden was nooit groter geweest dan die keer.

Zoals andere mensen hun tweede tehuis vinden in een verenigingsgebouw, zo hadden Kristiansson en Kvant het hunne in hun surveillancewagen, in een moeilijk definieerbare atmosfeer van drankwalmen en muffe intimiteit.

Een aantal mensen vond hen zelfingenomen omdat ze Skåns spraken en zelf ergerden ze zich aan bepaalde individuen die, zonder gevoel voor de klank en de kleur van het dialect, probeerden hen te imiteren.

Kristiansson en Kvant maakten geen deel uit van de Stockholmse politie. Ze waren radioagenten uit Solna en wisten niet veel meer van de parkmoorden af dan wat ze uit de krant en door de radio vernomen hadden.

Om even over halfdrie op donderdag de tweeëntwintigste juni bevonden zij zich vlak bij slot Kallberg met nog maar twintig minuten voor de boeg.

Kristiansson, die aan het stuur zat, had juist de auto gekeerd op het oude exercitie- en paradeterrein voor de militaire academie en reed nu in westelijke richting langs het Karlberg-strand.

'Stop even,' zei Kvant.

'Waarom?'

'Ik wil even naar die boot kijken.'

Na een poosje zei Kristiansson geeuwend:
'Ben je uitgekeken?'
'Ja.'
Ze reden langzaam verder.
'Ze hebben de parkmoordenaar,' zei Kristiansson. 'Ze hebben hem omsingeld in Djurgården.'
'Ik heb het gehoord,' zei Kvant.
'Het is een geruststellende gedachte dat de kinderen in Skåne zijn.'
'Ja,' zei Kvant. 'Het is vreemd dat . . .'
Hij zweeg. Kristiansson zei niets.
'Gek eigenlijk,' zei Kvant. 'Voor ik met Siv ging viel ik voor alles wat een rok droeg. Ik had altijd wel de een of andere troel achter de hand. Potent zoals dat heet. Ik was gewoon bloed-geil.'
'Ja, dat herinner ik me nog,' zei Kristiansson en geeuwde.
'Maar nu, nu voel ik me net een oud bierpaard. Slaap als een blok zo gauw ik in bed lig. En het eerste waar ik 's morgens aan denk als ik wakker word is aan havermoutpap en geroosterd brood.'
Er volgde een korte, contemplatieve stilte. Toen zei hij:
'Het zal de leeftijd wel zijn.'
Kristiansson en Kvant waren net dertig geworden.
'Ja,' zei Kristiansson.
Ze passeerden de Karlbergsbrug en waren nu nog maar twintig meter van de stadsgrenzen verwijderd. Als de parkmoordenaar niet in Djurgården omsingeld was, zou Kristiansson vermoede-lijk rechts de Ekelundsvägen ingeslagen zijn om een kijkje te nemen in wat was overgebleven van het Ingentingbos sinds daar de laatste hoge flatgebouwen waren verrezen. Maar nu was daar geen reden voor en bovendien wilde hij vermijden die dag nog weer een keer de rijkspolitieschool te zien. Daarom reed hij door in westelijke richting over de kronkelige weg langs het strand.
Ze reden langs Talludden heen en Kvant keek afkeurend naar de tieners die voor het café en om de auto's op de parkeerplaats rondhingen.
'Eigenlijk moesten we stoppen en hun rottige sloopauto's eens controleren,' zei hij.

'Dat moeten de jongens van de verkeerspolitie maar doen,' zei Kristiansson. 'Wij zijn er over een kwartier af.'

Ze zwegen een poosje.

'Goed dat ze die lustmoordenaar hebben,' zei Kristiansson.

'Als je nou eens voor één keer iets zou willen zeggen dat ik al niet honderd keer gehoord heb,' zei Kvant.

'Dat zal niet meevallen.'

'Siv was in een rotstemming vanochtend,' zei Kvant. 'Heb ik je al verteld dat ze dacht dat ze een bult had in haar linkerborst? Dat ze zich inbeeldde dat ze kanker had?'

'Ja, dat heb je me al verteld.'

'O. Nou dacht ik bij mezelf dat ze zo vaak had liggen zeuren over dat bultje dat ik zelf wel eens poolshoogte wou nemen. En ze lag er als een dooie pier bij toen de wekker afging. Ik werd het eerst wakker en toen . . .'

'Ja, dat heb je al verteld.'

Ze hadden het einde van het Karlbergstrand bereikt, maar in plaats van de pas aangelegde weg in de richting van de Sundbybergsvägen in te slaan — die zonder twijfel de kortste weg was naar het politiebureau — reed Kristiansson nog een stukje door langs de Huvudsta-allee, een weg die nog zelden door iemand gebruikt werd.

Later zouden heel wat mensen hem vragen waarom hij die weg genomen had, maar op die vraag moest hij het antwoord schuldig blijven. Hij deed het gewoon. Kvant reageerde er niet op. Hij was te lang radioagent geweest om met zinloze vragen voor den dag te komen. In plaats daarvan zei hij bedachtzaam:

'Ja, ik begrijp niet wat er met dat mens aan de hand is. Met Siv bedoel ik.'

Ze passeerden slot Huvudsta.

Veel kasteel is het niet, dacht Kristiansson misschien wel voor de vijfhonderdste keer. Thuis in Skåne, daar staan tenminste echte kastelen. Met echte graven. Hardop zei hij:

'Kun je me twintig piek lenen?'

Kvant knikte. Kristiansson leed aan een chronisch geldgebrek. Ze reden langzaam verder. Aan hun rechterkant lag een pas gebouwde wijk met hoge flatgebouwen, links tussen de weg en het water was een smalle, maar dichtbegroeide bosrand.

'Stop even,' zei Kvant.

'Waarom ?'

'Natuurlijke aandrang.'

'We zijn er zo.'

'Ik kan er niets aan doen,' zei Kvant.

Kristiansson stuurde naar links en liet de auto langzaam uitrollen in een inham van de weg. Daarna hield hij stil. Kvant stapte uit en liep om de auto heen naar een paar lage bosjes, stelde zich wijdbeens op en trok fluitend zijn ritssluiting naar beneden. Hij keek over het struikgewas heen. Toen draaide hij zijn hoofd opzij en zag nog geen vijf meter van hem af een man staan die kennelijk hetzelfde van plan was.

'Pardon,' zei Kvant en draaide zich discreet de andere kant op. Hij maakte zijn kleding in orde en ging terug naar de auto. Kristiansson had het portier geopend en zat naar buiten te kijken.

Toen hij nog twee meter van de auto verwijderd was bleef Kvant plotseling staan en zei:

'Maar dat lijkt wel . . . en daarginds zit een . . .'

En op hetzelfde moment zei Kristiansson:

'Zeg, die man daar . . .'

Kvant keerde op zijn schreden terug en liep naar de man bij het struikgewas.

Kristiansson maakte aanstalten de auto uit te komen.

De man was gekleed in een beigekleurig manchesterjasje, een groezelig wit overhemd, een gekreukelde bruine broek en zwarte schoenen. Hij was van normale lengte, had dun, achterover gekamd haar en een krachtige neus. En hij had nog steeds zijn kleding niet in orde gemaakt.

Toen Kvant hem tot op twee meter genaderd was, hief de man zijn linkerarm voor zijn gezicht en zei:

'Niet slaan.'

Kvant kreeg een schok.

'Wat,' zei hij.

Nu had zijn vrouw hem weliswaar zelfs vanochtend nog gezegd dat hij een bruut was en dat dat voor iedereen duidelijk was, maar dit was toch wel het einde. Hij herstelde zich en vroeg:

'Wat voert u hier uit ?'

'Niets,' zei de man.

Hij glimlachte verlegen en een tikje verward. Kvant liet zijn blik over de kleding van de man glijden.

'Kunt u zich legitimeren?'

'Jawel, ik heb mijn pensioenkaart bij me.'

Kristiansson was hen nu genaderd. De man keek naar hem en zei:

'Niet slaan.'

'Bent u niet Ingemund Fransson?' vroeg Kristiansson.

'Ja,' zei de man.

'U kunt maar beter met ons mee gaan,' zei Kvant en nam hem bij de arm.

De man liet zich gewillig naar de auto brengen.

'Ga op de achterbank zitten,' zei Kristiansson.

'En knoop uw broek dicht,' zei Kvant.

De man aarzelde even. Daarop glimlachte hij en gehoorzaamde.

Kvant stapte eveneens in en ging naast hem zitten.

'En mogen we nu die kaart eens zien,' zei Kvant.

De man stak zijn hand in zijn broekzak en haalde de kaart te voorschijn. Kvant bekeek het document even en gaf het toen aan Kristiansson.

'Ja, geen twijfel mogelijk,' zei Kristiansson.

Kvant keek sceptisch naar de man en zei:

'Hij is het inderdaad.'

Kristiansson liep om de auto heen, deed het portier aan de andere kant open en begon de zakken van het colbertjasje te doorzoeken.

Nu, van dichtbij, zag hij dat de wangen van de man ingevallen waren en dat zijn kin bedekt was met grijze baardstoppels die minstens een paar dagen oud waren.

'Kijk,' zei Kristiansson en trok iets uit de binnenzak van het colbertje.

Het was een lichtblauw kinderbroekje.

'O,' zei Kvant. 'Nou is de zaak wel rond.'

'Dat dacht ik ook,' zei Kristiansson.

'Ik heb een chocoladekoek van haar afgepakt,' zei de man die Ingemund Fransson heette. 'Maar ik heb een spoorkaartje aan een klein jongetje gegeven. Het kaartje was niet eens gebruikt. Er stond nog een rit op.'

Kristiansson had verder niets meer gevonden. Kvant trok het portier aan zijn kant dicht.

'Een chocoladekoek,' zei hij woedend. 'Een spoorkaartje! Je hebt drie kinderen vermoord, hè!'

'Ja,' zei de man.

Hij schudde glimlachend zijn hoofd.

'Ik moest het doen,' zei hij.

Kristiansson stond nog naast de auto.

'Hoe hebt u die kinderen met u mee kunnen lokken?' vroeg hij.

'O, ik kan goed met kinderen opschieten. Kinderen houden van mij. Ik laat ze iets zien. Bloemen en zo.'

Kristiansson dacht even na. Daarna zei hij:

'Waar hebt u vannacht geslapen?'

'Op de noordelijke begraafplaats,' zei de man.

'Hebt u daar elke nacht geslapen?' vroeg Kvant.

'Zo nu en dan. Ook wel op andere kerkhoven. Ik weet het niet zo precies meer.'

'En overdag,' vroeg Kristiansson. 'Waar was u overdag?'

'Op verschillende plaatsen . . . vaak in kerken. Daar is het zo mooi. Zo rustig en stil. Daar kun je uren zitten . . .'

'Maar je was dan toch wel slim genoeg om niet naar huis te gaan, hè,' zei Kvant.

'Jawel, ik ben een keer . . . thuis geweest. Ik had iets aan mijn schoenen gekregen. En . . . ?'

'En?'

'Ik moest andere schoenen hebben en toen heb ik mijn oude gymnastiekschoenen aangetrokken. Daarna heb ik natuurlijk nieuwe gekocht. Hele dure. Schandalig dure, mag ik wel zeggen.'

Kristiansson en Kvant staarden hem aan.

'En ik heb ook mijn jasje gehaald.'

'O,' zei Kristiansson.

'Ja, het is heel koud 's nachts als je buiten moet liggen,' zei de man op conversatietoon.

Ze hoorden snelle voetstappen en een jonge vrouw kwam aangehold, gekleed in een blauw jasschort en met houten slippers aan haar voeten. Toen ze de surveillancewagen zag bleef ze stokstijf staan.

'O,' zei ze hijgend. 'Heb u soms . . . Ik zoek mijn dochtertje . . . Ze is stiekem weggelopen. Hebt u haar soms gezien? Ze heeft een rood jurkje aan . . .'

Kvant draaide het raampje omlaag om iets te zeggen. Toen bedacht hij zich en zei beleefd:
'Jazeker, mevrouw. Ze zit daar achter die struiken met haar pop te spelen. Er is niks aan de hand. Ik heb haar net nog gezien.'
Kristiansson hield instinctief het lichtblauwe broekje achter zijn rug verborgen en probeerde tegen de vrouw te glimlachen. Het ging hem niet al te best af.
'Er is niets aan de hand,' zei hij schaapachtig.
De vrouw rende naar het bosje en even later hoorden ze een helder kinderstemmetje zeggen:
'Dag mamma.'
Het gezicht van Ingemund Fransson verstrakte en zijn ogen kregen een starende, uitdrukkingloze blik.
Kvant pakte hem stevig bij zijn arm en zei:
'Vooruit, laten we opschieten, Kalle.'
Kristiansson sloeg het portier dicht, schoof achter het stuur en startte de motor. Terwijl hij de weg opreed zei hij:
'Eén ding vraag ik me af.'
'Wat dan,' vroeg Kvant.
'Wie die vent is die ze in Djurgården opgepikt hebben.'
'Jezus, ja,' zei Kvant.
'Niet zo hardhandig, alstublieft,' zei de man die Ingemund Fransson heette. 'U doet me pijn.'
'Hou je mond,' zei Kvant.

Martin Beck bevond zich nog altijd in Djurgården, bijna acht kilometer van de Huvudsta-allee verwijderd. Hij stond doodstil met zijn kin in zijn linkerhand naar Kollberg te kijken, die een hoogrode kleur had en drijfnat was van het transpireren. Een motoragent met een witte helm en een walkie talkie op zijn rug had net gegroet en was weggereden.
Twee minuten daarvoor hadden Melander en Rönn de man die beweerde dat hij Fristedt heette, meegenomen naar zijn huis in de Bondegatan om hem in de gelegenheid te stellen zich te legitimeren. Maar dat was strikt genomen niet meer dan een formaliteit. Noch Martin Beck noch Kollberg twijfelde er meer aan dat ze op een dwaalspoor waren.
Er was nog maar één surveillancewagen ter plaatse aanwezig. Kollberg stond naast het geopende portier, Martin Beck een

paar meter verderop.

'Hier komt iets,' zei de man in de politieauto. 'Ze geven iets door over de radio.'

'Wat dan,' zei Kollberg lusteloos.

De agent luisterde.

'Het zijn twee jongens uit Solna,' zei hij. 'Een radiowagen.'

'Nou, en?'

'Ze hebben hem.'

'Fransson?'

'Ja, hij zit bij hen in de auto.'

Martin Beck kwam naderbij. Kollberg boog zich voorover om beter te kunnen luisteren.

'Wat zeggen ze?' vroeg Martin Beck.

'Er is geen twijfel mogelijk,' zei de man in de surveillancewagen. 'Ze hebben zijn identiteit vastgesteld. Hij heeft zelfs bekend. Bovendien had hij een lichtblauw broekje in zijn zak. Op heterdaad betrapt.'

'Wat,' zei Kollberg. 'Op heterdaad? Heeft hij . . .'

'Nee, ze waren net op tijd. Het meisje mankeert niets.'

Martin Beck leunde met zijn kin op de rand van het dak. Het metaal was heet en stoffig.

'Mijn god, Lennart,' zei hij, 'het is voorbij.'

'Ja,' zei Kollberg. 'Voor deze keer.'

PEDLER EN DAVIS

DE PLASTICVRETER

Gerrard liep naar zijn bureau en ging zitten. Had het zin om naar Kramer toe te gaan? Hij was ervan overtuigd dat er nog iets anders meespeelde bij dat wegsmeltende plastic. Wat zou er allemaal niet gebeuren als alle plastic isolatie begon te smelten ... Wacht eens even, smeltende isolatie? Dat liet ergens een belletje rinkelen in zijn achterhoofd. Had hij niet iets gelezen over wegsmeltende isolatie – en in verband waarmee dan? Hij dacht na en toen knipte hij met de vingers.
'Hebbes,' zei hij hardop. De vliegramp bij Isleworth. Er waren berichten geweest over isolatiegebreken. Had dat er soms iets mee te maken? Isolatie ... plastics ... ja. In welke krant had het gestaan? Hij ging met een schok overeind zitten en nam de telefoon op.
'Betty,' zei hij, 'de Post van de laatste tien dagen – kun je die even bij me brengen?'
'Allemaal?' De stem aan de telefoon had een aarzelende klank. Het kostte je meer tijd om het vertrouwen van een secretaresse te winnen dan van alle andere stafleden van een firma, dacht hij.

'Mutant 59: de plasticvreter' is het 1500ste Zwarte Beertje, en deze adembenemende roman kan met recht een pocketboek voor iedereen genoemd worden: een mengeling van avonturen-, misdaad- en ideeënroman, smakelijk opgediend op de manier waarvan alleen de geboren vertellers het geheim kennen. Géén verretoekomstfantasie, zoals de titel misschien suggereert, maar een het-zou-morgen-kunnen-gebeuren-nacht-merrie ...

ZWARTE BEERTJES 1500

DON SMITH

GEHEIME OPDRACHT: PRAAG

Ik draaide de sleutel om, duwde de deur open – en bleef staan.
Barnett's manusje van alles met zijn zandkleurige haar – Kernick –
zat in een stoel op me te wachten. Bij wijze van stille groet stak ik
mijn hand op en realiseerde me ineens, terwijl de angst me bij de
keel greep, dat de onbeweeglijk starende, wijdopen blauwe ogen
en de half openhangende mond, die van een dode waren. Ik deed
de deur achter me dicht en leunde er tegenaan, zwaar ademend
alsof ik zojuist tien trappen was opgerend.
Ik weet niet hoe lang ik daar stond; een minuut, vijf minuten – misschien maar een paar seconden – terwijl ik trachtte mijn trage zin-
tuigen weer op gang te brengen. Eindelijk drong het tot me door dat,
wat ik verder ook deed, in ieder geval dat lijk uit mijn kamer moest
verdwijnen.
Ik bevond me in een politiestaat: wie de man ook vermoord mocht
hebben, ik zou als kroongetuige – of erger – voor een onbekend
aantal jaren vastgehouden worden . . .

**Don Smith' 'Geheime opdracht'-reeks is een gloednieuwe
serie die zich van de gangbare 'spy's' onderscheidt doordat
de hoofdfiguur geen beroepskiller is, maar een min of meer
onervaren held tegen wil en dank: Phil Sherman, directeur
van een Amerikaanse, in Parijs gevestigde im- en exportfirma.
Door zijn smetteloze reputatie als zakenman met vele uitstekende relaties in de communistische wereld is Sherman de
ideale pion om door de Geheime Diensten ingezet te worden
op het schaakbord der internationale verwikkelingen: als
wapenhandelaar in 'Geheime opdracht: Praag' (1941), als
drughandelaar in 'Geheime opdracht: Corsica' (1942).**

ZWARTE BEERTJES 1491

JIMMY SANGSTER

MOOI IN DE BOOT

... Ik schoof voorzichtig onder Antonio weg en trippelde naar de badkamer, waar ik vlug een douche nam en een bikini aantrok. Toen liep ik op mijn tenen terug naar de hut. Hij lag nog steeds te slapen. Ik drukte een kusje op zijn blote rug en ging het dek op met een gevoel van warmte dat ik in lange tijd niet voor iemand gevoeld had. Dit verraadt natuurlijk een essentiële fout in mijn instelling, een fout die ik dikwijls getracht heb te vermijden, maar die elke keer op de meest ongelukkige momenten de kop opsteekt. Die fout is eenvoudig déze dat ik nog steeds emotioneel betrokken raak bij mensen bij wie ik dit nou níet doen moet. Meneer Blaser had me heel duidelijk te kennen gegeven dat, zóu er iets mis gaan bij deze opdracht, er van mij verwacht werd dat ík iets zou doen om Antonio voorgoed van het toneel te verwijderen. Ik geloof dat ik, als puntje bij paaltje kwam, het wel kón, maar ik zou er zeker een week lang elke nacht van wakker liggen ...

Nieuw! Kathy Touchfeather : vliegensvlugge agente met Iers temperament, vermomd als stewardess met onbeperkte faciliteiten op alle luchtlijnen ter wereld ; even explosief als de 'zaakjes' die haar worden toevertrouwd.

ZWARTE BEERTJES 1420

TED VIKING

SLALOM MET DE DOOD

'Volgende week is de afspraak,' zei de Chef.

'En waar?' vroeg ik.

'De Russen stonden erop een stille plek uit te zoeken . . . 't Is een vakantieplaats. Enne, ik heb je nog vergeten te vertellen dat Rodgers een verdomd goeie skiër is.'

Ik nam een stevige slok en wist dat ik het wist. 'Haute Vendor?'

De chef produceerde weer een glimlach die meteen een bevestiging inhield.

'Volgende vraag.'

'Wanneer komt Rodgers?'

'En nu,' zei de Chef, 'zijn we op het punt waar we al die tijd gezamenlijk heen gezweefd hebben. Rodgers komt niet. Want Rodgers wordt door de Engelsen een tijdje op een heel afgelegen plekje in Yorkshire vastgehouden. Jij bent Rodgers.'

Ik zou liegen als ik zei dat de adem in m'n keel bleef steken, maar ik slikte wel even. De Chef zat er geduldig bij en keek peinzend naar de bar.

'Ik weet niets van die kerel.' wierp ik tegen, 'Binnen vijf minuten heb ik me verraden . . . En . . .'

'Viking's held is de lakonieke, meedogenloze en sympathieke McGregor, agent in dienst van De Kerstboom, een bureau dat 'klusjes' opknapt voor bevriende mogendheden. De formule is lichtelijk op de James Bond-saga geïnspireerd, maar dan wel plezierig-vrijmoedig gevarieerd. Viking sleept zijn lezers mee in een wervelstorm van internationaal avontuur met de obligaat mooie (fatale of integere) vrouwen en de hele of halve schurken die zijn verhalen bevolken.'

Ab Visser

ZWARTE BEERTJES 1415